U0127513

苏州御窑金砖的传说

陶可妍　主编

苏州新闻出版集团

古吴轩出版社

图书在版编目（CIP）数据

苏州御窑金砖的传说 / 陶可妍主编. —— 苏州 : 古
吴轩出版社, 2023.5
ISBN 978-7-5546-2073-1

Ⅰ. ①苏… Ⅱ. ①陶… Ⅲ. ①官窑－古砖－考古－苏
州 Ⅳ. ①K876.34

中国国家版本馆CIP数据核字(2023)第074428号

责任编辑：戴玉婷
装帧设计：韩桂丽
责任校对：鲁林林
责任照排：青　裳

书　　名：**苏州御窑金砖的传说**
主　　编：陶可妍
出版发行：苏州新闻出版集团
　　　　　古吴轩出版社
　　　　　地址：苏州市八达街118号苏州新闻大厦30F
　　　　　电话：0512-65233679　　　邮编：215123
出 版 人：王乐飞
印　　刷：苏州报业传媒集团有限公司
开　　本：889×1194　1/16
印　　张：14
字　　数：236千字
版　　次：2023年5月第1版
印　　次：2023年5月第1次印刷
书　　号：ISBN 978-7-5546-2073-1
定　　价：98.00元

如有印装质量问题，请与印刷厂联系。0512-65640825

《苏州御窑金砖的传说》编委会

主　编

陶可妍

副 主 编

施晓明　沈梦婷

编　　委（按姓氏笔画排序）

卢　群　孙明森　阳　光　严家伟　沈泉男

张瑞照　林嘉妮　赵长润　诸家瑜　潘敏康

内容简介

　　据传，春秋战国时期，伍子胥"相土尝水，象天法地"，那时，苏州陆墓（今陆慕）御窑一带为建筑阖闾城（苏州古城）烧制城砖。宋代已是"窑烟黑翳天"。到了明代，御窑为庞大的皇室工程烧制方砖，"责其役于长洲窑户六十三家"。因御窑烧制优质御用方砖，受到永乐皇帝朱棣称赞，砖窑正式被赐名"御窑"，至今已有六百年之久。

　　在悠悠的历史长河中，有着悠久历史文化背景的御窑金砖，累积了深厚的文化底蕴。这是御窑人智慧的结晶。经过一代一代人的口头传承，流传下了大量美丽动听的传说。

　　苏州御窑金砖的传说，内容丰富多彩，有名人与金砖的故事，又有严师教徒、徒儿励志学艺的传说；有爱情、友情、亲情的故事，又有地名、桥名、河名的传说；有惩恶扬善的故事，又有勘察、查案、侦破的传说……熔知识性、娱乐性、趣味性于一炉，寓教于乐。娓娓而叙，精彩纷呈。

序　言

陆慕御窑金砖是苏州地区优秀的民间传统工艺代表作品之一。

史籍记载，御窑烧制金砖始于明代。"自明永乐中，始造砖于苏州。责其役于长洲窑户六十三家。砖长二尺二寸，径一尺七寸。其土必取城东北陆墓所产……"（《造砖图说》，浙江巡抚采进本）因烧制了用于北京皇宫的优质方砖，故受到永乐皇帝的称赞并赐名"御窑"。此后，陆墓[1]又为历代明朝皇室烧制了大批优质方砖。嘉靖十六年（1537）作七陵、造内殿、醮坛，"是时营建最繁，近京及苏州皆有砖厂"（《明史·食货志·烧造》）。

明王鏊主修的《姑苏志·窑作》中载："出齐门陆墓，坚细异他处，工部兴作多于此烧造。"其实，御窑烧制方砖的历史远早于明代。相传春秋战国时期，伍子胥"相土尝水，象天法地"，御窑一带已为建筑阖闾城烧制城砖。据考证，在距今1500多年前的梁代已有砖瓦生产，并有了陆墓的地名和确凿的窑户姓名。至于确切的文字记载，则是与明朝为筑造皇室宫殿，指定陆墓提供"御用"方砖有直接关系。

清代，皇室沿袭明代采用苏州御窑烧制的金砖，修缮和建筑内殿、园林、醮坛等。乾隆四十八年（1783），苏州御窑金砖1430块运抵北京，辟雍殿翌年如期竣工。是年仲夏，乾隆亲临国子监辟雍殿金砖讲台。国子监建辟雍殿，殿座用金砖铺设，"临雍讲学"乃乾隆首创。至1912年，苏州御窑的烧窑业才逐步由正业转为副业。

1　陆墓，1993年更名陆慕。

明清时期，苏州御窑金砖的演变，大致由小到大，由厚到薄，由粗到精，从标明方砖到标明"金砖"。

金砖的主要用途是铺设宫殿和皇陵地面，也用于名刹大观、皇家园林等场所的地面铺设。

由御窑金砖衍生出的品种繁多，到了清代中期，金砖加以木座，古朴典雅，用作书写台、茶几，还用作古典家具摆设，甚至厅堂清供、高档藏品。因金砖工艺对砖料密实度和吸水度独到恰当的处理，用毛笔蘸以清水习字于金砖，有笔墨写于宣纸时的渲染效果，这在清末民初，成为少数达官贵人和文人雅士的一种奢求。

金砖还是砖雕的好材料，旧时的寺庙、官宅、府第及民间富宅都有门楼、门罩，其上常以神话传说、戏曲故事、民间风俗、动物花草等砖雕图案装饰。

御窑的传统产品还有花色砖瓦，它的生产历史比金砖悠长，主要用于寺庙禅院、官衙宅第的修建。其产品分为砖、瓦和动物三类。砖有方砖、嵌砖、望砖、王道砖、墓室砖、琴砖、异型砖等，瓦有筒瓦、节瓦、沟瓦、弯瓦、黄瓜弯瓦、花边、滴水等，动物有鸡、狗、虎、豹、狮等走兽和飞鸟。还有瓦将军等人物和花草图案等建筑装饰品，以及臼类器物用具。此外，御窑还烧制蟋蟀盆等。蟋蟀盆始产于中国历史上养斗蟋蟀的最盛时期——明代宣德年间，有黄、青、白、乌等不同颜色，方、圆、深、浅等不同形状。

综上所述，苏州御窑金砖历史源远流长，有着重要的历史、文化、艺术、科学价值，对我们研究金砖制作工艺和建筑构造的发展，具有十分重要的意义。2006年5月，其制作技艺被列入国家级非物质文化遗产保护名录。

悠久的苏州御窑金砖历史，积淀了深厚的文化底蕴，是一代又一代御窑人智慧的结晶。经过一代又一代人的口头传承，积微成著，在民间流传着许多美丽动人的传说。

民间传说是表达人们梦想和愿望的一种载体，有它自己的艺术特点，虽然故事不长，但每个故事都有丰富的想象力、感染力。在漫长的历史长河中，民间传说为广大人民群众所喜爱、所乐闻，也发挥着自身的功能和价值。

山积而高，泽积而长。涓涓不壅，终为江河。如今是一个成就梦想的时代，中国梦是强国富民之梦，它汇聚着亿万人民的美好梦想。而优秀的传统文化，是现代文明的生命之源。经济的竞争，归根结底是文化的竞争。

《苏州御窑金砖的传说》一书，在全体编委会人员努力下，终于面世了。它以通俗生动的故事，诠释了御窑金砖的人文形胜。它是苏州有史以来最完整的一部御窑金砖的故事传说集成，必将以它特有的形式，让古代文化与现代文明交相辉映，激发人们对家乡的挚爱，以更大的热情构筑和谐社会，建设美丽家园，共圆中国梦。

编委会

目录

序　言

伍子胥尝土

春秋战国时期，吴国大臣伍子胥"相土尝水，象天法地"建阖闾城，选用的就是现相城一带的泥土烧制城砖，还筑了宫殿园苑、社稷祖庙、卿大夫府邸、供各国使臣下榻的宾馆。

吴国早期的都城在无锡梅里，一个很小的地方。当时吴国很弱，也只能在这种小地方待着。吴国共有二十五位君主，依次为泰伯、仲雍、季简、叔达、周章、熊遂、柯相、强鸠夷、馀桥疑吾、柯卢、周繇、屈羽、夷吾、禽处、转、颇高、句卑、去齐、寿梦、诸樊、馀祭、馀眜、僚、阖闾、夫差。自泰伯奔吴立邦，之后数百年，吴国一直是个寂寂无闻的小国。至十九世寿梦"始称王"，开始了吴国的强国之梦。为了改变蜷缩于偏僻一隅的状况，寿梦迁都出梅里，于东南六十里处另筑新都城，这是吴大城的"序幕"。其后经过诸樊、馀祭、馀眜三代吴王不断努力，到吴王僚时，吴国强盛已见端倪，而真正完成强国梦的，则是阖闾。

2500多年前，吴王阖闾坐上王位的当年，就雄心勃勃地要把吴国的繁荣推向鼎盛。说说容易，做起来难，第一步棋应该怎么走，他的心中并没谱。不过不要紧，阖闾手下有个伍子胥。这个伍子胥了不得，要文有文，要武有武，上知天文，下知地理，一定会替他拿出个好章程来的。

阖闾把伍子胥召来，对他说："寡人欲强国称霸，该怎么做呢？请爱卿为寡人排忧解难。"伍子胥见吴王如此信任他、器重他，十分感动，有心将自己思谋已久的治国方略和盘托出，再一转念，自己毕竟是客卿，要注意分寸。于是，双膝跪下，泪流满面地磕头说："臣是个楚国通缉的要犯，父兄都被楚王冤杀了，骸骨都没能安葬，我侥幸逃出，前来投奔大王，大王不把我送回楚国已是再生之恩了，我怎么敢不知自己的浅陋，在这么重大的政事上贸然置喙呢？"吴王摇摇头，说："爱卿大概有所顾虑吧？寡人今天给你把话挑明了，寡人决不会因为你是楚人，便与你有些许隔阂。相反，我最视你为心腹，要不然，我怎么会与你密谋除掉吴王僚？如果没有你，今天坐在这王位上的会是寡人吗？现在寡人像当初一样问计于你，爱卿为什么吞吞吐吐的，不做剖心之言呢？"伍子胥见吴王这么诚恳，也就坦率地说道："当初臣参与刺杀吴王僚，可以不顾危险，因为那时候您还不是大王。现在大局已定，我应该懂得身为人臣的规矩，凡是须由大王做决定的事，臣子必须慎言谨语。"吴王说："恪守君臣规矩并不错，不过，寡人今天要你为君分忧，你一味谦让，难道合乎君臣之礼吗？寡人所忧者，是我们吴国地处僻远，困于东南一隅，险阻卑湿，又有江海之害，君无守御，民无所依，仓廪不实，田畴不垦，要想发展太难了，唉！"

伍子胥沉默良久，在心里把自己早已深思熟虑的方略再次斟酌、推敲了一番，这才回答说："臣闻治国之道，安君理民，是其上者。"吴王问："安君理民，具体怎么着手呢？"伍子胥胸有成竹地说："凡是想安君理民、兴霸成王、从近制远的，必先立城郭、设守备、实仓廪、治兵库，这都是必须做的事。"吴王高兴地说："爱卿所言极是！这件事就交给你全权负责去做吧！"

就这样，伍子胥成了吴大城的总设计师和总工程师。原来吴国都城很小，方圆仅三里，伍子胥准备重新建造一座大城，认为这样才称得上是一个强大国家的标志。

建城第一步是选址。伍子胥不辞辛劳，率领一帮人马，不管刮风下雨，天天在野外打转。干什么？相土尝水。一个城市，如果水资源不丰富，这个城市将没有发展前途，甚至会变成一座死城。而筑城的砖头，需要上好的泥来烧制，这才能确保城池固若金汤。伍子胥懂得这些道理，所以这是他第一件要做的事。

伍子胥相土尝水，走遍了现在苏州古城的东南西北所有乡镇，最后将烧砖的地点选在了相城陆墓这个地方。伍子胥在这里建窑烧制城砖，显然是看中了这里的泥比其他任何地方的更好。

伍子胥把城址选好后，立即在相城陆墓一带筑窑烧制城砖，以后又在此基础上烧制各种式样的花色土瓦，一时间陆墓一带的砖窑如林。

吴国大城在现在苏州古城区的位置上建了起来。这座大城周围四十七里，城墙高四丈七尺，底宽二丈七尺，八座陆门以象天八风，八座水门以象地八聪；护城河绕郭环流，河上架有吊桥，桥塝的城郭处装有可以升降的悬门；重要建筑如宫殿园苑、社稷祖庙、卿大夫府邸、供各国使臣下榻的宾馆，这一幢幢立龙飞翼之楼，令人叹为观止。在当时的众诸侯国国都中，吴大城数一数二。有专家提供依据说，当时鲁国的国都曲阜，据发掘测量，城四边每边都为三千余米，与吴大城相比，真可谓小巫见大巫了。就连东周的首都洛邑，据文献记载推算，城周不过四十里，也小于吴大城。吴大城的壮丽雄伟，在春秋时期引起了各国诸侯的羡慕，甚至把只知道授徒做学问的孔夫子也给惊动了，登上泰山朝南方瞭望，发出了由衷的赞叹："吴门有白气如练！"

烧制城砖的时候，有一次，在将砖坯送进窑之前，有个窑工随口说了声："我们这里的泥呀，真是好得不得了，制的砖坯黏性足，可以和年糕比一比。"这个窑工夸家乡泥土的话，获得了在场所有人的赞同，他们后来与别地的人谈起家乡的砖，也都说："和年糕一样，比年糕还糯还韧。"这个比喻传了开来，传了若干代，衍生出一则民间传说，说伍子胥筑城时，考虑到日后或有灾年，特地把一批年糕当城砖砌到了城墙里。伍子胥去世后的某一年，苏州发生了旱灾，颗粒无收，饥民哀泣，这时有人想起伍子胥曾留下遗言："遇荒年，啃城砖。"便叫大家去刨城墙上的砖块，结果找到了许许多多年糕，救了不少人的命。

这个伍子胥用年糕筑苏州城的传说，是从相城砖生发出来的。

（卢　群）

道衍荐金砖

苏州御窑金砖之所以名扬天下，除了货真价实，还与明代少师道衍和尚荐举分不开。

道衍和尚俗家名字叫姚广孝。姚家世代行医，祖辈事佛积善。姚广孝14岁时自己做主于家乡妙智庵出家为僧，法名道衍。姚广孝通儒释道诸家之学，善诗文，擅绘画，尤对军战伐谋、排兵布阵兴趣浓厚。当时"吴中四杰"（高启、杨基、张羽、徐贲）都为姚广孝挚友。

明洪武十五年（1382），朱元璋选高僧侍诸王，为已故马皇后诵经荐福。姚广孝也被选中，随燕王朱棣至北平（今北京），住持大庆寿寺。从此经常出入燕王府，成为朱棣的重要谋士、心腹幕僚。朱棣性格酷似其父朱元璋，因而从小就得到父亲的宠爱，10岁时被封为燕王，20岁时，进驻北平封国，与当时奉命镇守北平的明朝开国功臣、著名将领徐达结为忘年之交，并向徐达学习兵法，练习武艺，徐达还将自己的长女许配给了朱棣。

因太子朱标病故，朱元璋立朱标嫡子朱允炆为皇太孙，成为皇位继承人。朱棣暗思，自己是受宠于父皇，父皇却不将江山传给自己，实在太不应该。由于心怀怨怼，朱棣萌生了夺取帝位的野心，阴集死党，等待时机。洪武三十一年（1398），朱元璋驾崩，朱允炆登上明朝第二代皇帝的御座。次年，燕王朱棣打出"清君侧"旗号，发起"靖难之役"，率领燕军南下，攻入京城应天府（今南京），推翻建文帝，夺取朱允炆的皇位。

朱棣"靖难"称兵前，姚广孝曾推荐相士袁珙以占卜等方式，并通过对当时政治、军事形势进行分析，促使燕王朱棣坚定信心；又于王府后苑训练军士，打制军器，做好军事准备。建文元年（1399）六月，起兵前夕，姚广孝设计擒拿忠于建文帝的北平布政使张昺、都指挥使谢贵，使燕军再无后顾之忧。"靖难之役"中，姚广孝留守北平，为朱棣牢牢看住这块性命攸关的根据地。

在4年"靖难之役"过程中，姚广孝每逢关键时刻，都会献上妙计，使朱棣化险为夷，反败为胜，最后赢得了胜利。尤其是针对济南之战的得失，姚广孝提的进军路线更为关键。朱棣起兵后，燕军与南军（建文帝的部队）在山东激烈交战，前期作战南军连连溃败，于是集中兵力进行济南保卫战，燕军围攻济南，三月未下，战事处于胶着状态。沧州、临清、馆陶、大名、汶上、济宁诸城，双方反复争夺，燕军进展不大。南军以精锐之师屯驻德州，相机出击，以遏燕军。德州处在运河线上，南北交通便利，燕军自河北南下，始终处在德州南军的监控之下。燕军南攻时，南军或自德州横出断其归路，或袭扰其补给线，或乘虚北攻。所以，虽朱棣善用兵，南军再未出现过战争初期的那种大的挫败，燕军势力基本上被阻在山东以北。朱棣未克山东，故虽屡战屡胜，但激战两年半始终未能打开局面。这时，姚广孝建议朱棣改变路线，放弃原先制定的一路攻城略地的作战方案，而是绕过沿途城镇，直插南京。朱棣采纳了姚广孝的建议，越过山东，径奔南京，仅用半年时间，便夺取了政权。

永乐皇帝朱棣十分感谢足智多谋、功高盖世的姚广孝，要他弃僧还俗，在朝为官伴君，享荣华富贵，但姚广孝厌惧官场争斗凶险，对功名利禄并不感兴趣。朱棣又许诺给他一处大宅院和两个貌若天仙的美女，他也都不要，宁愿回到寺院居住。朱棣便封他为"国师"，命他掌管全国佛教事务。朝中有什么大事，仍要找他商量。又授姚广孝太子少师，承担太子（即明仁宗）、太孙（即明宣宗）的讲读辅导。姚广孝以其渊博的学识，担任过中国第一部百科全书《永乐大典》的总纂修。姚广孝监制的永乐大钟，至今仍悬挂于北京大钟寺，以其苍凉浑厚的声音为人们祈福。

朱棣的宝座虽然得来不太光彩，但客观地说，在中国25朝350多位皇帝中，他不失为一位雄才大略、励精图治的皇帝。他称帝之后，一心要把国都从南京迁到北京去。北京是朱棣的根据地，他从这里出发夺取了皇位，这里就是他永乐大帝的"龙兴之地"。朱棣觉得，他这条"龙"只有回到自己的根据地去，才最有安全感。朱棣的这种心理，确实也是他迁都的一个原因，但更主要的是从国家战略层面来考虑，当时元朝虽已灭亡，但退据大漠的残余势力仍对中原北方地区构成较大威胁，如果明朝的国都依旧远在长江以南，对抵御来自漠北的敌军十分被动，而迁都北京，以"天子守边"的方式，用行政手段将全国的人力、物力向北方边境集中，则是巩固边疆、保障国防安全的最佳选择。朱棣出于这一考虑，排除了巨大阻力，花了整整15年时间，将北京建设成了一座新都城。

据传，明北京城和皇宫的设计者是姚广孝。一天，姚广孝接到永乐帝的口谕，要与他商量建筑宫殿的事。姚广孝于是力荐香山帮匠人蒯祥。谈到宫殿铺设方砖的事，姚广孝说："苏州长洲县（今相城）陆墓一带乡民世代以烧制砖瓦为业。春秋战国时，伍子胥筑阖闾城，就选用那里烧制的城砖。那里的方砖闻名遐迩，人称金砖。"永乐帝问："此话怎么说？"姚广孝于是讲起了"八仙"中铁拐李与一对夫妻的传说："一天，铁拐李与吕洞宾云游四海，至陆墓看到一对勤劳夫妇，想起了'天道酬勤'这句话，于是解下腰间葫芦，拔去塞子，在一块方砖上洒了几点酒，就送给了这对夫妻。这对夫妻把铁拐李送给他们的这块方砖埋在了村前的小河旁。从此以后，陆墓一带土地上长出的稻谷粒粒像珍珠。因这块砖头带有仙气，仙气渗入土中，陆墓的泥黏而不散、粉而不沙，与众不同。烧制的砖断之无孔，敲之有声，质量上乘，名列各地砖窑之冠。所以时人称之为金砖。臣以为铺设宫殿，理应启用天下第一砖。"永乐帝一听这砖名叫金砖，富贵吉祥，连连微笑颔首。但他对姚广孝讲的这则传说还意犹未尽，问道："众人皆知，陆墓埋有仙砖，此仙砖却一直安然无恙？"

姚广孝沉吟了一下，说："后来，有个外地的保长知道了是神仙铁拐李送了砖，使昔日的穷村致了富，想窃为己有，派了多人乔装成乞丐，乘着夜深人静，前往村前小河旁挖掘这块方砖。先后挖了3年，整个河岸挖了个遍，也没有挖到，只能作罢。"朱棣听得呵呵大笑，最后一锤定音："姚爱卿想得周全，正合朕意。传旨，以后宫中所需地砖，皆用陆墓金砖。"

姚广孝向永乐帝请旨，亲自前去苏州陆墓采办金砖。朱棣说："朕与你尚有要事相商，采办金砖之事，就交给大将军陈珪去操办吧。"随即传旨，任命年已古稀的陈珪为工程总指挥。

所以，从永乐帝迁都北京城开始，紫禁城（今故宫）里的地砖都是长洲县供给的。

（卢　群）

神道浜

　　苏州陆慕有条神道浜，这条浜的来历，相传与民间传说中的"八仙"有关。

　　民间传说中的"八仙"是汉钟离、张果老、吕洞宾、铁拐李、韩湘子、曹国舅、蓝采和、何仙姑等八位。

　　"八仙"在民间之所以能使人产生亲切感，是因为他们是一代代民间创作者从生活出发塑造出来的形象，一个个有血有肉，栩栩如生，跟那种纯粹为了宣扬某种教义而设计的宗教故事里的神仙大相径庭。正因如此，人们谈起他们都津津有味。

　　"八仙"中名气最大的是吕洞宾，在现存"八仙"传说中，有关吕洞宾的最多，约占三分之一。吕洞宾的形象大体上是按照文人或具文人气质的道士形象来塑造的，他善良、正直、潇洒、风趣。传说明太祖朱元璋是个癫痢头，他每剃一次头，就要杀一个理发匠，吕洞宾见状于心不忍，便去给他剃头，治好了他的癫痢，并劝诫他不要随意杀人，朱元璋一高兴，接受了，还封吕洞宾为剃头祖师。不过，这个祖师并不把自己看作是理发界的"绝对权威"，有理发匠不买他的账，他也不视为大逆不道。有一次，吕洞宾和一个理发匠寻开心，发功不让理发匠剃下他一根头发，谁知碰上了位身怀绝技的高手，"欻欻欻"几下子，给他剃了一个光头。吕洞宾哈哈大笑，送了这位高手一块"礕刀布"。

　　铁拐李在"八仙"中，知名度仅次于吕洞宾，铁拐李传说的数量之多，在"八仙"作品中也仅次于吕洞宾。铁拐李有一个特点，就是喜欢和吕洞宾抬杠，吕洞宾说东，他偏要说西，吕洞宾赶狗，他肯定去撵鸡。正因如此，吕洞宾外出，总爱邀铁拐李作伴，路上有个拌嘴的，不寂寞。

　　这天，吕洞宾与铁拐李又结伴四处云游。

　　吕洞宾文质彬彬，宽容大度，他眼里看到的人都是善良的。铁拐李就不一样了，他一条瘸腿，外貌丑陋，时常以乞丐形象出现。大概是这个形象容易遭人嫌厌的缘故，铁拐李心中积怨，看到的人也都有劣根性。两位神仙就这个问题，经常争论。这天，相伴而行，一路上又争论起人的本性来，吕洞宾坚持人之初，性本善，铁拐李强调人之初，性本恶，争了半天，谁也说服不了谁，最后决定找个人试试。

这时，他俩走到了苏州陆墓地界上，看见对面来了一对中年夫妻，男的扛着一张犁，女的牵着一头牛，看样子是要下田去耕地的。铁拐李说："你看你看，牛是一头老牛，还让它做重活，人心还不坏吗？"吕洞宾说："不见得。我看他为了让老牛省些力，替牛扛着犁，心很好。"铁拐李说："到底怎样，我马上让你见分晓。"说罢，做起法来，拐杖朝老牛点了一下，牛顿时脚步踉跄，直喘粗气。只听那男的说："怪了，出门还好好的，怎么变这样了？是不是突然生起病来了？"女的说："它这样子怎耕田？误了农时怎生是好？"铁拐李听到这里，得意地对吕洞宾说："十有八九，他们要不顾老牛死活，鞭它干活。可想而知，人心有多坏。"吕洞宾笑笑，说："且往下看。"

说话间，那对夫妻已来到一块田头，田头有一棵柳树，枝叶繁茂，夏天在这田里劳作，累了便到柳下歇息，想来定很惬意。只见那男的抚抚老牛脖颈，说了声："天虽未热，你也在这里待一会吧。"说罢，将牛鼻绳拴在树上，把犁放到田间，对妻子点点头，显然准备自己代牛拉犁。本来应是丈夫扶犁的，妻子可在柳下坐着，纳那随身带的鞋的鞋底，待丈夫乏力了替换他片刻。现在丈夫顶替了老牛的位置，她就得顶替丈夫的位置，女的叹口气，未再多言，便默默在后扶犁。

吕洞宾意味深长地望望铁拐李，铁拐李脸红到了脖子根。吕洞宾说："老兄，认输吧。"铁拐李摇摇头，说："常言道'日久见人心'，我敢断言，不用多久，他们稍感吃力，便会后悔，仍得使用老牛。"于是两位仙人盯着田间，继续往下看。只见夫妻俩一个拉，一个扶，犁了一圈下来，男的汗流浃背，女的汗湿衣衫，一齐停了下来。

铁拐李用手肘撞了撞吕洞宾，得意地说："看见了吧，他们打算歇了，要换牛来犁田了。"吕洞宾说："我要看到他们驱牛下田，方始相信。"铁拐李说："那就继续看吧。"吕洞宾说："我们有的是空闲，在这里看上半天也无妨。"两位神仙说话间，夫妻俩已稍稍缓过劲来，男的重新拉犁，女的依旧扶犁，显然并无让老牛下来替换的打算，仍然让它在柳荫下歇着。吕洞宾手搭铁拐李肩膀，问："老兄，该服气了吧？"铁拐李将吕洞宾的手拨开，咕哝道："别来烦我，再看看，再看看。"

那夫妻俩又犁了一圈，男的累得七倒八歪，女的累得站立不稳，眼看坚持不下去了。铁拐李说："好了好了，要见颜色了。"这时，女的对老牛望望，嘴动了动，像是要说什么。铁拐李开心地说："我敢打赌，她想说的话，一定是让丈夫换牛拉犁。"他这边话音刚落，便听得女的说道："今天我们代牛这么一会，就累成这样，可想而知老牛一年到头如何劳累，所以呀，今天我们不管怎么累，也得让老牛歇着，不能让它带病犁地。"男的笑道："这话正是我想说的。"夫妻俩咬着牙，继续一个拉，一个扶，犁起田来。

铁拐李心想，这对夫妻真是忠厚勤劳，不是有句"天道酬勤"的话嘛，我应该想办法让他俩尽快富起来才对。一摸身上，一无所有，左右一看，看到一旁有块砖头，计上心来。他解下腰间的酒葫芦，拔了塞子，往这块砖头上洒了几滴酒。顿时，这块砖头变得金光闪闪。铁拐李拾起砖头，向这对勤劳的夫妻走了过去，说："耕地辛苦了，我送块砖头给你俩。只要把这块砖头种到哪里，它就能帮助那里勤劳的人致富……"说罢，驾一朵祥云，转眼无影无踪。夫妻俩看他邋邋遢遢，原当这是"疯子"说"疯话"，待到见这个叫花子模样的人驾云而去，方知遇到了神仙，激动得不行，也没心思耕田了，赶紧回家商量去了。

夫妻两人商量来，商量去，商量了一整夜。男的说："一家富，不算富，全村富，才算富。"女的说："勤劳富才算富，凭着双手创财富。"第二天一早，夫妻俩出门，把铁拐李送给他们的这块砖头埋在了村前小河旁。夫妻俩以为，这样，水流到哪里，哪里勤劳的人就能富起来。因为陆墓人勤劳，所以那里土地上长出来的稻米，粒粒赛珍珠，亩产特别高。传说是由于这块砖头带有仙气，仙气渗入了泥土，陆墓的泥就黏而不散，粉而不沙，与众不同。后来当地人用泥来制砖，烧制出来的砖头断而无孔，敲之有声。

因为这种砖头是稀罕之物，便被称为"金砖"。埋铁拐李砖头的地方旁的那条小河，被后人称为"神道浜"。

（卢　群）

陈珪"讨"金砖

明永乐四年(1406),朱棣颁诏迁都北京,并于闰七月下令仿照南京皇宫营建北京宫殿——紫禁城,任命年已古稀的泰宁侯陈珪为工程总指挥,"董治其事",且要求用金砖铺设所有宫殿的地面。

陈珪是泰州人,洪武初从大将军徐达平中原,授龙虎卫百户,改燕山中护卫。建文朝时,从燕王朱棣出塞为前锋,进副千户。之后参与了"靖难之役",积功至指挥同知,还佐世子居守。累迁都督佥事,封泰宁侯。他接旨后,深感责任重大,于是不顾年老体弱,连夜启程北上。

官船离开南京,一路沿京杭大运河逆流而上。陈珪独自坐在船舱里,无心欣赏运河两岸的美丽风景,耳旁一直回荡着"金砖铺地"的圣旨。"唉!用金砖铺地,这要耗费多少国力啊!"他陷入了深深的苦闷之中,不断地思忖着"有谁能劝皇上从简行事呢?"许久,才想到一个人——"国师"姚广孝。

姚广孝为朱棣夺得江山立下了不世功勋。朱棣对他十分敬重,封他为"国师",恢复他的姓,赐名广孝,不直呼其名而尊称他为"少师"。朱棣让他蓄发还俗,他不肯;赐给他府邸和两名美艳宫女,他均辞谢,执意回到庆寿寺居住。朱棣见状,知道他对功名利禄不感兴趣,于是便随其所愿了。正因如此,在陈珪心目中,姚广孝素以足智多谋名闻朝廷,又是皇上最倚重的大臣,皇上对他一向言听计从,如果能请他出面劝说皇上,皇上或可以俭为本,收回金砖铺地的成命。

陈珪在到达北京的第二天,就起了个大早,餐毕后即乘轿急急赶往庆寿寺。庆寿寺坐落在西长安街,离泰宁侯府邸(今西四北七条胡同)不远。轿夫飞快向南走去,不一会儿即到了庆寿寺。轿子停下,陈珪从里面躬身走出,拄着拐杖独自走进寺院。

庆寿寺精蓝丈室,是姚广孝起居和会客的地方。丈室前,松树繁茂,树荫密布,景色十分美丽,有流水横贯东西,水上有两座桥,一曰"飞渡桥",一曰"飞虹桥",均出自金章宗亲笔手书,笔力强健有力,有王者之范。寺内正在扫地的小沙弥见泰宁侯来了,急忙去丈室禀报。正在打坐的姚广孝闻报,忙从蒲团上起身,从室内走出来,站在飞渡桥前,双手合十恭迎道:"阿弥陀佛!不知大将军驾到,老衲有失远迎!"

陈珪见状,赶忙抱拳作揖:"国师,打扰打扰,老夫不请自来,恕谅恕谅!"

进入丈室,两人坐定,陈珪即开门见山把皇帝命他负责营建紫禁城、用金砖铺地的旨意一五一十讲给姚广孝听:"国师,您能不能劝劝皇上从简行事,不要用金砖铺地?"

姚广孝心想,推荐长洲县陆墓金砖铺设宫殿,是自己的主意,怎么到了陈珪那里,要改作其他方砖了呢?所以他问:"以陈大人之见,以为用何地方砖为宜呢?"陈珪说:"我听江苏钦差徐亮所说,西太湖薛墅村烧制的方砖质量甚佳,不知国师以为如何?"姚广孝双手合十,闭目沉思良久后,方才睁眼说道:"有办法了!"陈珪大喜,急切地等着他往下说。姚广孝款款吐出一句话来:"那你把薛墅村方砖也呈交给皇上选用?"

陈珪一时不得要领,说道:"问题是皇上要用金砖铺设宫殿,所以老夫前来找你相商。"

姚广孝说:"时下,大将军听了江苏钦差徐亮大人的话,要用西太湖薛墅村的方砖,可我认为我家乡长洲县陆墓的方砖为好,而宫殿里铺设的方砖,一定要天下第一砖才是,此事当然得由皇上圣断。"陈珪越听越糊涂了,说:"不用薛墅村的方砖,而用国师家乡的方砖,有何玄机?"

姚广孝说:"大将军有所不知,我家乡产的乃是金砖。"

陈珪连连摇头,说:"国师开玩笑了,京城有的是金砖,又何必舍近求远,千里迢迢前去长洲采购呢?"

姚广孝微微一笑道:"我说的金砖,不是你说的金砖,你只管放心去购来使用。"

陈珪说:"国师,你把我搞糊涂了,你别卖关子了,说说到底是怎么回事吧。"

姚广孝说:"我家乡的金砖天下闻名,大将军居然无所耳闻?"

陈珪连忙说:"孤陋寡闻,孤陋寡闻,惭愧,惭愧。国师,你让我急了半天了,现在可以明明白白告诉我了吧?"

姚广孝这才把苏州陆墓金砖的相关情况，详详细细给陈珪说了一遍。陈珪听罢，沉吟半晌，说："国师，你这个主意确实不错，却不知皇上最后能否首肯。为稳妥见起，要不要事先向皇上禀报一声？"

姚广孝说："不用不用，事先我已向皇上禀报过，皇上已经点头应诺，所以要你用金砖铺设宫殿。"

陈珪听到这里，笑了，说："原来我们想到一块去了。此金砖不同于彼金砖。国师，那我去对江苏钦差徐亮说，宫殿用砖，用苏州长洲县的金砖。"

姚广孝双手乱摇，说："不，不，不能这么说。"这让陈珪又犯糊涂了。

姚广孝说："我刚才已说，铺设宫殿应用天下最好的方砖，既然江苏钦差徐大人认为西太湖薛墅村所烧制的方砖堪称一流，那何不陆墓、薛墅两个地方一起烧制，从中选优。"

陈珪连连点头说好，于是国师姚广孝与大将军陈珪一起去见了皇上朱棣，把他俩的意见如实禀报。朱棣点头同意。自此，民间有了苏州长洲县陆墓与西太湖薛墅两地方砖试比高低的传说，那是后话了。

（诸家瑜）

蒯祥与金砖

明永乐年间，皇帝朱棣把京城从南京搬到北京，兴建皇宫，征集天下名匠。香山帮匠人蒯祥不但技术好，而且会设计，国师姚广孝力荐他担此重任。经过考试，蒯祥出类拔萃，为此被任命为四品皇宫建筑总设计师，与二品总指挥陈珪一起负责皇宫的设计和建筑。

关于选择用什么样的方砖铺设皇宫，陈珪对蒯祥说：“国师姚大人已向皇上推荐启用苏州长洲县陆墓的金砖。”

陆墓烧制的金砖闻名遐迩，蒯祥当然知道，但他一直主营木工，对“金砖”两字十分陌生。建筑皇宫乃百年大计，各地推荐用于铺设皇宫的方砖不少，究竟选用什么地方的方砖，马虎不得。他想向姚广孝咨询之后行事，于是撰文呈报国师，要求一见。只因姚广孝国事繁忙，一直无缘会见。

一天，蒯祥在官邸正为铺设宫殿的方砖愁眉不展，门口当差前来禀报：“一个和尚自称与您蒯大人同乡，要求见您。小人想出家之人四大皆空，哪来同乡？此人与大人您又没有预约，被小人拒之门外，可他嚷嚷着非要见您不可。”蒯祥步至门口一看，来者正是国师姚广孝，连忙引他进屋，让他上座，责备看门当差的有眼无珠，怠慢了国师。姚广孝倒也大度，说：“不知者不罪，我未报上名字，守门当差理应忠守职责，拒我入内。再说你蒯大人专心设计宫殿，不让闲杂人员进入，也在理上。”

蒯祥与姚广孝寒暄了一番，直奔主题，问起宫殿铺设的方砖一事。姚广孝说：“推荐用陆墓金砖铺设宫殿的正是鄙人，不过，我离开家乡已有多年，蒯大人得前去实地考察一下为妥。为了能探得真实，最好的方法是不要惊动当地衙门。”

蒯祥连连点头。

第二天，蒯祥便带了两名随从乘船赶赴苏州，而后直奔城北长洲县的陆墓。

风和日丽，阳光灿烂，陆墓方圆几里砖窑林立，人头攒动。砖窑四周到处是踩泥、晒泥、和泥的人。蒯祥为了探个真实，吩咐随从一旁等候，自己上前向窑工们

——打听烧制方砖的工序。

陆墓即便已经有了上好的烧砖土，但砖坯的制作、烧制流程依然十分严格。首先要选土，把土摊在场地上晒干、捣碎、过筛，细泥加水搅和；其次练泥，用双脚在泥中反复踩踏，使其稠而均匀；再次从炼好的泥中取出泥料，甩入砖模，用力挤压，再脱坯，然后晾干，才入窑烧制。从选泥、练泥、制坯、装窑、烘干、焙烧、窨水、出窑，一共要经历八大工序。当蒯祥看到窑场上的方砖，块块棱角分明，六面平整，光洁如镜，情不自禁，连连叫好。

"你这奸细！"随着一声吆喝，两个身强力壮的窑工奔至蒯祥跟前，双手一拽，把他架得两脚腾空，进了一间瓦屋。

原来蒯祥一进陆墓砖窑，就已引起众人注意。窑工见蒯祥一边问、一边看，以为他是外地窑主派来打探烧制方砖方法的"奸细"，立即报告了地保。地保一听，如临大敌，立即吩咐人把蒯祥押进瓦屋询问。

地保面对蒯祥，开门见山，大声责问："呔，老实交代，你这厮是受何方窑主之托，前来这里打探？"

屋里的七八个窑工，怒目圆睁，一齐大声说："快说！"声如雷鸣。

蒯祥不想说出自己身份，可现在要是不说，难以脱身，这让他左右为难。他犹豫了一下，说："鄙人是平头百姓，又未犯案，你们怎能如此鲁莽？"

地保实话实说："最近一段日子，总有三三两两的所谓平头百姓来我们陆墓砖窑看这看那，问这问那，其用心是司马昭之心，路人皆知。所以——被我们撵了出去。你要是不服，我们就送你去县衙，由知县大人发落你。"

蒯祥无奈，只得如实相告。地保、众窑工听了，不感到惊讶，反而呵呵大笑起来，有的窑工甚至笑得前仰后合。地保说："真是笑死我了，前些日子来我们陆墓砖窑的人，有的说是苏州营造派来的，有的说是工部侍郎蒯祥大人差遣至此。这次你竟然自称就是蒯祥，这倒是第一次。"接着大脸一沉，说："你说自己是蒯祥，这可是冒充朝廷命官，该当何罪，你不会不知。"说完，也不听蒯祥解释，即把他押去了县衙。

长洲县知县不认识蒯祥，见地保与七八个窑工押来一个自称蒯祥的人，而那个自称蒯祥的人又言之凿凿，说自己就是工部侍郎，一时难辨真假，立即派公差去禀报了苏州知府。

苏州知府不敢怠慢，取道直往长洲县，进了县衙，一见果真是蒯祥蒯大人，连连上前致歉。知县和地保一见府台如此，十分难堪。蒯祥一笑了之，但想到刚才之事，启口便问知县：“你们为何不让外地人前去你们陆墓砖窑观看造砖？”

知县上前解释，道出了实情：“我们陆墓烧制的金砖闻名遐迩，有的地方砖窑为了能将自己烧制的方砖卖个好价钱，冒充我们陆墓金砖，以次充好。”

蒯祥恍然大悟：“原来如此。”

府台继而言道：“蒯大人前来，属下地保、窑工以下犯上，实属无奈之举，万望海涵。”

蒯祥这才说出自己到这里微服视察，是受国师姚广孝姚大人所托。末了，他说：“国师要我不要惊动地方来陆墓看下金砖如何烧制，其目的是选择最好的方砖运至京城，铺设宫殿。至于地保和窑工把本人当作外地‘奸细’，情有可原。”接着，他沉吟了一下，提议：“为避免以次充好，凡陆墓烧制的金砖，得由地方官府督造，并在金砖上标明督造府衙和造砖者的姓名、生产年号，如何？”

苏州府台和长洲县知县认为此举甚好。

自此以后，凡苏州陆墓烧制的金砖都有边款铭文，一直沿袭至清末。

（阳　光）

金砖铺进金銮殿

明永乐年间，皇帝朱棣把皇城从南京搬到北京，造起了金銮殿，在考虑选用什么样的方砖铺设金銮殿的时候，少师道衍和尚力荐家乡苏州长洲县陆墓余窑村烧制的方砖，江苏钦差徐亮则推荐西太湖薛墅村的。朱棣于是发下圣旨，这两家大窑同时烧制，比较之后，再由工部检验，定下用谁家的方砖铺设。

余窑村地处苏州齐门外六里许处水乡小镇陆墓，家家户户世世代代以烧制砖瓦为生。当京城工部发文至苏州府，苏州营造不敢有丝毫怠慢，立即坐船至余窑村，把京城铺设金銮殿选用余窑金砖之事告诉了窑主余勤良。

余勤良表示将不遗余力，烧制出上等方砖呈上，不辜负皇上重托。苏州营造说："西太湖薛墅村烧制的方砖，也在竞选之列，最后定夺还得看谁家的方砖美观实用。"余勤良说："平素我们烧制的每块方砖都经严格把关，哪怕稍有瑕疵，也不出余窑村一步。"苏州营造听了，满意地点了点头。

余勤良年届五十，五短身材，因为辛劳，头发花白，脸上皱纹如刀刻一般，纵横交错，一看，就知道他饱经风霜。余家世代烧砖，传到余勤良，已是第八代了。他做事踏实，烧砖一丝不苟。自从接到苏州营造交下的烧制方砖任务，从选泥、练泥、制坯、装窑、烘干焙烧、窨水，一直到出窑，他都亲自把关，三十多道工序，道道当心，环环扣紧，再加上他有一手祖传的绝技，所以他烧出的方砖光润如墨玉，平滑如明镜。

苏州营造得知余窑已烧制出方砖，便前往检验，一看，惊叹不已。第二天，苏州营造便遣人把余窑的方砖运至石路万人码头。三天之后，西太湖薛墅村的方砖也运至，只等江苏钦差徐亮前来定夺谁家的方砖运抵京城。

这天，余窑主特别高兴，因为他认为余窑独门烧制的方砖，定能胜出，所以，与手下窑工住进客栈，打了几斤烧酒，买了几包卤菜，喝酒庆贺。

翌日一早，余窑主起身后，与窑工同去万人码头，见到一南一北两大竹棚下堆了两大堆方砖，一边是余窑村的方砖，一边是薛墅村的方砖。而南面堆放的一堆方砖的旁边，站着薛墅村的薛窑主等众人。薛窑主得意扬扬，望着余勤良等人，说："余窑主，听说你们的方砖要和我们薛窑的试比高低？"余勤良说："不怕不识货，就怕货比货，等钦差徐亮徐大人来了，就真相大白了。"薛窑主倒也十分自信，说："到时候，你可别拍着脑袋叫屈啊。"余窑主付之一笑，说："我俩谁说了都没用，驴背上看书，走着瞧。"不想薛窑主口气硬得如铁，说："其实，在未把这方砖运到万人码头前，营造已经验收过了，这你也知道。到这里来，是开科之后看红榜了。"余窑主听薛窑主这么一说，心想，薛窑主的方砖经过苏州营造的检验，能否也像余窑砖一样得到连连赞许，只怕未必。余窑主成竹在胸，说："好，那看谁彪炳红榜了。"

余窑主与薛窑主正在说话之际，一阵马蹄之声由远而近，一名满脸胡茬的校尉带领十余名衙役策马而至。他到了万人码头，勒住黑马的缰绳。黑马一声长嘶，校尉翻身下了马，与众衙役把余窑主等人团团围住，拿出一纸公文，高声说："窑主余勤良听令。"此时，衙役中步出两人，朝余勤良脚弯上踢了一脚，余勤良"噗"地跪倒在地。接着，校尉面孔铁青，高声宣读："钦差大人钧谕，余窑烧出的细料方砖，以次充好，全部封存，不得流入民间，今后不得再擅自烧制细料方砖，若有违抗，必加追究。"言罢，十几个衙役拿出封条，贴在北面竹棚下余窑方砖上后，扬长而去。

余窑主一时蒙了，半晌没话。当校尉带衙役走后，众窑工搀扶起窑主，余勤良还没转过神来。他想，我们余窑的方砖，经过层层筛选，苏州营造反复检验，别说苏州一带，就是长江南北，也没哪家大窑烧制的方砖能与我们余窑方砖相比，这官府不要我余窑的方砖倒也罢了，还要封了这批方砖，而且日后不许再烧，这不是敲掉我余家百年来辛辛苦苦创下的金字招牌吗？

为了搞清余窑的方砖质量输在哪里，余勤良决定查个水落石出。

此后，余勤良便四处打听，自家窑上烧出的方砖，在哪个地方不如薛墅窑烧制的方砖好。他从官府一个衙役口中得知，徐钦差说余窑方砖不及薛墅村的方砖，是因为薛墅窑的方砖轻巧，敲击时"咚咚咚"的声音清脆悦耳，而余窑的方砖不但分量沉，而且敲上去的声音也沉。

听到这个消息，余勤良决定一探薛墅窑的方砖发出"咚咚"声的原因。于是，他对手下几个窑工吩咐了一番，最后说："准备好了，我们就去薛墅村。"

几天过后，西太湖边的薛墅村来了几个叫花子，还有几个挑担吆喝破布头换糖的货郎，在薛墅窑边走来走去。有的看他们选泥，有的看他们练泥，有的看他们制坯,有的看他们装窑、焙烧。这些人是余窑主和手下窑工所扮,因为他们都是制作方砖的高手,三天之后,已将薛墅窑制砖的每道工序摸得一清二楚,并发现了薛墅窑烧制的方砖轻巧、敲之有声暗藏的玄机。

过了十天时间,余勤良得知江苏钦差徐亮去了万人码头,欲把薛墅窑烧制的方砖装上官船押运京城。余勤良同几个窑工一起,回到陆墓余窑拿了一块自己烧制的方砖,放到船上,尾随官船向京城驶去。

根据当时工部的规定,地方上经过检验送至京城用以建筑皇宫的所有材料,还得由工部验货官再次验收。所以,薛墅的方砖运到京城后放在一间大厅里。到了验收那天,薛墅窑的薛窑主带领手下窑工早就等候在了那里。眼看验收时辰临近,余勤良带着手下窑工走进大厅,验货官问余勤良是哪里人,来此何事。余勤良说:“我是苏州齐门外陆墓镇余窑村人。”验货官一听,说:“你们烧制的劣质方砖,听说已被钦差查封,现在来此何事?”余勤良说:“其实我们的方砖比薛墅村的方砖毫不逊色。”验货官连连摇手,说:“我只验收薛墅村的货,只等我点个头,这批方砖便要运去施工现场,我哪有工夫让你消磨!”言罢,欲吩咐手下当差把余勤良等人撵出大门。

“且慢!”正在这时,国师姚广孝和江苏钦差徐亮走了进来。姚广孝对验货官说:“刚才余窑村余师傅的话我听得清楚,你让他留在现场,亲眼看看薛墅村方砖的验收结果,又有何妨?”验货官见是少师道衍,不敢怠慢,赶紧把余勤良等人复而请进大厅。

验收开始,验货官吩咐当差把薛墅村的方砖搬上验货台。这验货台其实是香炉脚式的三根粗树桩,当差把一块方砖平摆在树桩之上,验货官用小榔头在薛墅村的方砖上轻轻敲了几下,顿时,发出“咚咚咚”的清脆响声,于是说:“这方砖分量轻,击之声音清脆……”

余勤良欲言,被验货官制止:“别说了,钦差大人选用薛墅之砖不无道理。”道衍坐在江苏钦差徐亮一旁,遂对验货官说:“余师傅既然有言,让他把话说完。”

余勤良面对姚广孝双手抱拳,说:“禀大人,我首先要问,方砖铺设皇宫金銮殿,是不是百年大计?”钦差徐亮接过话茬,说:“对,此乃百年大计、千年大计、万年大计也。”余勤良说:“以小民之见,铺设金銮殿既然是百年大计、千年大计、万年大计,首先要方砖坚实耐用,如果图个敲击有声,倒不如请个堂名班子去金銮殿吹吹打打,热闹一番。”

徐亮一时不明白余勤良此话什么意思，发起愣来。验货官见余勤良冲撞钦差，脸色一沉，厉声斥道："大胆村夫，你竟敢用言词冲撞朝廷命官，拖出去责打三十，以此为鉴！"

余勤良双膝下跪，说："小民只是讲方砖铺地要经久耐用，别无他意。我只求你们秉公办理而已。"道衍见余勤良不卑不亢，口齿伶俐，脱口赞了一句："说得有理，讲下去。"

一旁的薛窑主听得坐立不安了，他说："小民也有话说。"验货官见少师专心致志地在听余窑主说话，便对薛窑主大声斥道："休得胡说！"钦差徐亮把手一挥，说："有理走遍天下，无理寸步难行，让薛窑主也把肚里话说出来。"验货官正在迟疑，道衍十分大度，说："对，薛窑主先说，让贫僧一饱耳福。"薛窑主下跪道："小姑娘唱曲总比老太婆念经强。货色轻巧，当然比笨重的好，我们薛墅窑出的方砖击之有声，清脆动听，自然比余窑出的方砖更胜一筹。"余勤良说："薛窑主此言差矣，同是大窑烧制出炉的土瓦，铺于屋顶，用于凉亭，飞檐凌空，轻巧远远胜过方砖；锣鼓击之，声音变幻莫测，精彩绝伦，远胜过你家方砖敲击之声。可土瓦和锣鼓，均不可用之铺地。"

张说张有理，李说李有理，这下，可把少师道衍和钦差徐亮给搞糊涂了。此时，钦差徐亮说话了："两位窑主的话都似有理，不过，当初工程总指挥、大将军陈珪陈大人垂问何地方砖为好，本官是根据薛墅砖的特点才推荐的。"言外之意，分明有着倾向性。道衍不便驳他面子，说："既然如此，那就看已运来的方砖能否通过验收了，倘若合格，铺设金銮殿的地砖就是它了。"

余勤良急了，说："禀大人，俗话说是骡是马，牵出来遛遛就真相大白，小人冒死有事一求。"徐亮脸一沉，斥道："呔，连少师也发了话，把薛墅窑的方砖验收后，即送工部铺设金銮殿，你还要出面阻挠，以下犯上，实属貌视当朝命官。来人，把这无端滋事刁民拖出去棍打三十，逐出京城。"两名公差听了，立即上前把余勤良反剪双手，欲往大厅外推去。道衍制止道："徐大人，以贫僧之见，还是让他把话说完了，再推出去责打也不迟。这样，至少我等可以听到这刁民肚子里还藏着什么话没有说。"徐亮点了点头，把手一摆，两名公差松开了余勤良。徐亮对余勤良说："这是格外开恩了，你有什么话抓紧禀来。"

余勤良说："我要求把余窑砖与薛窑砖侧面锯开，看看谁家的方砖质地细腻。"

验货官说："余窑的方砖不是封存在苏州石路的万人码头竹棚内吗？千里之外，怎么去锯你的余窑方砖呢？"徐亮忍不住一笑，说："真是一派胡言，到苏州去取封存之砖，一来一回又要几十天，就算我等得及，皇上岂能容得这般贻误！"

余勤良说："小民已备好一块方砖，在外面的木船舱内，等着让你们锯开，当场验收。"薛窑主竭力反对，说："大人，这制作好的御用方砖，锯开岂非糟蹋？"徐亮说："余窑主，你别再死鸭撑硬颈了，苏州营造对你的方砖已做过验收，床底下放鹞子，高不了哪里去吧？"道衍不紧不慢开了口："铺设金銮殿非同小可，一定要启用天下最好的方砖铺设，所以，还是锯开检验为好。"徐亮心想，皇上对这个和尚也礼让三分，自己更是得罪不起。他心里尽管不乐，但还是顺从地点了点头。

验货官立即令手下当差，把余窑的一块方砖抬至大厅，说："来人，把余窑和薛墅的两块方砖同时锯开。"四名当差应了声"是"，顿时，厅堂上只听到"叽咕叽咕"的锯砖声，一会儿，两块方砖被锯了开来。

验货官先看余窑方砖，锯开的方砖细腻光滑，再看薛墅村的方砖，不看不知道，一看吓一跳，只见方砖四面有四个小洞，中间还有一个大洞。

徐亮和道衍步上前去，细细一看，大为惊讶，指着薛窑主大声训斥："大胆狂徒，竟敢弄虚作假，耍巧取胜！"薛窑主自知理亏，支支吾吾："小民该死，小民该死……"

原来，薛窑主自知自己烧制的方砖不如余窑，便想了个取巧办法，在做砖坯时，放了五个草把，烧窑时草把变成了灰，里边就空了，因此，拿起来轻巧，敲起来声音清脆。此时，徐亮连连向道衍说："本官也该担责，也该担责。"道衍放了徐亮一马，说："人非圣贤，孰能无过？大鹏行空万里，也有登草窝之日，骏马行走千里，也有马失前蹄之时。"徐亮于是对手下说："立马发文至苏州知府，把封存的余窑方砖送至京城！"

从此，皇家建筑不准再用薛墅窑烧制的方砖，而余窑烧制的方砖因为质地好，铺进了金銮殿，并受到永乐皇帝朱棣称赞，朱棣为余窑赐名"御窑"。

2006年，剧作家万金声根据这则故事，将其改编成中篇弹词《天下第一砖》，搬上台演出之后，受到观众热评。2007年2月，《天下第一砖》被江苏省委宣传部、江苏省戏剧家协会评为第二届省曲艺"芦花奖"。

（张瑞照）

永乐帝敕封御窑

苏州陆墓余窑被永乐帝赐名为"御窑"，除了因为余窑烧制的方砖质量上乘，另一个原因是他为了保护少师道衍和尚。

说起永乐帝朱棣，他刚登上龙廷时，脾性暴烈，怎么会一改常态，赐名苏州的余窑为"御窑"呢？这得从方孝孺一案说起。

方孝孺之祸，因拒拟诏书而起。朱棣当上了皇帝，少不得诏告天下，便指定方孝孺替他拟这份诏书。为什么非要方孝孺来拟？一是方孝孺学问大、文采好，二是方孝孺为建文帝最倚重、最信任的大臣，如果朱棣即位的诏书出自方孝孺之手，有利于新皇帝收服建文帝旧臣。方孝孺本来是可以逃走的，但他不逃，一身白衣素服，气昂昂直上金殿。朱棣问："你为谁戴孝？"方孝孺答："惠帝（朱允炆）宾天，天下当哭。凡立国，皆应以孝为本，父死子吊，君亡臣吊，这么明白的道理，还用问吗？"朱棣给抢白得怒火中烧，但因还要借重他一支笔，不便发作，便按捺性子，叫他快快拟诏。方孝孺接过纸笔，不假思索，写下"燕贼篡位"四个大字。朱棣把纸扯了，命他重写，方孝孺还是"燕贼篡位"四个字。朱棣威胁道："你再胡闹，不怕项上人头不保？再替朕好生写来。"方孝孺一言不发，提笔仍旧"燕贼篡位"四字。朱棣怒道："你不改写，灭你九族！"方孝孺把笔一掷，朗声道："灭十族又何妨！"朱棣终于暴跳起来，咬牙切齿道："好！就依了你，灭你十族！"从来只听说"九族"，朱棣把与方孝孺毫无亲属关系的，仅和他有过诗词唱和的一批朋友，还有他的一些学生弄来凑成"一族"，共八百七十余人一起押往刑场，全部凌迟处死。另有受此案牵连的数千人被入狱、充军。

方孝孺有今日，姚广孝早有预料，而且暗中还阻止这样的惨剧发生。朱棣发动"靖难之役"，姚广孝是力主之人。四年战争期间，姚广孝做了不可替代的贡献。朱棣尊姚广孝为先生，说："事成之后，必有重赏。"姚广孝说："我什么赏赐也不要，只要你答应我一件事。"朱棣问什么事，姚广孝说："等你登基，有一个人不能杀，不管他怎么惹你生气，也不可杀他。"朱棣问此人是谁，姚广孝说："方孝孺。"朱棣问什么理由让方孝孺如此值得姚先生珍惜，姚广孝说："我要为世上留个读书种子！"

姚广孝和方孝孺政治立场不同，但他非常敬重方孝孺，又深知方孝孺的秉性，故而暗中为他担心，想为他讨块"免死牌"。姚广孝清楚，以方孝孺的为人，是一定会为建文帝尽忠的，这样的人，朱棣是必然要杀的，所以，他以自己为朱棣立下的卓著功勋为筹码，企图买下方孝孺一条性命。结果，方孝孺仍被朱棣杀了，还搭进了"十族"。

姚广孝如此用尽苦心想保方孝孺一条性命，但外人并不知晓，许多人都把方孝孺的惨死怪到姚广孝头上，说姚广孝若不助燕王篡位，哪来方孝孺的杀身之祸？舆论如此，连姚广孝的亲友也觉得不能原谅他，以与他见面为耻。姚广孝回乡省亲访友，到老家去探望同胞姐姐。说起来，姚广孝也算是衣锦回乡，排场可以大得不得了，但他不作张扬，事先只遣了个老仆人去姐姐家通知一声，然后自己一身僧衣，一条小船，悄悄摇到村头，下船上岸，步行到姐姐家门口。姚广孝满心以为，这么多年未见面，姐姐定会早早在门口等他，姐弟相见，喜极而泣，场面感人。谁知姐姐家门户紧闭，连看门狗也关在了屋里。姚广孝心头一紧，觉察到姐姐这是不愿见他，否则，已得到通知的姐姐为何不露面呢？

姚广孝忖度，自己帮朱棣夺得皇位，已为天下人所鄙视，大概姐姐羞于有他这样的弟弟，才避而不见的。姚广孝举手叩门，里面没有响声。姚广孝改为敲门，里面仍无动静。姚广孝又改为拍门，里面还是没人答应。姚广孝沮丧地放下手来，退后一步，朝紧闭的大门鞠了个躬，默默离开了。

姚广孝接着去拜访小时候的朋友王宾，王宾本来在屋外晒太阳，远远看见他走来，转身就进了屋，关了门。姚广孝心头一酸，走到王家屋前，想要敲门，手举了起来又放下了，叹口气，朝来路而去。走出不几步，听见王宾在屋内大声说道："和尚误矣，和尚误矣。"姚广孝听了，差点掉下泪来。

姐姐闭门不见，朋友也拒绝晤面，姚广孝体会到了众叛亲离的滋味。他深受刺激，坚决要求告老回乡，脱离朝廷，永乐帝再三挽留无效，只好准了他的辞呈。过了些日子，永乐帝听说了姚广孝在亲友那里不被待见的事，非常恼火。按他的脾气，是要降罪于这些人的，只因考虑到当真这么做了，姚先生将越发不容于家乡亲友，心情岂不糟上加糟，这才放弃了予以惩罚的念头。永乐帝心想，放姚先生回乡，本意是让他林间野陌,优哉游哉,过几天散淡日子,调养身心,解脱烦缚,但其亲属、朋友、乡邻如果一直是那样的态度,他的心情肯定每况愈下,长此以往,身体也会受影响,搞不好郁郁而终,那还了得! 永乐帝觉得自己应该为姚先生做点什么,让这位大功臣日子好过些。那么,做什么呢? 永乐帝在大殿上踱来踱去,动起了脑筋。最后,他的目光落在地砖上,有了主意,这砖不是叫陆墓"金砖"嘛,行,就用这做文章。

永乐帝要做的文章很巧妙,他深知古往今来,黎民百姓不管对皇帝满意与否,只要皇帝给地方上一个封赏,当地人就会感到无比荣光,并且世世代代以此夸耀。永乐帝决定给姚广孝的家乡一份荣耀,这样,当地人会认为皇恩因姚广孝而来,对姚广孝便会心存感激,对他的态度不愁不改变。于是,永乐帝派出专使,前往长洲县宣旨,称宫中地砖为姚广孝所选家乡产品,甚得皇上欢喜,故而皇上特地敕封烧出苏州陆墓金砖的砖窑为"御窑",以资彰显。这道圣旨下达,长洲男女老幼喜出望外,敲锣打鼓大加庆祝。果然不出永乐帝所料,从此长洲父老对姚广孝彻底改观,恭恭敬敬,奉为上宾。

陆墓金砖也自那时起,有了个特别响亮的名字,叫"御窑金砖"。

（卢　群）

河神庙的来历

明永乐年间苏州长洲县乡下有个画匠叫何秀芝，画出的画活灵活现，精气神处处到位，小有名气。可是他除了给大户人家画壁画，平时的素描都是送给亲友作纪念的，不出卖一张。

有一次，长洲县衙门的屠都头在一户乡绅人家看到了何秀芝的工笔画《阳澄湖景致》。画面中，艳阳下，清水粼粼，芦苇青青，几艘渔船在湖面上，几个渔民在撒网捕鱼……真是风景秀丽。屠都头越看越觉得此画美不胜收。为此，他从乡绅家出来后，去了何秀芝家，求画一幅。

屠都头是县衙门的公差，平时横行乡里，可谓一霸。他向何秀芝求画，认为人到画到，易如反掌。碰巧何秀芝因手头有几户人家要做门楼，请他画底稿，只得如实相告："过些日子我手头空了，给你画上一幅呈上，以为如何？"

屠都头听了，点了点头，转身走了。

自此以后，屠都头等着何秀芝把画送来。可谁知，何秀芝手头事儿多，向他求画的人也多，渐渐把屠都头求画一事淡忘了。屠都头气得罐头里失火——闷烧着，这就种下了祸根。

一次，何秀芝带了两个学生，雇了条船去苏州齐门外写生，船停在陆墓元和塘。他刚上岸，一眼就看到窑工们做砖坯、装窑、烧窑，忙得热火朝天。他越看越好奇，再走近看看，摸摸这块金砖光滑似绢，那块金砖光亮照人，心想，御窑金砖真是名不虚传。可惜这些金砖都是皇宫专用的，否则买它一块练练画、练练字多好！

御窑人晓得何秀芝为人正直。有个叫陈阿春的窑主猜到何先生心里的意思，说："何先生如果喜欢，我送你一块如何？不过这块有点瑕疵。"何秀芝连连摇手说："使不得、使不得。"陈阿春说："这块金砖是送京城时剔出来的。"何秀芝想：既然是剔出来的次品，我就买它吧！再一看，这块金砖虽是次品，但无大碍，平整度好，光亮平滑，便说："陈窑主，你把它送给我，我难以接受，你们做块金砖很辛苦，不如按照卖给皇宫的价钱，我如数付银。"说完，他掏出银子付给陈窑主。

俗话说："世上没有不透风的墙。"这消息很快传到了长洲县衙屠都头的耳朵里，屠都头压在心底的一团火一下子爆发了，他想：你这个胆大妄为的何秀芝，本人叫你画幅山水，你推三阻四，至今半年过去，连画的影子也没看到，现今又去了陆墓游山玩水，并窃取皇家方可使用的御窑金砖，你根本不把皇帝放在眼里！于是，立即报告了知县。知县生怕此事连累自己，立即上报了府台。苏州府台听闻于是派屠都头带领捕快捉拿何秀芝。屠都头与捕快不敢怠慢，很快就将何秀芝打入大牢。苏州府台定他两条罪状：一是陆墓御窑金砖是专供皇宫所用，不得自由买卖，连次品也不得流入民间，私买金砖，罪当问斩；二是何秀芝出皇宫正品价买下这块金砖，是与皇上唱对台戏，凌驾于皇帝之上。何秀芝与苏州府台据理力争，反遭酷刑相加，只得含冤服罪。苏州府台还把卖金砖的窑主及何秀芝的两个学生一并打入大牢，秋后一并处斩。

陆墓百姓替何秀芝等人鸣不平，筹集费用准备上京为他们告御状申冤。有个书生劝说道："胳膊总归拧不过大腿，历来是'堂堂衙门八字开，有理无钱莫进来'，你们要带多少钱啊！到了京城，吃了苦用了钱，弄得不好，还要多死几个人，说不定连摇船的也要问斩。"

后来陆墓人得知，何秀芝之所以被害，是屠都头泄私愤告密所致，于是地保出面，暗中四下搜集屠都头平素搜刮民脂民膏、仗势殴打无辜乡民的罪行，然后一纸诉状告至苏州府台。

苏州府台为了平民愤，把屠都头抓了起来，将其绳之以法。

陆墓百姓为纪念画匠何秀芝、窑主陈阿春等四名无辜百姓，造了一座庙，名义上是河神庙，实际上里面供奉的是何秀芝、陈阿春。为啥称河神庙呢？这是一位聪明的老者想出的点子，"河"与"何"、"神"与"陈"谐音，这样既可避嫌，又能暗中纪念何秀芝、陈阿春。

陆墓的这座河神庙在抗战时期，被侵华日军炸毁。

（赵长润）

一首藏头诗

自从永乐皇帝敕封"御窑"，苏州长洲县百姓脸上有光了一阵子，但很快就喜悦不起来了，忧愁爬上了眉梢。这是为什么呢？

原来，皇上两片嘴皮子一吧嗒，"御窑"二字出口，地方官感觉到了山一样沉的分量。须知这个"御"字不是轻易能用的，但凡带个"御"字的器物，皆为皇上专用，如皇上睡的床称"御床"，皇上的办公桌称"御案"，皇上吃的饭菜叫"御膳"，皇上沐浴的汤池叫"御汤"，皇宫的后花园名"御园"，等等，不一而足。倘有人冒冒失失擅用了这个"御"字，那就是僭越，等同谋反，属十恶不赦之罪的首位，轻则凌迟，重至灭族。而且，万一哪个地方出了这么个冒失鬼，他本人获罪倒也罢了，连带着地方官也得跟着倒霉，将被以失察之责受到严厉处分，那才叫冤呢。因此，"陆墓金砖"的名称升级为"御窑金砖"后，对于苏州府台、长洲县知县而言，无异于捧到了一只烫手山芋，所以他们就此会商研究怎样确保不至于闹出纰漏来。

长洲县知县愁眉苦脸说道："陆墓在鄙县域内，皇上赐下'御窑'二字，固然是鄙县自立县以来最大的皇恩，但稍有不慎，祸将临头，如何是好？"

苏州府台摇头道："我为官数十年，也是第一遭碰到如此棘手之事，这几天也是愁得茶饭不思，睡觉不香，一直在寻思可能会出些什么问题。"

长洲县知县哆哆嗦嗦说："其他问题暂且不谈，光是'御窑金砖'这四个字，卑职想起来就心惊胆战。孔圣人有言：'君子喻于义，小人喻于利。'窑户，升斗小民也。他们想把砖头多卖几个钱，十有八九会抬出'御窑金砖'这块金字招牌。'御窑金砖'招摇过市，万一有人奏上一本，说刁民借皇上敕封而渔利，岂不要被皇上视为欺君罔上，一场大祸就躲不过了。"

苏州府台脸都转了色："莫再说了，莫再说了，你这一席话，听得我眼皮直跳。你还是说说，事已急矣，怎样化解吧！"

长洲县知县两手一摊："卑职才疏学浅，还望大人指点。"

苏州府台悻悻地说道："我又不是七窍玲珑心，一时哪有什么好主意，你莫以为我存心推诿，须知贵县一旦有咎，很可能往上追责，我这苏州府能逃得了吗？我也巴不得立刻有个章程给你呢！"

长洲县知县说："卑职也不是存心要把这个难题推给大人，只是想和大人一起商量个办法罢了，大人切莫误会。"

苏州府台语气这才缓和下来："无妨无妨，继续商量，继续商量。"

两人商量了一夜，也没想出什么好办法，长洲县知县最后说道："大人，卑职早就听说尊衙有位幕僚，人称'赛诸葛'，大人何不请他出出主意呢？"苏州府台一拍脑袋，说："哎呀！我给'御窑'二字压得乱了方寸，怎就把他忘了呢！来人，快快去请许老夫子，请他马上前来。"在旁侍候的衙役拔腿飞奔而去，无多片刻，就将一位姓许的绍兴师爷请了过来。

许师爷捻着几根灰白胡须，听东翁说罢情由，微微一笑，吐出了八个字：

"寸土片砖，不得擅用。"

这位绍兴师爷，不曾枉担虚名，"赛诸葛"的外号他当得起，仅用轻轻巧巧八个字，就令长洲县知县满脸愁容一扫而光，苏州府台紧锁的眉头也解开了。苏州府台和长洲县知县都是进士出身，并不笨，方才是一味纠缠在"御窑"的死结上，思路未打开，现在经许师爷一提醒，顿时豁然开朗。对呀，出一张告示，禁止长洲县百姓使用地产砖，不就万无一失，确保无虞了吗？这叫作"釜底抽薪"，从根本上断绝"御窑"民用的危险。

官府这张告示一出，苦了长洲黎民，除了等待皇宫的订单，他们不能再烧窑制砖，收入锐减，而且，建屋造房须到外地购砖，费事费钱。长洲百姓找到姚广孝，请他出面去跟官府说说，能否撤销了这张告示。姚广孝此时赋闲在家，不便干涉地方上的政事，直接管这件事不妥，何况官府出此告示，打的是维护皇上专用权的旗号，岂是说撤销就可撤销的？姚广孝左思右想，想定当之后，专程上了一趟京城，求见永乐皇帝。

永乐帝见姚先生前来，十分高兴，设御宴款待。酒过三巡，姚广孝从怀里掏出一笺，笺上有诗一首，说道："皇上，您赐微臣家乡'御窑'之名，百姓欢欣鼓舞，臣也激动得彻夜难眠，特将此心情写成了一首诗，呈皇上过目，切望皇上御笔缮写，让微臣带回去制匾高悬，一来可光耀门第，二来可日日瞻仰皇上墨宝，以慰臣感念圣眷之心。"永乐帝爽快地答允了，命内官取来文房四宝，展纸挥毫，龙飞凤舞，将姚广孝的诗抄了一遍。诗为：

御笔洒甘霖，

窑户沐皇恩。

金银诚贵重，

砖亦价不轻。

本是寻常泥，

地因绝艺升。

可知世间事，

用途赖圣心。

姚广孝从京城回到相城，雇了手艺高超的匠人，将永乐帝亲笔缮写之诗制成匾额，挂在姚氏宗祠大门上方。制匾时，姚广孝吩咐工匠把每句诗的第一个字放大一倍。诗共八句，每句首八个字连起来读，就成了"御窑金砖本地可用"。这可是皇上御书，与绍兴师爷那八个字相比，效力是一个天上，一个地下，官府的告示只能作废了。

姚广孝的诗，是一首"藏头诗"。藏头诗，又名"藏头格"，是杂体诗中的一种。杂体诗包括回文诗、剥皮诗、离合诗、宝塔诗、字谜诗、辘轳体诗、八音歌、藏头诗、打油诗、诙谐诗、集句诗、联句诗、百年诗、嵌字句首诗、绝弦体诗、神智体等四十多种，各有特点，带游戏色彩，深受人们的喜爱。而藏头诗，共有三种形式：一种是首联与中二联六句皆言所寓之景，而不点破题意，直到结联才点出主题；二是将诗头句一字暗藏于末一字中；三是将所说之事分藏于各诗句之首。常见的是第三种，每句的第一个字连起来读，可以传达作者的某种特有的思想。姚广孝的诗，属于第三种。永乐帝从小受到皇家很好的教育，对各种体裁的诗都非常熟悉，一眼就看出了姚广孝诗中玄奥，之所以御笔抄写一遍，是给姚先生面子。

姚广孝用这首藏头诗，巧妙地保住了御窑金砖也可为民间所用的权利。

（卢　群）

望郎桥

苏州齐门外有座望郎桥，据传，这桥名是明代道衍和尚所题，它的由来与永乐年间潘德与菁菁有关。

潘德是个渔民，家有一只小木船，父亲早亡，与母亲操舟捕鱼为生，粗茶淡饭，日子过得清苦，倒也其乐融融。

一天，母亲咳嗽不止，潘德把母亲送到陆墓镇上郎中那里医治。郎中对潘母诊断后，开了三帖药，吩咐潘德前去药房购买。潘德拿着方子走进三元药房。药房伙计看了方子，给他配了药，叫他付上五两银子，潘德倾囊只有二两，一时没了主张，便对账房说："这三帖中药放着，我这就到街上看看可有熟人。午时之前一定来取。"言罢，他带着母亲，步至闹市。潘德在往来如梭的人流中，不见一个熟人，情急之下，双膝跪地，对路人说："各位客官听着，因我母亲患病，买药尚缺纹银三两，望能借于小弟，日后双倍奉还。"

路人见到一个小伙子跪地乞讨，议论纷纷。有的说："看这人的衣着，不像是个缺钱的主，会不会是拿着金饭碗讨饭，装穷。"有的说："男儿膝下有黄金，一个精精神神的年轻人跪地乞讨，真不知天下还有'羞耻'两字。"有的说："这小伙子，嘴上说日后双倍奉还，谁知道是真是假，这钱啊，别说素不相识的，就是街坊邻居、弟兄姐妹，借了钱愣是不还的也大有人在。"总之，看热闹的人倒是不少，就是没人肯掏囊中之银。

潘德望着一旁不停咳嗽的母亲，禁不住急得双泪直挂。

正在这时，走来一个姑娘，听了潘德的一番话，看了看他身后白发苍苍的潘母，掏出了三两银子。潘德拿了银子，连连道谢，说："请问姑娘芳名，家住哪里，日后容我双倍归还。"姑娘把手一摇："古语云：'哀哀父母，生我劬劳。'天地之大孝当先，孝敬父母如敬天。你一个凛凛七尺男儿，为了给母亲买药治病，当众屈膝下跪，着实令本姑娘感动。"潘德因姑娘不肯说出姓名、地址，把钱退还给她，说："君子一言，驷马难追。日后若我不能把钱双倍归还，会让我终生遗憾。"姑娘见潘德坚持不收，只得说出自己是乌窑里村人，名叫林菁菁。

潘德有了银子，即刻去了三元药房，买了药，背着母亲返回船上，点火煮药，给母亲服用。这药果真灵验，潘母服下三帖之后，化痰止咳，康复如初。

借钱救命，双倍归还，这话既出，便当重诺。然而，六两银子对富户人家来说，只是几个小钱而已，可对于以捕鱼为生的潘德，如同磨盘般沉。为了兑现当初的承诺，潘德早上操舟捕鱼，日落去市卖鱼。平素与母亲粗茶淡饭，省吃俭用。三个月后，终于积攒下了六两银子。潘德摇船去了乌窑里村，找到林菁菁，当面把六两银子如数捧上。

林菁菁是烧砖师傅的女儿，早就把那天给了潘德三两银子的事给忘了。如今她见潘德不但尽孝，而且如此恪守信誉，不由得心生好感，多看了他一眼。只见这小伙子中等身材，浓眉下是炯炯双目，她心里一热，说："请问尊姓大名？"潘德说出自己祖上本姓姚，因父亲贫困娶不起老婆，入赘船家潘公，潘公前几年病故离世，时下与母亲以打鱼为生。

自那天以后，潘德的影子常在林菁菁脑际萦绕。一天，她去黄埭镇上买席草，正往回家路上走着，迎面来了一个身穿锦衣的年轻人，还带着两个家丁。锦衣男子见林菁菁有三分姿色，且挑着担子，走路别有风姿，便上前与她搭讪："姑娘，去哪儿啊？这么个迷人身材，挑着担子，让小爷心疼死了。不如叫我家家丁帮你挑回家去。"林菁菁抬头一看，是个纨绔公子，不予理睬。可那公子自我介绍道："我姓金，金银财宝的金，名鑫，三个金字的鑫。我的名字你也许不知，但我父亲的名字全县家喻户晓，他是知县金寿禄。"言罢，有恃无恐，拉下林菁菁的担子，双手一张，意欲拥抱亲热。两个家丁在一旁鼓噪起哄，呵呵大笑。林菁菁一面躲避，一面呼喊："快来人啊，救命啊！"路人闻声赶至，一看是县太爷的公子金鑫，为免招惹是非，返身就走。金鑫嬉皮笑脸："姑娘，别喊了，只要你跟我回家，成全我的美事，你也别挑这草了，我给你挑一担绸缎回去。"金鑫死死搂住林菁菁不放。林菁菁拼命挣扎，无济于事，急得哭了起来。

眼看菁菁难逃受辱，一个年轻汉子拔腿奔了过来，大喊一声："休得无礼！"一把拽住金鑫，往旁一掀。金鑫收不住脚，跌倒在地，鼻子撞上了一旁树身，血流不止。两个家丁一看公子被揍，捋起衣袖，拔出拳头，一齐扑向那年轻汉子。年轻汉子往左一拳，向右一脚，把两个家丁打得趴倒在地，哇哇直叫。自知不是那年轻汉子的对手，家丁扶着金鑫拔腿就溜。

原来这年轻汉子正是潘德。他在黄埭集市上卖了鱼准备回到歇在河埠的木船上，听到有人呼救，赶了过来。他见一个锦衣男子在调戏姑娘，三步并作两步，冲上前来，解了菁菁之围。

潘德见金鑫已被两个家丁扶着溜去，并不追赶，返身对那姑娘说：“没事了，你回家去吧。”不想那姑娘一看是潘德，委屈的泪水潸然而下，说：“我是菁菁啊……”扑上前去，伏在潘德的肩上，哇哇直哭。

潘德一看是林菁菁，抚慰了一下。生怕她途中再出事，潘德将一担草席挑到自己船上，与母亲摇船将她送至陆墓家中。林师傅见女儿乘船回家，感到奇怪。林菁菁把途中遇到不法歹徒，幸亏潘德出手相救之事，一五一十地告诉了父亲。林师傅欲取银酬谢，潘德断不接受，说：“路见不平，拔刀相助，这乃男儿本色。”林师傅见这小伙子有仁有义，女儿菁菁对他又颇有好感，遂与潘德母亲商议儿女亲事。潘母一听，笑逐颜开，频频点头。

潘德、菁菁结婚那天，村上前来致贺的人不少，热闹非凡。可正当潘德、菁菁拜过天地，正欲进入洞房时，外面闯来了五六个公差，不问三七二十一，“锵锒”一声，将铁链条往潘德脖子上一套，拖了就走。林师傅拉住为首的公差，问：“潘德吾婿安分守己，犯了哪家王法？”公差说：“他在前些日子出手殴打了知县的公子，这样的暴徒，理应严惩不贷！”

潘德被抓到县衙后，知县升堂理事。金知县要潘德承认无端滋事，出手打人之罪。潘德拒不认账，说：“我是出手救助遇辱女子，何罪之有？”金知县不再多问，命衙役把潘德五花大绑，游街示众。

在县城游街，不少路人均不认识潘德。押解潘德的差役“喤喤喤”敲打铜锣，高喊：“刁民潘德，出手殴打无辜良民，游街示众，以正民风。”路人不明真相，出于对横行乡里的歹徒的痛恨，纷纷拿起西瓜皮、小石子、烂泥块等东西砸向潘德。一会儿，潘德脸上污物狼藉。有的路人还出手殴打潘德，潘德有口难辩，身子被绑，难于躲避，竟被殴打得鼻青眼肿。

“住手！”一个姑娘大喝一声，奔了上来，护住潘德，对路人高声喊道，“人在做，天在看，头上三尺有神灵。试问，纨绔子弟出手调戏良家女子，该不该揍？乡亲们，这个被公差捆绑的男子名叫潘德，出手救助小女子，精神可嘉，反被官府游街示众，这公理何在？"姑娘正是林菁菁。众人一听，纷纷打听那个纨绔子弟是谁，林菁菁说："就是当今知县金寿禄的儿子金鑫。金知县拿了皇家俸禄，执法不公，营私舞弊。"路人义愤填膺，纷纷指着差役："你们这是助纣为虐，为虎作伥啊！"刚才对潘德抛掷杂物的路人，此时顿觉不好意思，连连赔礼致歉。差役见引起众怒，立马把潘德押回衙门，将街上遇到的事向金知县如实禀报。

金知县生怕闹出大事，日后影响自己仕途，思前想后，只得把潘德放了。

潘德回家之后，对林菁菁上街为自己辩护，十分感激，说："要不是你秉持正义，我如今还在大牢之中。"林菁菁说："夫妻之间，夫有难，妻当扶之，妻有难，夫当扶之，岂可怠慢，熟视无睹？"两人紧紧相拥，激动不已。

潘德与林菁菁成婚之后，住进了乌窑里村，两家人合成了一家人。菁菁在家理草织席，潘德在外捕鱼捉虾。林师傅看到潘德操舟撑舵游刃有余，便把他介绍给了押运金砖的船主。从此，潘德与船主往返于京城与苏州，虽然十分辛劳，但所得银两日渐多了起来。每次潘德出门，林菁菁总要送郎到河埠，望着丈夫走上船，挥手渐渐远去，直到看不见，才转身回家。

几年之后，菁菁的父亲林师傅和潘德的母亲潘氏先后年老谢世。两人把父母亲安葬后，守孝了三年。孝满，潘德才重新跟船主上船运输御窑金砖。

一次，押运金砖的船主患病，求潘德主持。潘德二话没说，一口应诺。知事特地赶来，再三关照：一定要把好舵，按时把金砖送抵京城。潘德言之凿凿："容当不遗余力，鼎力而为。"

潘德走后，妻子菁菁天天至桥头翘首盼望。一天一天过去了，从春到夏，从夏到秋，丈夫潘德没有回来。菁菁日夜思念，日渐消瘦。一天，菁菁终于看到了春天拔锚去京回来的木船，又惊又喜。她到了那里一看，唯独不见自己丈夫。一民工如实相告："在把金砖运至京城返回途中，遇到了强人，潘师傅率领我们奋力相抗，终于打退了强人。然而，当我们回船之后，却发现不见潘师傅，四下寻找，不见踪影。之后，我们又通过当地官府，贴出寻人启事，三月过后，还是没有音讯。看来，潘师傅被强人掳去，凶多吉少。"

菁菁听着听着，潸然泪下。尽管丈夫生还希望渺茫，但她每天总要去桥头向小河尽头望去，直到日落西山，才拖着疲惫的步子往回走。

到了年底，家家忙着过年，菁菁烧了点果腹的食物，便去桥头，望着望着，天暗了下来，天上下起大雪，漫天飞舞。乡亲们见了，对她说："潘德可能走了，永远不会回来了。"菁菁说："不，我昨夜还梦见他啊。"乡邻们劝她："地冻天寒，你还是回家取暖歇息吧。"菁菁说："我想在这里再望郎一会，也许他会出现，也许他会回到我的身边，也许他会出现后搀扶我回家，一起回家吃年夜饭。"乡邻们见菁菁对丈夫如此情真意切，感动得掩面而泣。

时间慢慢地过去，菁菁突然被村里"噼噼啪啪"的鞭炮声吵醒，当她睁开眼一看，一个衣衫褴褛、蓬头垢面的男子正搀扶着自己一步一步往家走。菁菁说："你是谁啊？"她挣扎着，可一点力气也没有。那个男子说："我是潘德啊！"菁菁睁大了眼，双目注视着男子，当她见面前果真是自己的丈夫时，忍不住哇地一声，哭了出来："你怎么到现在才回来啊……"泪水直流，染湿了衣襟。

原来，潘德率领众船工与强人搏斗，他一马当先。见强人夺路而逃，他一路追赶，不慎掉下了山崖。当他醒来，已是星斗满天。他好不容易支撑着身子站起，到河边寻找自己的船只，木船已经不见。因为身无分文，他只得一路乞讨，往苏州而走。有时候乞讨不到，就饿一顿，累了，就进破庙歇上一宿。有几次，他生了病，几乎撒手西去，但他硬是去山上寻找草药，吃了后，撑了过来。他只有一个信念：回到苏州，回到陆墓，回到乌窑里，因为在那里有盼望着自己平安回去的妻子菁菁……

明少师道衍和尚年老辞官返回故里苏州，听到了潘德和菁菁的故事，唏嘘不已，专程至乌窑里拜访这对夫妻。他说："心心相印，患难与共，夫妻之道也。"并出资把村前的那座独木桥加以修缮，操笔为此桥题名"望郎桥"。

（张瑞照）

金砖连遭敲竹杠

明正统年间，修缮皇家园林，工部发文苏州府烧制金砖千块。

苏州府营造物色了以朱金生为首的九户窑主，签了个合同，合同上白纸黑字，写得明明白白，购二尺见方、两寸半厚的金砖，每块金砖十两纹银，总计一万白银，并约定六个月内按量、按质运抵京城。九户窑主一听，非常开心，那些没有订到金砖合同的窑户则羡慕不已。

九户窑主请客庆贺，亲戚朋友都来道喜，就连平时偶尔有点来往的坊间人家，也办上几桌酒席以示祝贺，沾沾喜气，一时间陆墓吃喝之风盛行，折腾了一个多月才平定下来。

九户窑主开始制坯、装窑、焙烧，金砖终于出窑了，窑主们便把金砖装上了船。三天后，是窑主们选定的黄道吉日，他们在运河边烧香点烛，随后随船队向京城进发。一路上顺风顺水，并无周折，半月余，运送金砖的船队在半夜到达京城。那夜天空月朗星稀，微风轻拂。为首的朱金生抬头观望，只见一朵乌云慢慢向明月靠拢，渐渐遮住了月光，心里一惊，一种莫名的恐惧涌上心头，嘴里喃喃祈求：但愿老天帮忙，皇恩浩荡。

天色大亮，京城工部验货官带着一帮衙役，前来验收金砖。朱金生不敢怠慢，立马与众窑主上前叩拜。来的工部验货官名叫郝新常，此人长得肥肥胖胖，两只小眼睛滴溜溜转，时时在寻找油水，所以同僚们当面都叫他"好心肠"，背地里却称他为"黑心肝"。

郝新常表面和和气气，手儿一摆，笑道："免礼了！"众窑主起身。朱金生上前一步，双手一拱，说："大人，苏州御窑金砖运到，请验收。"郝新常背着双手，绕着朱金生兜了三个圈子，说："喔，你就是朱窑主吧？千里迢迢到京城，懂得规矩吗？"朱金生茫然不知其意，问："大人，小人未见过世面，不知道什么规矩……"郝新常"嘿嘿"一笑，转弯抹角说："比如，有没有带点苏州土产孝敬工部大人们啊？"朱金生连忙回话："下次一定补来，这次请大人见谅。"郝新常不阴不阳说："呵呵，本官和你开玩笑，才不稀罕你们的土产。"心里却想：你个乡巴佬连这点规矩都不懂。

郝新常冷冷地吐出两个字："验货！"几个衙役从船舱里搬上几块金砖，放到岸上。郝新常厉声说了声："砸！"衙役提起大锤，将一块金砖砸得四分五裂。郝新常拾起一块碎砖，看了看断面，鸡蛋里挑骨头，说："砖里含有杂质，退回！"话毕，拂袖而去。

几个窑主傻了眼，个个目瞪口呆。千里迢迢，长途运输，一来一回，运费可不是个小数目，你当官的轻飘飘一句话，不是要人命吗？货退了回去，蚀了本，烧窑的、制坯的工钱仍得付，只怕卖了房屋都不够补这个窟窿啊！

几个窑主商量来商量去，商量不出个好办法，只能硬着头皮去求郝新常。郝新常说："看你们可怜，本官网开一面，这批金砖折价留下吧。你们回去赶紧再烧制一千块金砖，倘若下一批货合格，这批砖的折价一并结算给你们。"朱金生小心翼翼问："不知大人说的折价，是打几折？"郝新常说："四六折。"朱金生壮起胆来又问："是小人们得六成吗？"郝新常说："颠个倒还差不多。"几个窑主面面相觑，默不作声。

郝新常见窑主们犹豫，说："你们嫌少，就把砖运回去，本官这就奏明皇上，治你们敷衍办差之罪！"朱金生慌忙说："大人息怒，小人们唯遵大人之话。"郝新常这才把手一挥，说："去吧。下次送金砖来可要懂点规矩啊！"

返回苏州途中，几个窑主唉声叹气，愁眉不展，如果回去不生产金砖，定会获罪，生产吧，按郝新常的标准，这砖又怎么烧制啊？

朱金生他们回到苏州御窑，把情况给乡亲们一说，大家敢怒不敢言。全村窑户同情朱金生他们，凑在一起，个个动脑筋，人人想办法。有个年长的金窑主说："要金砖的质量再上一个台阶，我们要在泥土上动脑筋。"窑主们七嘴八舌议论起来，一致认为将所选泥土先进行澄浆，滤出来的泥浆经过滤沉淀后，不但黏性好，而且更细腻。经过多次的试验，果然灵光，不过人工成本提高了不少。窑主一计算，如果按合同上的价格，提高了的成本加上上回的损失，这次的一千块金砖的收益尚勉强划得来，于是开始正式生产。为了保证质量，烧窑时用的全是松枝，且闷窑时间又延长一个多礼拜，以确保万无一失。

御窑人群策群力，经过几个月的努力，质量上乘的金砖出窑了。出窑时都是由身强体壮的男劳力进行搬运的，以便达到轻拿轻放的目的，包装时都用草绳捆绑，再用稻草垫底，装运上船又再次检查，没发现任何问题才放心。朱金生带领众窑主把金砖装船运到京城，找到验收大员郝新常，说："金砖已到，请验货。"郝新常心想苏州御窑窑主一定接受上次教训，这次一定会带来"土产"，可是他见几个窑主两手空空，气得几乎说不出话来，心想：这些乡巴佬，真是拎不清。

第二天，郝新常带了一帮人来验货，可是，反反复复检查都找不出毛病。这时的他只好瘪着嘴有气无地说了"合格"两字。几个窑主悬着的心落了地，心里甜滋滋的就等银子到手回苏州了。

过了三天，窑主找到了郝新常，说："我们准备回苏州了。"言下之意就是把货款与我们结清吧！郝新常板着面孔说："你们还想要钱吗？不治你们的罪已是你们的造化。"窑主们听了这话，个个目瞪口呆。郝新常接着说："上回的金砖以次充好，这次的金砖过了交货期，这不是欺君之罪吗？你们有十颗脑袋也不够砍的！"窑主们知道他又要使坏，却又不得不忍气吞声，一齐央求郝新常高抬贵手。郝新常见火候差不多了，慢悠悠开了腔："本官素有好生之德，能帮总要帮你们，不过，本官想替你们说话，还得看同僚给不给面子，同僚那么多，个个要打点，所以，这回本官只能付给你们三分之一的货款，余下的银两，本官用作打点。你们明白本官的一片好心，就这么办吧！"几个窑主无话可说，只得一声苦笑。

朱金生一行回到陆墓，向众窑工说明情况，按比例发给大家工钱。大家哭丧着脸说："这点钱只够喝点粥汤。"这样一折腾，窑主们吃了大亏，可是御窑金砖"敲之有声，断之无孔"的名气从此传扬开了。

（赵长润）

让况青天胖一点

苏州碑刻博物馆有一块"苏郡太守况公像碑"，碑上刻的是况钟画像。相传这块石碑是明正统七年（1442）苏州城做草席生意的商人贾金募捐，由御窑雕刻艺人袁大贤操刀，认真镌刻而成。

况钟的画像是他在病危时画师操笔绘画的，当时的他已消瘦不堪，而砖碑上的画像却天庭饱满，缘何反差如此之大？这得从况钟的为官之道说起了。

况钟（1383—1443），字伯律，号龙岗，又号如愚，靖安（今江西省靖安县高湖镇崖口村）人，出身小吏，明宣德五年（1430）任苏州知府。他是明代一位受百姓尊敬的清官，苏州人民称他"况青天"。昆剧《十五贯》，就是歌颂况钟并使其妇孺皆知。

况钟在苏州任上严惩贪诈的属吏，曾与巡抚周忱奏请减免江南重赋，并抑制豪强，使织造采办的宦官和卫所将卒有所收敛，这些都是很得人心的事。明代的宦官是一股黑暗政治势力，在况钟的年代，虽还不曾演变到后来的宦官专政那么严重，但皇帝派往江南任织造采办的都是亲信太监，仗着通天后台，为所欲为，四品黄堂在他们眼里根本算不了什么，事实上也几乎没有一个地方官敢于跟他们较劲，除了况钟。况钟敢上奏折向皇上告这些太监的状，敢毫不容情地打击这些太监在苏州的社会基础，终于使他们规矩了一点，苏州百姓受的欺诈骚扰也多少减轻了点。减免重赋，更是苏州百姓万分感激之举。江南，尤其是苏州的粮赋特重，这是明朝开国皇帝朱元璋规定的，况钟代苏州百姓上奏，要有过人的勇气，搞不好会落个"忤逆太祖"的罪名，那是要充军杀头的。况钟严惩自己的一些贪赃枉法的部下，铁面无私，有一个查办一个，决不宽恕，决不庇护。

况钟待下属这样严厉，人们很容易把他想成不苟言笑，一天到晚面孔板起狠巴巴的样子。其实况钟并不是这样的，他有时候也很诙谐风趣，甚至还给自己编些半真不假的故事，讲给朋友听，以至流传到民间，被一些文人记录下来。清代顾震涛编纂的《吴门表隐》就录有一则：

"胥门城楼有伍子胥像,立于石上。明正统时,知府况钟修城,因其不敬,改坐像。撤石见古铭十字曰:'若要子胥坐,须待二兄来。'二兄,况字也。"

这十个字,即便今人以明清时期的语言标准来看,也古不到哪里去,一看就知道"伪托古铭",寻开心罢了。公余暇时,三五友类,浅酌慢呷,说来供人一哂,亦可佐兴。况太爷倒也算是性情中人。

况钟还非常爱才。他任苏州太守的时候,有个书生名邹亮,才高学深而郁郁不得志,上书况钟毛遂自荐。邹亮的信中有句话:"大小无遗,一善一艺各当其用。"如果换了气量小点的官员,看了这句话是会不高兴的:喔,你是在旁敲侧击批评本太守没有做到人尽其才吗?你这种狂妄之徒还能用吗?就把这封自荐信丢了。况钟不然,他不在乎人家的话是甜是酸,只想知道这个年轻书生到底有没有真才实学。本来,况钟只消招几人来问话即可,如府学堂的教师、邹亮居住地段的地保,但况钟做事细致认真,他亲自查访,很快搞清了邹亮的才学与人品,便向皇帝专门呈了一个奏折,说:"臣察得本府长洲县儒学生员邹亮,才性通敏,德行无亏,文辞丰赡。屡试高筹,为士林所推服,实为出众之才。"况钟对邹亮的大力推荐,引起了一些人的嫉妒,一时之间,冒出了雪片似的飞向朝廷各权要部门的匿名信,匿名信罗列了邹亮一大堆"罪名",并指责况钟"察人不当,荐人有误"。况钟的幕僚都劝他,请他慎重,放弃举荐邹亮,这样匿名信也许就到此为止了,否则,说不定朝中哪位大臣受到接连不断的匿名信影响,以"举荐不实,欺君之罪"弹劾他,那就惨了。况钟的家人也劝他不要为了一个无名学子,甘冒丢掉锦绣前程的危险。况钟不听劝,坚持继续推荐邹亮。日后的事实证明,况钟举荐对了,邹亮被朝廷录用后,因才华出众,由吏部司务擢升到御史,成了国家的栋梁之材。况钟不畏谗言,举荐无亲无故的邹亮,为世人留下了一段佳话。

明朝规定,地方须定期赴北京考绩,朝见皇帝。一般而言,地方官进京都要携带大量金银珍宝、名产土仪,遍送京城里的权臣贵戚,以求提升。金银珍宝当然是搜刮来的,名产土仪是强迫摊派的。明代流行的一首歌谣说:"知县是扫帚,太守是畚斗,布政是叉袋口,都将去京里抖。"这种官场潜规则,况钟深恶痛绝,他进京前,也有人好意劝他,多少带些东西去,免得遭权臣贵戚嫌,给他小鞋穿。况钟一脸严肃,挥笔写了两首诗,作为回答。诗曰:"清风两袖去朝天,不带江南一寸绵。惭愧士民相钱送,马前洒泪注如泉。""检点行囊一担轻,长安望去几多程。停鞭静忆为官日，事事堪持天日盟。"况钟进京，两袖清风，不带一镭一铢，显得光明磊落，一身清白。

苏州人很为自己有况钟这样的太守而欣慰，他们称况钟"况青天"。况钟于正统七年冬（1443年初）病逝苏州任上，但"苏郡太守况公像碑"却立于况钟生前。原来，苏州人担心朝廷迟早会调走况青天，再也见不到这位好官的面，所以，打算制作这么一块碑，把他的形象永远留在吴中。商人贾金知道后，立即捐钱置了块石碑。御窑雕刻艺人袁大贤得知后，自告奋勇揽下了雕刻的活。供袁大贤雕刻参照的画像是在离况钟去世之日不远时画的，那时况钟已经病得不轻，但仍在带病工作，所以画像上的况钟非常消瘦。袁大贤对画像左看右看，横看竖看，看了再看，最后喃喃道："让况青天胖一点吧。"说罢，埋头动刀，全神贯注投入了雕刻。

况钟也有其他画像留存于世，这些画像都是很瘦弱的，唯一例外的便是苏州的这块像碑。这是雕刻艺人袁大贤觉得况钟太辛苦太劳累了，不忍心看到他这么瘦，才把他刻画得富态。

苏郡太守况公像碑，原立于姑苏城内通和坊吴县学宫咏归亭，现存于苏州碑刻博物馆戟门东掖门。碑高0.92米、宽0.54米，中为明朝苏州知府况钟线刻半身画像，上勒明朝兵部尚书兼华盖殿大学士杨士奇的赞语，楷书19行，下镌明朝吴县儒学训导陈宾的题识，楷书22行，落款年月为明正统七年（1442）十月。

（卢　群）

砖雕匠袁大贤

一天下午，苏州府台况钟至长洲县视察御窑金砖烧制情况，见陪同自己的荣知县脸色不悦，遂问他为何事愁眉紧锁。荣知县说："上午境内发生一起凶案，而且牵涉内人胞兄，正欲向你况大人禀报，可时下还是乱麻一团。"况钟遂道："只管细细说来。"荣知县于是一五一十地说了起来。

御窑有个砖雕匠，名字叫袁大贤，手艺精湛，不但他所刻的石雕人物惟妙惟肖，而且擅长用砖雕装饰宅第、园林、门楼、门罩及官邸或祠庙的八字墙，还能在蟋蟀盆面上和盖上配以书画，装饰图案纹样，精雕细镂，使蟋蟀盆成为一件古朴凝重、充满书卷韵味的实用工艺雅玩。

有一次，袁大贤正在雕一只蟋蟀盆，发现盆底有块蚕豆大小的东西，按理，这应该是只次品，后来，他操起刻刀，把这块蚕豆大的东西雕刻成了一只正在角斗的凶猛蟋蟀。完工后，一时无人前来购买，他便把蟋蟀盆放进了木箱子里。一天，他去茶馆里喝茶，与人闲聊之时，说起了这只蟋蟀盆。他说："一天半夜，我睡得正香，一阵蟋蟀声把我吵醒。我四下寻找始终没有发现什么，后来听到这声音来自木箱。我揭开木箱想看个究竟，不想一只蟋蟀从里面'噗'地跳了出来。我赶忙上前捕捉。我追到东，它跳到西，我追到西，它跳到东……后来，它钻进了土墙缝里，逃之夭夭……唉，折腾了我一夜……"其实这是一句玩笑话，茶客们信以为真，四下传开了，越说越玄，越传越神，后来有人把袁大贤说成了会雕活蟋蟀的巧手神工。

雕刻的蟋蟀活了，这是袁大贤的一句戏言。但他的砖雕水平，确实炉火纯青。他用上好的御窑金砖，先经水磨磨光，描上图案纹样后，用平雕、半圆雕、浮雕、镂雕等技艺手法加以雕刻。尤其在门楼砖雕方面，他刻画细腻，线条流利，刀法圆润。出自他手的砖雕门楼犹如两堂神龛，上有檐角飞纵，下刻飞鸟形的"排科"，两旁还缀有花篮式的挂落，造型雄伟而古朴，结构严密而灵活，主题扼要而简练，层次分明而细腻，极具韵味。

姑苏城里有个做草席生意的商人，名叫贾金。他家在齐门，家中五间瓦屋翻建，新筑了门楼，上要雕刻福禄寿三尊塑像，贾金慕名请袁大贤雕刻。当时袁大贤正给平门一家富户雕刻八字门照墙，两个月才能完成。他对贾金说："恕我不能给你家雕刻门楼，万望海涵。"此事按说贾金应该理解，然而贾金以为袁大贤不把自己放在眼里，十分生气，说："姓袁的，我可是知县荣大人的大舅子，不看僧面看佛面，你却自以为是，目中无人！"言罢，嘀咕了一句："这人啊，如此绝情，早晚要栽入大牢……"不想贾金的这句话叫一旁的汪一成听到了。汪一成也是砖雕工匠，与袁大贤是村上弟兄，第二天就把贾金说的这句话告诉了他。袁大贤不以为意，一笑了之。

一天早晨，袁大贤自御窑动身去城里平门上班，临近平门，有个土墩，土墩上翠竹葱郁，他听得竹丛之中传来"吭唷吭唷"的呻吟声。那人正是汪一成，见有人路过，竭力呼喊："快来救我。"袁大贤过去一看，是村上的汪一成，只见他身中数刀，满身是血，问他怎么回事。汪一成一看是袁大贤，激动无比，指了指御窑方向，说了声："内人……"喷出一嘴鲜血，头颅一倾，撒手西去。

袁大贤见左右无人，立即去村上地保那里报案，而后，自己才去平门上班。

地保一见出了人命，派人急去县衙报案。县衙立即派出仵作前往竹林检验。汪一成尸体上有刀伤十余处，疑是雕刻利刀所致，然而被害人身上所携银两尚在，所以仵作断言，这件凶案不是仇杀就是情杀，于是向带队的捕快头目说出了自己的想法。

捕快头目屏退身旁之人，问伏在尸体上哭泣的死者妻子矫丽丽："你丈夫汪一成平时与谁仇恨最深？"矫丽丽仰起泪脸回答："我丈夫为人忠厚，从来不和别人结怨，只是最近与村上雕刻师袁大贤为了下一盘棋，两人发生争吵，但这也算不上什么深仇大恨。"此时，一旁地保告诉捕快头目："袁大贤正是报案之人，而汪一成之妻矫丽丽与他曾定过娃娃亲，长大之后，却各奔东西。"

仵作与捕快回到县衙后，向荣知县做了汇报。荣知县心想袁大贤如今依然单身，会不会与矫丽丽旧情复发，为了再续前情，出手杀了汪一成？至于他去地保那里报案，兴许是遮人耳目，贼喊捉贼。想到这里，他立即派了捕快，把正在平门干活的袁大贤抓了过来。

大堂上，荣知县对袁大贤说："快快从实招来，免受皮肉之苦。"袁大贤大呼冤枉。荣知县说："看来不动大刑，你是不肯说出实话？"立即令当差对袁大贤一顿棒打。

袁大贤被打得皮开肉绽，昏厥过去。当他被当差用一盆冷水泼醒，猛然想起了死者汪一成生前说过"商人贾金是荣知县的大舅子"的话，自己没有给贾金雕刻门楼，被他记恨在心，这次自己被冤，也许是荣知县听了大舅子贾金的话，公报私仇，为此破口大骂荣知县是个昏庸之官。

荣知县恼羞成怒，说："你说此话，究竟何意？说得出，倒也罢了，说不出来，我先治你个咆哮公堂、诬蔑朝廷命官之罪！"袁大贤便把汪一成说的话和盘托出。荣知县气得吹胡子瞪眼，为了以正视听，立即差人去把大舅子贾金押上大堂，当面对质。贾金承认当初是讲了此话。荣知县倒也烈性，立即把贾金当众责打三十大板，打入监狱。尽管这样，荣知县认为，袁大贤仍然是杀害汪一成的真凶。

荣知县说完，向况钟请辞："此案因牵涉我的大舅子，为了避嫌，请求况大人另派他人立案侦查。"况钟斥道："为官应清正清廉，身正不怕影斜，你既然没有营私舞弊，应该找出真凶，为民做主才对。"

荣知县点了点头："卑职听从况大人安排。"

况钟觉得此案实在蹊跷，调来案卷看后，立即与荣知县提审袁大贤。袁大贤见了况钟，连连喊冤。当况钟问他："你与汪一成之妻矫丽丽是否定过娃娃亲？既然已有婚约，缘何又要解除？"袁大贤说："父母之命，我自幼与矫丽丽定亲不假，只是长大之后，我见矫丽丽与汪一成眉来眼去，十分亲热，且我与汪一成是从小一起长大的村上弟兄，为了成人之美，断然与矫丽丽解除婚约。"

况钟心想，商人贾金曾咒袁大贤栽入大牢，他会不会加害袁大贤呢？于是派出捕快，对商人贾金进行了调查，发现他咒袁大贤一事属实，但发案那天，他出差在外，没有在陆墓御窑作案后嫁祸他人的时间。高墩竹林凶案，一时陷入了困境。

为了追根溯源，找到蛛丝马迹，况钟带了手下捕快去了凶案现场，重新进行调查。

竹林丛中，汪一成留下的血迹犹在，一群苍蝇叮在血迹上，见了来人，"嗡"地一声飞去。况钟看到这里，立即带着手下去了陆墓镇，令地保贴出告示，通知四村的所有砖雕匠人把家中砖雕刻刀全部交出，接受长洲县官衙检验。

这个告示一贴出，陆墓镇四村的砖雕艺人纷纷把砖雕刀送至县衙，一共有七十把之多。况钟遂吩咐把这些刀一一排在地上。当时盛夏，赤日炎炎，苍蝇很多，其中一把雕刻刀上嗡嗡飞来几只苍蝇，叮在上面。况钟问地保："这把刻刀是谁所有？"地保说："死者汪一成家邻居砖雕匠吕成鸿。"

况钟接着让捕快扮作村民去向吕成鸿的四邻了解情况。邻居反映，死者汪一成生前与妻子矫丽丽一直吵嘴，但不知为了何事引发夫妻不知。况钟觉得无风不起浪，里面定有原因，便令捕快扮作农夫，暗中监视吕成鸿，并在矫丽丽家墙外探听。一到夜里，吕成鸿出门，见左右无人，潜入矫丽丽家中。他进了内屋，忧心忡忡地对矫丽丽说："况钟精明过人，见到袁大贤呼冤，肯定会为他理案。"矫丽丽说："此事你做得神不知鬼不觉，天衣无缝，天知地知，你知我知。听说袁大贤与荣知县的大舅子贾金有宿怨，如今他落到了荣知县的手中，会有好果子给他吃吗？"两人喜不自胜，相拥在一起。捕快听到这里，破门而入，把这对奸夫淫妇抓起，押至县衙。

况钟与荣知县一起坐堂问案，吕成鸿、矫丽丽死不承认杀害汪一成的事实。况钟令人拿出一把砖雕利刀，放在吕成鸿面前，说："你用这把刀杀害了汪一成，上面尚有他的血迹，你还有何话可说？"

铁证面前，吕成鸿承认了与矫丽丽勾搭成奸，谋害汪一成的犯罪事实。

一次，汪一成去城里干活，矫丽丽与吕成鸿在家中私会。不想汪一成忘了砖雕刻刀，返身回家去取，见状气得浑身哆嗦，说："日后你俩断绝往来，倒也罢了，要是再胡闹，我将向地保告发，决不轻饶。"吕成鸿、矫丽丽当面向汪一成表示痛改前非，日后再不往来，暗中，两人却密谋谋害汪一成。昨天一早，汪一成去城里干活，矫丽丽立即告诉了吕成鸿。吕成鸿拔腿抄小路赶上，操起砖雕刻刀，乘汪一成不备，将其杀害，并把他的尸体拖于一旁竹林之中。

事实真相大白之后，况钟遂将吕成鸿、矫丽丽打入死牢，把袁大贤、贾金释放回家。

袁大贤事后得知，为自己申冤理枉的是府台况大人。他几次前去府台衙门酬谢，均被况钟婉言相拒。况钟道："为民办案，执法如山，乃当官者分内之事，何足挂齿？"

商人贾金也十分感激况钟为自己洗刷了罪名，还了自己一个清白。当他得知况钟患病在床，担心朝廷会调走这位况青天，怕再也见不到了，于是托人替况钟绘了张画像，又听闻苏州人欲把况大人的画像镌刻在碑上，募捐置了块碑永志纪念。袁大贤得知之后，自告奋勇，操刀精雕细镂。画像上的况钟因是在患病时绘画的，十分消瘦，袁大贤于心不忍，便把况钟画像雕刻得面部饱满。

（张瑞照）

况钟亲书"相扶到老"

明宣德年间,苏州长洲县余窑村制砖的余师傅有个独生女儿叫玲玲。玲玲活泼可爱,又天生丽质,所以前去说亲的人不少,但都被玲玲婉言拒绝了。余师傅见女儿一年年长大,便对她说:"玲玲啊,你到底要嫁个什么样的郎君呀?"玲玲说:"像父亲你一样,是位制作金砖的高手。"余师傅听了,释然一笑,说:"陆墓制作金砖的高手如林,爹给你做主,一定给你找个如意郎君。"

果然不久后,余师傅介绍了个北窑窑主的儿子姚富给女儿。姚家不但经济殷实,而且姚富曾拜过孔夫子像,读过四书五经。后来他跟了父亲学习制砖技术,在年轻一代制砖匠人中,可谓出类拔萃。经媒婆牵线,双方相亲,姚富一看余姑娘,貌美靓丽,喜不自禁。余玲玲见姚富有文化又有手艺,也点头答应。于是,姚富一有空便去余家,一来一往,两人情深意笃。

然而,一年寒冬,余玲玲遇到了一件事,提出要与姚富一刀两断,去跟穷困潦倒的崔俊拜堂成亲。

那是寒风凛冽的一天,姚富约余玲玲去陆墓集镇上买布做衣。姚富把她领进了一家布店,玲玲挑了几尺自己喜欢的布料,姚富就伸手掏钱。玲玲双手乱摇,说:"我还未进你家门,怎好花你银子?再说,今天来陆墓,我爹已给了我钱。"可当她伸手去摸口袋时,发现钱袋子不见了,不由得傻了眼。布店掌柜说:"姑娘,你别打肿脸充胖子了,还是由姚公子来付吧。"

余玲玲脸涨得绯红,不知说什么好。姚富不想让她尴尬下去,赶紧拿出自己的钱袋子来。正在这时,一个长得黑黝黝的小伙子急步匆匆走了过来,对余玲玲说:"姑娘,你丢钱袋子了?"余玲玲说:"是啊。"小伙子说:"你钱袋子里有几多钱呢?"余玲玲说:"三贯铜钱。"小伙子说:"那你钱袋子是什么颜色的?上面绣了什么图案?"余玲玲说:"钱袋子是蓝色的,上面绣了一朵兰花。"小伙子点点头,从口袋里取出了一只钱袋子,递给了余玲玲,说:"我在余窑村路旁的草丛中拾到的,现在物归原主。"余玲玲接过钱袋子，喜出望外，连连道谢。小伙子道："拾到东西归还，这是小善，不足挂齿。"余玲玲笑道："既然是小善，你何必为之，要行就行大善。"小伙子道："古语云，勿以善小而不为，小善积之，日积月累便为大善。"

余玲玲望着这位素不相识的小伙子，顿生敬意，问："你在干何营生？还能看到你吗？"小伙子说："我叫崔俊，是个烧窑制砖的窑工。"言罢，转身离去，一会儿工夫，便消失在集市的人流之中。

余玲玲买了布，与姚富在街上闲逛，看到有人在寒风凛冽中脱了棉衣在叫卖："谁要这件棉衣？只要一贯钱。贱卖了！走过路过，千万不要错过。"余玲玲觉得声音好生熟悉，定睛一看，正是刚才在布店里给自己送来钱袋子的小伙子。看到这小伙子穿了单衣卖棉衣，感到不可思议。她走了过去，说："哎，崔俊，你为什么大寒天卖棉衣？"小伙子一脸沮丧，说："不瞒姑娘，窑主给了我一贯钱，吩咐我上街来买制砖模具的板块，可我一不小心，把钱袋子丢了。"

余玲玲看到崔俊在凛冽的寒风中直打哆嗦，不由得生了恻隐之心，说："你刚才不是拾了我的钱袋子吗？你完全可以用这钱袋子里的钱去买你的板块，如今，你不是采了黄连去拌饭，自找苦吃吗？"崔俊斩钉截铁地说："不，这拾到的钱是你的，我怎么能乱花呢？"余玲玲从怀里取出一贯铜钱，说："刚才你拾到了我丢下的钱，我还没有作谢，这一贯钱算是我给你的酬劳吧。"崔俊连连摇头，说："施恩图报非君子，我不能收你的钱。姑娘，你走吧，别打扰我卖衣换钱，窑主正等着我哩。"言罢，径自拿着棉衣叫卖。

一旁的姚富听了，对余玲玲说："姓崔的把你的好心当作驴肝肺，别理他！"拽起余玲玲就要走。余玲玲说："崔俊可是条汉子啊！"姚富说："什么汉子，他是一个十足的戆胚！"余玲玲经不住姚富拖拽，对崔俊说："现在是买板块要紧，这一贯钱算是本姑娘借给你的，日后你归还便是了。"言罢，把一贯钱往崔俊怀里一塞，与姚富返身便走。

崔俊看看日头，离窑主规定他回去的时间已近，这才拿了钱，对着余玲玲的背影说："多谢你了。"穿了棉衣，急步匆匆去了木材店购买板块。

姚富、余玲玲走后，感到饥肠辘辘，便去了饭店。姚富出手大方，点了七八个菜肴，两人美餐之后，便拔脚返回。路上，姚富说："明天，我正式托媒前来你家，挑选吉日完婚，你意下如何？"余玲玲说："心急吃不得热豆腐，拜堂成亲，这可是一辈子的事，马虎不得，容我再想想。"

姚富与余玲玲两人一前一后，走着说着，说着走着。不久，便走到了村前的一座独木桥，余玲玲在前面走，姚富在后面跟。不想桥上积了一层厚厚的雪，余玲玲不小心，脚下一滑，"扑通"一声，掉进河中。因余玲玲是旱鸭子，不会游水，在水中挣扎，拼命呼救："快来救我啊……"

姚富一见，慌了，伸出手去拉，可够不着，操起嗓门大喊："快来救人哪! 有人落水啦!"因为天气冷，空中飘着漫天大雪，村里人都关了大门在屋内避寒，所以没人听到。

余玲玲在水里挣扎了一会，渐渐往下沉去。姚富见左右无人，望了一眼水中的余玲玲，说："余姑娘，不是本人不出手相救，实在是姚某无能为力了。"言罢，拔腿往自己村里而去，跑得比兔子还快。

余玲玲在水中扑腾，很快没了力气，正当生命垂危之时，一条小船飞驶而至，船头上站着一个小伙子，此人正是崔俊。他见到独木桥下有个人在水中挣扎，便撑船来救，船到人旁，他伸手去拉。因余玲玲越沉越深，仅剩长长的秀发还在水面上漂动，崔俊二话没说，纵身一跳，费了九牛二虎之力才把余玲玲救上了船，而后又把余玲玲送至家中。他见余玲玲渐渐醒来，才转身离去。

余玲玲知道出手相救的是崔俊，十分感激。姚富得知余玲玲安然无恙，又来她家提亲。余玲玲说："姚富啊，你还好意思再上我家大门? 请问，那天我落入河中，你怎么不出手相救啊?"姚富说："我出手相救不着，所以去村里喊人了。"余玲玲说："别嘴里说出莲花来，你是见本姑娘平安无事，才来我家了，我怎么能嫁给你这个不仁不义的男人呢? 快快离开我家吧，别让我唤家人把你撵走。"姚富只得灰溜溜地离开了余家。

姚富刚走不久，崔俊来了。他把一贯铜钱还给了余玲玲。余玲玲说："崔俊啊，有什么是比生命更重要的东西呢? 你救了我，我怎好意思再收你的钱呢?"崔俊说："见人遇难，岂有袖手旁观之理? 人若无仁无义，岂非同畜生一般无二! 再说这一贯钱是我向你借的，理应如数归还。还是老话一句，施恩图报非君子。"言罢，把钱放下后起身告辞。

因余玲玲回绝了与姚富的亲事，她父亲余窑主又为女儿四下托人说亲，然而一个个小伙子均被余玲玲一一回绝。余窑主问她："你到底要嫁怎样的郎君?"余玲玲说："嫁人要嫁仁义郎。"余窑主心领神会，托媒去了南窑，向崔俊说亲。崔俊因在冰冻天下水救人，落下了双脚残疾的毛病，只能支着拐杖行走，他不愿意为余玲玲带来累赘。余玲玲非崔俊不嫁，主动到崔家照顾崔俊，崔俊在余玲玲的照顾下逐步恢复了健康。余师傅把制作金砖的技艺悉心传授给了崔俊，崔俊很快成了制作金砖的高手。

春暖花开的一天，崔俊、余玲玲结了婚。他们相亲相爱，白头偕老。余玲玲、崔俊没有子女，两人作古后，人们把这对夫妻的故事作为茶余饭后的佳话传颂。苏州府台况钟至长洲县御窑视察，听到南窑有这么一对恩爱夫妻，操笔书写了一副对联"娶妻要娶贤德妻，嫁郎要嫁仁义郎"，横批"相扶到老"。

（张瑞照）

金砖登上《姑苏志》

王鏊对御窑金砖情有独钟，一有机会，就向人介绍金砖如何如何好，御窑如何如何妙。因为这份热爱，他翻阅以前的志书时，发现了一点遗憾，那就是范成大的《吴郡志》中谈到苏州土产，有蚕丝、绵葛、朱绫、白石脂，还有花席、生丝鞋、折皂布、乌眼绫衫，连灯心草也名列其中，却偏偏没有陆墓金砖。这也怪不得生活在南宋时期的范成大，那时陆墓砖窑尚未被后来的明永乐皇帝封为"御窑"，名气还不够大，范成大修志时就忽略了。王鏊想，如果现在再有人修苏州地方志，自己一定要建议一下，切莫忘了将御窑金砖记上一笔。

机会说来就来，王鏊为官三十多年后，告老回乡，苏州知府林世远钦佩其才学，又想借其文渊阁大学士的名头，聘他担任《姑苏志》的总纂。因此，王鏊要让金砖登上新撰的地方志，不是建议不建议的问题了，而是直接收录进去便是。

从王鏊接受聘请算起，仅过去了八个月，一部洋洋六十卷的《姑苏志》就编成了。速度这么快，主要有两个原因，一是苏州历来有修志传统，前人编撰的地方志比较完备，如范成大《吴郡志》和卢熊《苏州府志》，都是非常不错的，王鏊借鉴这些著作，省了不少事；二是王鏊出任总纂之后，邀请了浦应祥、祝允明、蔡羽、文徵明、朱存理、邢参、陈怡、杜启等地方名流、著名文人协助，从而保证了进度和质量。《姑苏志》书稿交到林府台手中，只等雕版印刷了。

可是，等来等去，不见林府台将《姑苏志》付梓。王鏊觉得奇怪，请祝允明去打听原委。祝允明，即鼎鼎大名的祝枝山，外号"火赤链"，意思是这个人很毒，其实这是冤枉了他，他从来不做害人之事，只是说话很诙谐，甚至很尖刻，有时会让人下不了台。祝允明不负所托，没过几天，就把事情搞清楚了，前来告诉王鏊，林府台之所以拖宕，是因为受了杨循吉的撺掇。

杨循吉是个才子，著作等身，在苏州文人圈里也是个名列前茅的人物。在他想来，王鏊请人协助编撰《姑苏志》，无论如何也不能将他杨某落下。可是，王鏊却因杨循吉性格狷隘，恐怕不好共事，就不曾邀请他。杨循吉感觉很没有面子，一直耿耿于怀。一天他到文徵明家做客，看到书房里有一部《姑苏志》抄本，随手拿起来翻了翻，一翻翻到卷十四，这一卷有苏州工艺方面的内容，其中一个条目写的是陆墓砖窑。杨循吉看了，眉头一皱，计上心来，有了给王鏊添点麻烦的法子。

杨循吉跑到府衙，拜会林世远，寒暄过后，说："林大人，新的府志大功告成了，可喜可贺。不过，以鄙人愚见，如若印出来广为传播，只怕大人将贻笑大方。"

林府台不解地问："杨先生，这话如何说？"

杨循吉说："林大人还记得您因金砖而受罚的事吗？您愿意让府志上堂而皇之出现陆墓砖窑吗？"

原来，三年前林世远刚赴任，正好赶上有一批金砖要运往京城，他却因为儿子满月，心思全在办满月酒上，没有及时安排船只，等到这桩私事办完，他才想起金砖运输之事，赶紧征调民船，命船工日夜兼程北上，结果比工部规定日期迟了两天。朝廷怪罪下来，罚了他半年俸禄。本来他已淡忘了此事，现在被杨循吉提醒，一想对啊，我因金砖受罚，却在我力主修纂的新府志上抬举这窑这砖，岂不是打自己脸嘛！那么，把这一条目删除，不就行了吗？恐怕不行，须知主纂者是大学士王鏊，他一个四品黄堂，若是删了大学士的稿子，岂不是要被天下人骂作不知天高地厚！

左也不是，右也不是，林世远只有一个办法，就是拖时间，不印刷这部稿子。

王鏊弄明白了前因后果，笑笑，说："解铃还须系铃人，既然是杨先生设的障碍，仍让杨先生去拆了便了。"王鏊让文徵明出面，请杨循吉给《姑苏志》挑毛病。王鏊说："文先生，你务必要让杨先生显出高明来，这样他就有了面子，心中一口气也就平了，自会去重新劝说府台抓紧印书的。"

文徵明与杨循吉私交甚笃，由他诚心诚意请后者提意见，杨循吉不好不睬。杨循吉把《姑苏志》书稿翻来覆去读了好几遍，实在挑不出什么毛病，最后总算急中生智，在书名上做文章，说："这部府志修于本朝，这个地方已称为苏州府，应当以苏州名志。至于姑苏，乃是吴王筑的一座高台之名，以此名志，不大妥当。"

杨循吉的说法自有道理，但并不尽然，南宋时苏州名"平江府"，范成大修的志却用了《吴郡志》这个书名，如果要加以挑剔，可以说吴郡是秦汉的地名，范成大也犯了这么一种小错误。然而，从《吴郡志》问世，还未有谁认为书名是个问题。杨循吉如此吹毛求疵，王鏊却非常大度地说道："杨先生的学问果然不同常人，他指出得对,佩服,佩服。"

王鏊的话传到杨循吉的耳中,让他倒有些不好意思了,于是又跑到府衙,对林世远说:"林大人,鄙人这两天把《姑苏志》之事又想了想,觉得还是早些印行为好。至于书上有砖窑的记录,后人读了,只会说大人胸襟坦荡,不以一己之荣辱贻误府志之刊布,功德大矣!"

林府台也在为无法向王大学士交代而烦恼,现在杨循吉送了梯子来,他正好借梯下坡,当即表示立即付印。三个月后,第一批《姑苏志》已在书铺有售了。

王鏊《姑苏志》卷十四"窑作"中,明确记载着这么一条:"出齐门陆墓,坚细异他处,工部兴作多于此烧造。"

(卢　群)

王鏊与铜勺浜

　　明代名臣王鏊,字济之,号守溪,晚年又号拙叟,历官侍讲学士、少詹事。正德元年(1506)擢吏部左侍郎,累进户部尚书、文渊阁大学士、少傅兼太子太傅,晚年辞官返回姑苏东山。为编纂《姑苏志》,一天,他取道前往长洲县,了解御窑金砖。长洲县焦知县得信,陪同前往。

　　走进陆墓,他听到好几户人家传出呜呜啼哭之声,十分凄凉悲哀。王鏊说:"听这哭声,甚是不祥,我们不妨进屋问问?"焦知县说:"不用劳动老大人,此中情由,下官知晓。前天俞窑窑主沈安章家发生一起铜勺失窃案,三名罪犯落网,押至县衙审讯,均已招供画押,不日将上报知府,如不原物归还,需折银赔偿,并会被处以极刑。这几户人家正是案犯钟文英、冯金玉、吕凤生的家属。"王鏊说:"偷窃一只铜勺,罪不至死,充其量责打三十大板,或劳役半月,判之重典,似乎过及。"焦知县说:"老大人,你有所不知,此物名为铜勺,其实是用纯金浇制,价值纹银千两有余。盗窃千两纹银的毛贼,岂不应重典处以极刑?"

　　王鏊听到这里,感到蹊跷,说:"焦大人,一会儿说俞窑窑主沈安章失窃的是铜勺子,一会又说是金勺子,让老夫听得如入五里云雾之中。"焦知县于是把是铜勺子还是金勺子的事,详详细细地说来。

　　一天中午,俞窑窑主沈安章急步匆匆去了县衙报案。他说家中书柜抽屉里有只长方形的木盒,里面装着的半尺长的铜勺不见了。焦知县气不打一处来,说:"一只铜勺子,平常之物,至多只值一两银子,这种芝麻绿豆的小事,乡里地保就可处置,闹到县衙,岂非小题大做?"焦知县正要呵令把他逐出衙门,沈安章央求说:"大人,我家这只铜勺子并非寻常之物,它可是祖传之宝。父亲传给我时,曾说:'儿啊,我把俞窑交给你,你得好好经营,如果发生困难,把这只铜勺送去姑苏当铺,可以解你的燃眉之急。'父亲把装有铜勺的木盒交给我不久,便撒手离世。"

　　沈安章对父亲郑重其事传给他的铜勺,并不当回事,心想,倘若果真到了需要去典当的一天，这铜勺也换不来几个小钱，用这几个小钱买米粮，恐怕不够全家三口人果腹两天。他随手把铜勺丢入书柜抽屉，很快就把它忘了。

一年，陆墓一带发生水涝，俞窑地处低洼地区，水浸大窑，无法烧制金砖，沈窑主只得熄火、关窑，待水退后，再燃窑火。然而，洪水一连三月不退，原来来订金砖的商家，持着合约前来与沈安章理论。沈安章理亏，只能支付失约的赔偿金，家中积蓄就此告罄，一家人的生活陷入了朝不保夕的困境。

沈安章正在一筹莫展之际，妻子沈惠娟说："公公不是传给你一只铜勺嘛，你去城里典当了，也可换来一些米粮。"沈安章想想也对，便找出铜勺，进城去了一爿当铺。

当铺伙计接过沈窑主递上的铜勺，左看右看，横看竖看，翻来覆去看了半天，末了，转身去了内屋，与掌柜商议。一会儿，掌柜走了出来，用审视的目光将沈安章上下打量了三遍，开口问道："这勺子是你家祖传，还是别人相赠之物？"沈安章说是家父所传。掌柜说："当银一千两，期限半年。如若半年之内不来赎取，视为当者放弃，任凭本铺处理。"沈安章听了掌柜这么一说，惊得瞠目结舌，半晌说不出话来。掌柜的以为他嫌所当银子太少，又加了两百两。沈安章此时心想，这铜勺肯定是个宝物，不能让它落入他人之囊。鉴于已经与掌柜定好典当价格，他只得拿了银子悻悻回家。

沈惠娟见丈夫回来脸色不对，以为是铜勺没有当到银子，抚慰说："白跑了一趟当铺，我们想想别的法子就是了，休要愁坏了身子。"沈安章见妻子冬瓜缠勒茄门里，完全搞错了，将勺子当到一千二百两银子的事说给她听，沈惠娟听了乐不可支，说："难怪公公临终叮嘱，这铜勺是个宝物。我们有了这么许多银子，再不用过吞糠咽菜、饱一顿饿一顿的苦日子了。"沈安章连连摇手，说："我们还是把有钱的日子当穷日子过。"妻子很是不以为然，心想，难不成要倚着米囤子当饿死鬼？沈安章从妻子脸上读到了她内心的想法，便说出了自己的打算："我准备用手中的这些钱，改造俞窑，赚了银子，再去把这祖传的铜勺子给赎回来。"

沈安章是这么说的，也是这么做的。他把自己的俞窑搬移至村北高墩，因木船至高墩运输不便，又出钱买下附近田地，招募民工，在俞窑一旁开凿了一条河浜。两个月后，俞窑重新点火烧砖。因水涝，各地窑厂生产的金砖数量锐减。物以稀为贵，这年金砖价格飙升，半年之后，俞窑收回了投下去的银子。沈安章有了银子，立即去了姑苏城里那爿当铺，赎回了祖传的铜勺。赎当的时候，沈安章问当铺掌柜："我家祖传铜勺子真值这么多钱？"掌柜道："这铜勺子，其实是用真金浇制，所以价值不菲。如你肯出卖，鄙人愿意用两千两白银收购。"沈安章现在并不缺钱，自然不肯出让祖传宝物。他把金铸铜勺拿回家里，不想竟然失窃了，于是向县衙报了案。

焦知县深感这起盗窃案案情重大，带着公差迅速赶至俞窑，展开了现场勘验和走访。经过调查，焦知县发现沈家门锁完好，窗户防盗栏杆也无损坏，室内又没有明显翻动痕迹，也未发现丢失其他财物。据窑主沈安章妻子沈惠娟讲述，她的丈夫整天在俞窑，要到晚上才回家门，一双儿子在私塾求学，吃住在先生家中，不到逢年过节也不回家。为了求个热闹，平素她与村上上窑窑主之妻钟文英、下窑窑主之妻马金玉、西窑窑主之妻吕凤生一起在家理草织席，很少出去，所以没有外来交往。案发当天晚上，有窑工带信对她说，沈窑主有事在陆墓镇上摆宴应酬，沈惠娟于是到邻村乌窑里娘家与嫂子聊天，一个时辰后，她回到家没有发觉异常。没过一会儿，沈安章也回转家门，先看了看书柜抽屉，见长方形木盒好端端躺在那里，放心，因喝了点酒，他感觉有点累了，就倒头睡去。

据窑主沈安章说，他自从知道铜勺子是非同寻常之物后，就对这只祖传之宝爱不释手。白天回到家就会拿出看一看，摸一摸。案发的翌日早晨，沈安章起床吃了早点，打开长方形木盒，发现里面的铜勺子不见了，为此，惊得双目发愣，颓然跌坐在椅，半晌没语。

焦知县根据现场调查，结合沈氏夫妇所述，认为在门窗完好的情况下，能盗走铜勺子，说明盗贼有失主家的钥匙，盗贼选择房主沈安章和其妻沈惠娟不在家时作案，又直奔书柜从木盒子里盗走铜勺，说明盗贼对失主家很是熟悉，与失主的关系非同一般。有鉴于此，焦知县断言是熟人作案无疑。于是，他围绕熟人作案的思路，把沈惠娟的三个小姐妹钟文英、冯金玉、吕凤生抓了起来。经审讯，这三个女子起初矢口否认。焦知县心想，这三个女子是不点不亮的蜡烛，不敲打不行。他把脸一沉，说："偷个铜勺子，不过是小偷小摸而已，招了尚可从轻发落。本县好言好语叫你们开口，你们拒不承认，本县就不会那么客气了！"三个女子虽经恫吓，依旧极口申辩："不是小女子作的案，就是一根绣花针也不会招供。"说的话硬得如铁，看来不动刑是逼不出口供了。焦知县没了耐心，立马吩咐大刑伺候。此举果然奏效，一顿吊起板打，三个女子一一招了供，说是乘沈惠娟进内室方便，顺手牵羊，作了此案。供词到手，焦知县遂对三个女子说："这铜勺子价值花银数千两，只要拿出，你们可以免于死罪，否则秋后问斩。"三个女子落个如此下场，其家属哀哭连声，不足为奇。

王鏊听了焦知县一番话，沉吟不语，总觉得此案另有隐情。他与焦知县看了新开凿的河浜，又去了俞窑。见到窑主沈安章，王鏊问道："新开的小河，可与你家祖传铜勺有关？"沈安章连连说是。王鏊又问："你家中有几把开门钥匙？"沈安章说："共有三把，我与家妻各一把，还有一把在家中抽屉里，也没有增配过钥匙。近日，家里除了上窑窑主、下窑窑主和西窑窑主的老婆在我家与惠娟理草织席，没有其他外人来过。而我妻的这三个小姐妹，个个家产不菲，经济殷实，但不知怎的，聪明人干了糊涂事。"一旁焦知县说："见了钱财，谁都会犯红眼病。"王鏊说："老夫认为，这三人作案，可能性不大。如果真是她们作案，面对如此重典，怎会不肯交出赃物，或拿钱换命？"焦知县说："她们三人均已招供，乃合伙盗窃，堂供凿凿，白纸黑字，下官可是审得清清楚楚。"王鏊道："酷刑之下有冤情啊！"焦知县听了心里很不是味，但碍于王鏊是德高望重的前辈，连知府、巡抚见他也敬仰有加，自己一个小小知县，当然不敢发作。

王鏊要求看一下沈家门锁，沈安章带着王鏊、焦知县去了家中，拿出铜锁给了王鏊。王鏊反复看了几遍，发现锁芯四周有几道细长的划痕，于是问沈安章："四周可有开锁和配钥匙的师傅？"沈安章说："镇上有两家，是镇北朱胖子和镇南吕小头。"王鏊对焦知县说："老夫想见一下两位锁匠，或许就会有谁是盗贼的结果。"焦知县派遣两个当差去唤朱胖子、吕小头至县衙问事，又派两个当差前去镇北、镇南打听两个锁匠近日可有反常行为。布置完毕，王鏊与焦知县去了长洲县衙。

焦知县与王鏊到了长洲县衙不久，当差便把朱胖子、吕小头唤了来。王鏊与焦知县耳语了几句，焦知县问朱胖子、吕小头："陆墓镇西的小河浜是谁开的，想来你俩知道？"朱胖子、吕小头争先恐后说："这是俞窑主沈安章当了铜勺子出钱开凿的，这件事陆墓镇上家喻户晓。"王鏊说："这铜勺子价值不菲啊！"朱胖子、吕小头说："那当然，谁得了它，即使是囊无分文的乞丐，也会一夜脱贫，腰系千贯。"

焦知县根据王鏊的意思，命师爷展纸磨墨，准备记录，他对朱胖子、吕小头说："前天，六月初八傍晚去了哪里？如实道来！"朱胖子若无其事，而吕小头惊得瞠目结舌、呆若木鸡。

朱胖子与吕小头把六月初八傍晚各自的行踪说了一遍,师爷操笔记录在案。这时调查朱胖子、吕小头行为的两名当差回到衙门,对焦知县做了汇报。焦知县将之与师爷的笔录核对了一下,一拍惊堂木,对吕小头斥道:"大胆吕小头,你口口声声说六月初八晚上在家中饮酒,饮酒之后就入卧室而眠,可你妻说,你晚饭也没吃,就拿了根铁丝出了家门。你行走在路上,邻居老黄问你步履匆匆要去哪里,你说去给客户开锁。你从实招来,到底去了哪里?"

吕小头吓得面如土色,"扑通"一声跪地,连连求饶:"小人该死,小人该死……"

原来,吕小头听说俞窑窑主家有价值不菲的铜勺子,一直想窃为己有,常在暗中窥视,等待下手机会。六月初八,他看到窑主沈安章在陆墓镇上与人喝酒,便拔腿去了俞窑。到了俞窑,又见窑主妻子沈惠娟外出去娘家串门,不由笑逐颜开,心想:这真乃天助我也。他用一根铁丝撬开了沈家大门铜锁,窃得了铜勺子,匿藏在家中。当看到焦知县吩咐公差把镇上上窑、下窑、西窑三个窑主的妻子抓去,吕小头不由得一阵窃喜。然而他怎么也没想到,才过两天,自己的行窃勾当就露了馅。

陆墓上窑、下窑、西窑三名窑主的妻子钟文英、冯金玉、吕凤生被无罪释放,当获知是王鏊明察,才抓到真正案犯,使冤情得以昭雪,三名窑主出钱,制了块金匾送去了王鏊家乡东山陆巷。匾上"一代为民名相"六个字,特别醒目。二十世纪初期,这块匾还悬挂在堂上,后不知怎的不见了踪影。但铜勺浜的来历及名相为民女理案的故事,却在民间一代一代广为传颂。

(张瑞照)

正德蟋蟀盆

明宣德时，皇帝朱瞻基嗜好"斗、养蟋蟀"，上有所好，下必甚矣，京城一时斗、养蟋蟀成风，长洲县陆墓御窑蟋蟀盆更是名声大噪。到了正德年间，皇帝还御笔为陆墓御窑蟋蟀盆题了"御玩臻趣"四字。

为什么一个皇帝会为一件工艺品题字？那得从正德帝朱厚照说起了。

明孝宗薨，朱厚照即位，成了历史上最有名的胡闹天子。朱厚照胡闹的最高之作是封自己为"总督军务威武大将军总兵官朱寿"，把朝政丢给大太监刘瑾去打理，自己带了大队人马出京，到处游山玩水。大臣们四处找皇上，请他回宫听政，朱厚照说："我是朱寿，奉旨代巡天下，你们要我回去，需皇上降旨。"大臣说："陛下，那你现在就下旨命威武大将军返回吧。"朱厚照说："大将军岂能下诏？你们想要我犯大逆之罪吗？"大臣央求道："陛下应以社稷为重，不能贸离京城，请陛下即刻起驾。"朱厚照说："对呀，皇上应该待在京城的，你们还是回北京去请皇上下旨吧。"皇帝玩这种车轱辘游戏，搞得大臣们哭笑不得。

朱厚照非但贪玩，还好犬马、喜声色，在皇宫内建豹房，与番僧、佞臣一起淫乐。所谓豹房，就是建在皇宫内的密室，其用途众说纷纭，一说用于豢养动物，一说用于享乐，更有甚者认为是当时的政治军事中心。笔者以为用于享乐更贴朱厚照在历史上的形象。朱厚照沉湎豹房，纵乐无度，这样还不满足，三天两头与亲信微服出宫，在秦楼楚馆中厮混，甚至闯入民宅，调戏良家妇女。更耸人听闻的是，他竟授意佞臣至昌平、密云掠夺年轻貌美女子数十车。如此荒淫，致使朱厚照三十一岁就驾崩了。

朱厚照这种皇帝，政绩自然是留不下的，但他给后世留下了一样东西——蟋蟀盆的名声。明代好几位皇帝，都有斗蟋蟀的嗜好，正德帝更是变本加厉，经常在宫中举办规模盛大的蟋蟀擂台赛，动辄上千全国各地进贡的蟋蟀捉对厮杀，嫔妃宫娥花枝招展，呐喊助威，连日连夜，月余不歇。蟋蟀决出名次，正德帝将头三名称为状元、榜眼、探花，用最上等的蟋蟀盆养着。最上等的蟋蟀盆由苏州长洲县出品，这是从全国所有蟋蟀盆产地中严格评选出的结果。陆墓蟋蟀盆之所以能拔得头筹，脱颖而出，全靠这里的泥。

长洲县蟋蟀盆用的是与烧制御窑金砖同样的泥，这泥黏性极好，细腻，很少杂质，碱性不大，烧制出的蟋蟀盆光滑细洁，透气吸水，密封温润。加上陆墓人生产御窑金砖历史悠久，烧窑经验丰富，工匠又心细手巧，在形制品相上肯下功夫，所以，陆墓蟋蟀盆被首推为上品，乃顺理成章之事。

正德帝对于国事毫不上心，但在玩上却分外用心，尽管陆墓蟋蟀盆在全国评比中已经夺冠，他仍派出大臣来到陆墓考察。大臣在陆墓看到，制盆艺匠制作一只蟋蟀盆，须选土、做细、晾干、浸泡、筛滤、沉淀、炼泥、制坯等数十道工序，工艺流程极其严格。其中关键在于泥，必须在秋冬季挖取地表下面十余尺的黏土，经寒冬腊月冰冻，使土质变松，至来年二、三月加水拌浆，泥浆经极细密的筛子筛过，每百斤泥浆仅剩五斤细泥浆，留得的细泥浆贮放大缸里一个月，待充分沉淀后撇去浮水，取出稠泥浆以赤脚不停踩踏，直到泥团炼熟，韧如胶筋方始制坯。泥坯偶有气泡，便用针挑破，务使内壁镜面般光滑。然后是黏底、刮盆、抛光、修型、雕花，再封存阴干，一月过后才入窑焙烧。盆出窑，尚需放入清水细加研磨，去除火气。一旦发现成品盆稍有瑕疵，定然砸毁，绝对不让它流到坊间，可见艺匠对陆墓蟋蟀盆声誉爱护到何等地步。如此精心制作、严格把关的蟋蟀盆，做工讲究，造型美观，线条圆润，轮廓分明，包浆丰富，手感细腻，敲之隐隐有金属之声，与御窑金砖有异曲同工之妙。

大臣回京，向正德帝禀报了亲眼所见。正德帝题了四个字"御玩臻趣"。小小蟋蟀盆，竟能得到皇帝题字，唯长洲县陆墓，再无别处。陆墓蟋蟀盆本就名气不小，经正德皇帝倍加青睐后，更是闻名遐迩，成为工艺雅玩界的一枝奇葩。自此往后，凡谈论蟋蟀盆者，皆以陆墓产品为名器，如明代李诩《戒庵老人漫笔》，清代朱琰的《陶说》，都载有名噪一时的苏州蟋蟀盆制作者"陆、邹两姓"。这里需要纠正的是，这两部笔记的作者不清楚陆墓是个地名，将玩家挂在嘴上的"蟋蟀盆出陆墓邹、莫二家"录作了"苏州蟋蟀盆出陆、邹两姓"。然而，虽是误写，却并不妨碍蟋蟀盆首推苏州陆墓这一事实。

有人还编制了明清蟋蟀盆名家一览表，计有明代的于淑宁、于瑞章、王同友、吴中高、邹奕菱、邹御臣、邹敬桥、邹亿清、曹惠章、曹念慈、曹习章；明末清初的于玉章、于成章、于九皋、于有亮、于庭侯、王孙监、李公亮、李洪亮、李圣侯、李德茂、李东皋、李东旭、李圣明、邹宏发、邹振宗、邹显文、邹显明、邹元隆；清中前期的王南林、李东明、李南山、李季芳、李焕章、陈尚荣、邹维新、邹东帆、邹云亭、杨彭年、袁庭爵；清中后期的王锦荣、李锦堂、李锦山、李瑞森、李瑞荣、李正新、李云山、邹桂兴、邹顺兴、袁恒盛、袁鸿石、袁陶山、杨焕章、殷叙兴、殷聚兴；晚清的王永芳、王义兴、王云樵、王通和、朱协兴、朱公兴、许天顺、许元顺、许永顺、许瑞兴、许明发、袁万兴、陈顺兴、陈福宝、鲍茂生、曹元泰；清末民初的王光盛、朱松亭、李万记、李介福、沈鸿兴、沈源兴、杨鸿兴、杨聚义、杨义兴、杨同兴、潘全记、潘顺兴。在这份长长的名单中，陆墓制盆名家占了很重比例。尤为人所称道的是，明代长洲县还出了邹氏大秀、小秀二位女制盆艺人，和鼎鼎大名的顾二娘琢砚一起，被誉为"苏州巾帼双绝"。凡此种种，都说明御窑里烧出来的蟋蟀盆真是不同凡响，名不虚传。

（卢　群）

文徵明与唐窑主

　　明代苏州长洲县陆墓唐家窑主名叫唐君良，他的大窑烧制的金砖，以质地优、品种多而闻名遐迩。唐君良创办和发展砖窑过程中，曾受到过大画家文徵明悉心指点。

　　唐君良是草席富商的儿子，父亲年老谢世后，留给他一笔不菲的家产。因为他不善于走南闯北经商售卖，不敢贸然外出闯荡，靠变卖父亲传下的家产过日子。俗话说，坐吃山空。他看到家中银子越来越少，不免愁眉不展。

　　文徵明为吴门画派创始人之一，才高八斗，与唐寅、祝允明、徐祯卿同誉为"吴中四才子"。文徵明和唐君良是朋友，一次，他去漕湖写生作画，途经陆墓南窑村，顺道看望唐君良。

　　唐君良见好友文徵明前来，十分高兴，盛情款待。酒过三巡，唐君良想起时下自己的处境，向文徵明说起了日后何以为生之忧。

　　文徵明自幼与唐君良一起玩耍，少年时又一起在私塾读书，对唐家情况十分熟悉。过去唐君良仗着父亲在外经营草席生意，家境殷实，过着饭来张口、衣来伸手的生活。父亲谢世后，他依然游手好闲，无所事事。过去，文徵明曾为唐君良日后生计进言，只是当时唐君良以为手中有银，衣食不愁，对其良言左耳朵进，右耳朵出。现在，文徵明见他主动提起这个话头，便说："古语云：见兔而顾犬，未为晚也，亡羊而补牢，未为迟也。"唐君良说："徵明兄，你也知道，我文不能与你一样举笔写字作画，武不能操刀舞棍，我想补牢也没本事呀！"文徵明笑了，鼓励他说："天不生无用之人，地不长无名之草，要想吃鱼勤下水，要想吃粮勤下田。"唐君良频频点头称是，说："你以为我是下河捉鱼，还是下田种粮呢？"

　　文徵明喝了口酒，说："苏州建筑精美绝伦，就连地上铺的砖、屋上盖的瓦也不例外，尤其是那悬山、硬山、歇山、攒尖顶等各种古色古香的屋顶，上面的筒瓦、沟瓦、弯瓦、竹节瓦、花边瓦、滴水瓦等不同规格、花纹的瓦盖都是按照不同建筑物的需要一一定制。而烧制古砖的窑，长江南北，以御窑为最，时下所制金砖和屋瓦，供不应求。你村与御窑只有一河之隔，你手中尚有余银，何不筑窑制砖呢？"唐君良觉得文徵明言之有理，顿时精神为之一振，可一会儿又犹豫不决，说："俗话说，隔行如隔山。筑座大窑，我手中之银足够，只是我对烧制金砖一窍不通。"文徵明推心置腹地说："君良贤弟啊，谁是生来就知之，均是通过勤学，从不知到知，从知之甚少到知之甚多。"接着以自己作为例子，因势利导："你不是不知道，我虽出身书香门第，幼时也并不聪慧。待稍长，学文于吴宽先生，学书于李应祯先生，学画于沈周先生，以后又与祝允明、唐寅、徐祯卿等密切交往，遂大器晚成。"最后，文徵明说："君良贤弟，俗话有云，草若无心不发芽，人若无心不发达啊！"文徵明的一番话，令唐君良眼前一亮，茅塞顿开，连连说："小弟明白了，明白了。"

唐君良用余下的银子，在村西筑了一座大窑。为了制作出质量上乘的金砖，他高薪聘请了陆墓镇上的一位制砖高手金师傅。

三个月后，唐君良看到第一炉金砖出窑，他请四村大窑师傅前来评议，都说金砖青黛细腻、平整溜滑，质量上乘。唐君良听了，乐得喜笑颜开。接着，他向四方吆喝，叫卖金砖。随着第二炉、第三炉、第四炉接连出窑，第一炉金砖还尚未兜售出去，唐家大窑的库房里金砖越积越多。此时，他盘点家中之银，已为数不多，如长此以往，难以维持生计，只能熄火封窑了。

唐君良心灰意冷，原来他每天要去大窑看选泥、掼砖坯进度，查大窑砖坯进炉、出炉，自此以后，他懒得前去，整天蹙眉长叹。

一天，唐君良离家去了齐门城楼，望着环城河过往如梭的船只发怔。过了半晌，时至正午，他觉得腹中饥饿，吩咐家丁买了些酒菜，放在河边石桌上，自己则坐在石凳上独饮独酌，借酒浇愁。

此时，忽传来一声熟悉的呼唤："君良贤弟，你怎么有此雅兴在这里饮酒赏景？"唐君良抬目一看，是前来齐门写生的好友文徵明，他连忙放下手中酒盅，迎了上去。

唐君良把办了大窑、出了好砖却卖不出去的事，一五一十地讲给文徵明听。末了，他说："我认为，时下求砖者甚多，我烧出的金砖质量又名列陆墓众窑之上，俗话说，酒香不怕巷子深，想不到买砖者寡。我在家中，看到库存金砖堆积如山，胸中被压得透不过气来，只得在外消遣解愁。"文徵明大笑不已，说："俗话说：兵无将而不动，蛇无头而不行。你是窑主，指点大窑大小之事，关键时刻，你怎么可以擅自离开大窑？"接着，话锋一转，现身说法开导唐君良，说："君良贤弟，你也知道，我以绘画见长，师法沈周，又博采宋元明诸家所长，早年宗赵伯驹时又学夏珪、吴镇、王蒙，且深受赵孟頫影响，融会贯通，自成一格。然而画成之后，先时也不为人所看好，我便自我介绍，自我推销，终于被人认可看好。'酒香不怕巷子深'此话不假，但你也须知晓，毛遂若不自荐，则只能锥处囊中。当人们尚不知你新开的酒家在何方，又从未品尝过你的酒，谁会前往光顾？"深入浅出的一番话，听得唐君良连连点头称是。

文徵明随即从一旁书童的布包里取出文房四宝，展纸磨墨，操笔画了一条涓涓小河，河旁树木郁郁葱葱，坐落着一座唐记大窑。他一口气画了三张，署上自己的名字，盖上印章，说："君良贤弟，这三幅小画赠你，也许能助你一臂之力。"唐君良心领神会，拱手道谢。

唐君良回到大窑，请人写了几张告示，贴到姑苏城最为繁华的观前、石路、山塘街等处。告示上书：唐家大窑位于齐门外六里许的南窑村，有上等金砖千余。新砖出炉，先来购者，赠送文徵明字画一幅。

文徵明的画艺超众，独步一时。他擅长山水，亦工花卉、人物，其画多写江南湖光山色、文人生活，勾画平稳，笔墨苍润秀美，以工制胜。时求画者争相以重金相求，但文徵明从不轻易出手。现在，听说购买唐家大窑金砖可获赠文徵明的画，前去南窑村向唐君良购买金砖者蜂拥而上。购买金砖者到了南窑村，一看唐家大窑烧制的金砖质量优等，货真价实，纷纷出手购买。买了砖，又得了文徵明的画，更是喜不自禁。而后来者，虽没拿到文徵明的画，但看到这家金砖价格公道，也乐于掏银购买，不消十日，唐家大窑库存的千余块金砖销售一空。没有购到金砖的买者，也与唐君良洽谈订货。唐君良一时高兴得像孩子一样，大笑不已。

其时，长洲县陆墓制作金砖的大窑有七十余家之多，不乏质优价廉的大窑。因竞争激烈，有的做了几十年金砖的大窑，质量上稍有瑕疵便被淘汰出局。三年之后，唐家大窑的金砖业务也趋于滑坡。唐君良正在筹划如何百尺竿头更进一步，文徵明风尘仆仆地来到了他家，送上一幅条书，对唐君良说："君良贤弟，大窑开业三周年，鄙人前来致贺，讨杯喜酒。"唐君良正欲向他讨教做强大窑之策，不想还未等唐君良启齿动问，文徵明已说："你如今是陆墓屈指可数的制作金砖的行家里手，我是门外汉，岂敢班门弄斧，妄加论断，今天只是喝酒聊天而已。"唐君良刚到唇边的话只得咽了下去。

唐君良原想待文徵明酒后，两人促膝相谈，不想文徵明这天高兴，喝酒喝得酩酊大醉，没给他留下谈心的机会。唐君良将文徵明送走后，回到家中，看到茶几上文徵明所赠条书，小心翼翼展开，挂到墙上。唐君良读了条幅上的字句，不由得呵呵大笑起来。

文徵明条幅上写的是："江河不拒细流，方能成其深；泰山不择土壤，方能成其高。"

唐君良从中得到启发，原来只制作一个尺寸的金砖，现如今根据客户需求，设计生产出多个尺寸的金砖。同时，他还探索制作了花色砖瓦，以供客户选择。又经过三年，文徵明再去贺唐家大窑六周年窑庆时，唐家大窑产品已有砖、瓦和动物三类。砖有方砖、半王砖、嵌砖、望砖、王道砖、墓室砖、琴砖、异型砖等几十种，一百多种规格；瓦有筒瓦、竹节瓦、沟瓦、弯瓦、黄瓜弯瓦、花边瓦、滴水瓦等二十多个品种；动物有鸡、狗、虎、豹、狮等走兽和飞鸟，还有瓦将军等人物和花草图案等建筑装饰品，以及臼类器物用具。

文徵明赠送给挚友唐君良的那幅条书，后来遭窃。唐君良报官要求缉查，终无结果。清末民初，陆墓乡人在上海南京路拍卖行看到这幅条书，唐家后人得知后携款前去，可惜它已被一位收藏家拍走，不知去向了。

（张瑞照）

陶禾苗书"鹅"

　　明正德年间,苏州御窑金砖上的边款铭文、蟋蟀盆上的各种文字,不少出于窑工陶禾苗之笔,而陶禾苗书法的启蒙先生是当时被誉为"江南才子"的唐寅。

　　唐寅,字伯虎,又字子畏,别号六如居士、桃花庵主、鲁国唐生、逃禅仙吏等。画入神品,号为"吴门画派";书法亦佳,为明代中期书法中兴时期的书法家。

　　一天,唐寅带着书童去家住苏城齐门外的文徵明家聚会,途经陆墓镇西的御窑,看到有个十岁左右的男孩坐在家门口哭泣,甚觉可怜,遂上前询问。原来这孩子喜欢写字,而家中贫寒买不起纸张笔墨,所以经常拿了碎砖在白墙壁上乱写乱涂,被他父亲看到后,打了几下屁股。

　　唐寅问孩子姓名,孩子说叫陶禾苗,刚进学,时下在私塾读书。唐寅看这孩子在墙上写的字虽然稚嫩,但却有一定功底,于是对孩子说:"禾苗,你爱写字,那我做你课外先生如何?"

　　唐寅与孩子禾苗说话间,一个三十多岁的男子走出了屋,一听是江南才子唐寅要收自己孩子为学生,喜出望外,一面向唐寅打招呼,一面忙不迭地叫孩子下跪,拜过唐先生。孩子一听是唐寅做自己的先生,自然也是欣喜不已。

　　唐寅对孩子说:"你要拜我为师,有两个条件,一是今后不能再在白墙壁上涂鸦,二是学写字的笔墨由我提供给你,但是宣纸得你自己购买。"孩子他爸心想,宣纸便宜得很,一两碎银可以买一叠,所以连连点头。唐寅当着孩子的面,对孩子爸说:"蹩脚的宣纸是不行的,要用高档的宣纸才行。这宣纸别处一时很难买到,而我这里有的是,一两银子三张。我来教字时,你叫孩子每次将钱给我就行了。"说完,带着书童就走了。

　　一两银子只能买三张宣纸。孩子禾苗听了大吃一惊,这一两银子相当于一个窑工一个月的工钱啊!孩子于是把目光移向做窑工的父亲。禾苗父亲也觉得这宣纸太贵了,但他想了想,对孩子说:"唐先生是不轻易收学生的,这次能收你,这是天赐良机。我虽然是替窑主打工的窑工，赚下的工钱能顾一家人吃饱穿暖就是福了，但为父无论如何也会省下钱来给你去买宣纸，让你跟着唐先生学习写字，开开眼界，长长见识。"

到了翌月月初，唐寅带着书童去文徵明那里聚会，途经御窑，禾苗就拿着父亲给他的一两银子给唐寅。唐寅收了钱以后，就从一旁书童的笔墨袋里取出三张一尺见方的宣纸，两张给禾苗，一张铺在台桌上，说："禾苗，你可看仔细了，我是怎样写字的，以后，你就按我的笔画在一旁练习。"接着，唐寅蘸墨操起了笔，禾苗站在一旁，瞪大了眼睛看着。

唐寅在宣纸上慢慢地一笔一画地写了一个"鹅"字，书毕，对禾苗说："孩子，你就在一边写吧，必须把这三张宣纸全部写满这个'鹅'字，才可以歇息。"

一两银子，就这么三张小小的宣纸，禾苗掂量着。他一会儿看看唐寅写的"鹅"字，一会儿侧脸思索，反复琢磨了一遍又一遍，比画了半晌，迟迟不敢下笔。唐寅见了，说："每次你在这里给我写这个字，我在一旁等你半个时辰，时间到了，我就离开，下个月的月初再来。"

禾苗点点头，回想着唐伯虎是怎么一笔一画写这个"鹅"字的，然后才举笔一笔一画写了起来。

禾苗才写了两个"鹅"字，半个时辰就到了，唐寅就带着书童走了。禾苗倒也礼貌，把先生唐寅和书童送至村口，回到家，再举起笔来写"鹅"。此时，禾苗练字的热情高了起来，一笔一画比刚才沉着了许多。他把三张宣纸写好后，又详细地看了几遍。到了晚上，父亲从大窑打工回家，看到孩子写的字，发现与他过去写的字对比，简直出自两人之手，为此，连连点头称赞。

孩子见父亲高兴，自己心里也乐滋滋的。

第二个月的月初，唐寅带着书童又去了御窑。他先是收下了一两银子，从书童笔墨袋里取出三张宣纸，然后举起了笔。他正欲书写，禾苗开口了，说："先生，你还是要我写这个'鹅'字？"唐寅点了点头，挥笔一笔一画地写了一遍。禾苗在一旁瞪大双眼看着。禾苗沉思了一下，举起了笔，当着唐先生的面，写了一个又一个的"鹅"字。唐寅嘴里没说，但看到禾苗这次写的"鹅"字，与第一次写的相比有了很大进步，脸上露出了微笑。

在每次一两银子的压力之下，禾苗练习写字格外认真用心。半年之后，禾苗的字大有长进。他要求唐先生教自己写别的字。唐寅说:"孩子,这个'鹅'字,包含着字体中的点、横、直、撇、捺等所有笔画,只要把这个字学好了,你的字就会笔走龙蛇……"说完,令自己的书童从屋前的台阶旁取过一块缺了角的金砖,擦去了上面的灰尘,放至台桌上,然后又把笔清洗了一下,在方砖上写了"天道酬勤"四个字,说:"日后,你可在这上面勤练,必然会学会篆、隶、楷、行、方、圆、正、侧各种书体、笔法,俯览浩瀚书法的各种风格流派及其笔法奥妙……"说完,与禾苗挥手告辞。

到了晚上,禾苗对父亲说:"唐先生走了,不会来了。"父亲于是告诉禾苗:"唐先生真是教徒有方。孩子啊,你第一次交给他的一两银子,一直在你、他和我之间转啊。"禾苗感到莫名其妙。此时,他爸说:"孩子啊,你每次的钱给唐先生,他都托文徵明先生如数退还给了我,因为这是他与我私下里讲好了的,之所以不让你知道,是因为他想依此对你施加一些压力,目的是激励你奋发上进。"

禾苗此时恍然大悟。

以后,禾苗在御窑金砖上悉心练字,日积月累,功力大增。禾苗的书法圆润秀美,自成一体。成年后,他成为御窑的一名窑工,为窑主书写公文,还根据窑主的授意,把字写好后镌刻成各种铭文。据传,那个时候御窑不少砖雕工匠、制蟋蟀盆艺人所需文字,均出自陶禾苗之笔。

(严家伟)

异姓兄弟

　　明正德年间的孟斌，是苏州御窑窑主袁坚的烧砖师傅，他的祖辈几代都在袁家烧制金砖。原先孟斌家境殷实，因为父母患病，他恪守孝道，竭尽全力为二老请医抓药，最后耗尽了家中钱财，债台高筑，但父母仍未能留住，双双离他西去。

　　父母亲去世时，除了留给孟斌烧制方砖的一套技艺，就只有两间草屋。因为家贫如洗，他虽已到成家的年纪，却连一个姑娘也没有跨进过他的家门。窑主袁坚比孟斌长十多岁，与他弟兄相称。窑主见他生活贫困，意欲资助银两，孟斌一口谢绝，说："我一个人，一人吃饱全家不饿，一人穿暖全家不冻。我会凭自己双手，赚来钱财，重振家业。"

　　袁坚与孟斌有协议，根据出窑方砖的合格率付给孟斌报酬。孟斌根据祖上传给他的烧制方砖的独门技术，精益求精，选用黏而不散、粉而不沙的上等黏土，经过光照和浸泡，再赶几头牛去践踏，将其踏成稠泥，运用此法制出的砖块平滑坚实。其时，陆墓一带有大窑六十余家，而孟斌烧制出的金砖质量上乘，名列众窑之冠。窑主袁坚不时夸赞孟斌技术过硬，还许诺三年之内，一定给孟斌介绍个标致而又贤惠的好姑娘。孟斌付之一笑，戏谑地说："看来月老忙着给别人牵线搭桥，忘了我这个穷小子了。要是月老有心，我一定能喜结良缘。"

　　袁坚是个说一不二的汉子，自此以后，他托人四下为孟斌说亲，然而两年过去，没有一个姑娘肯嫁给孟斌为妻。说到底，还是嫌弃孟斌太穷。袁坚对孟斌说："恕哥无能，请见谅。"孟斌坦然一笑："袁大哥，这事只能怪我不招姑娘喜爱，怎么能怪怨大哥你呢！"袁坚真挚地说："我们是兄弟，你的事就是我的事，你不成家，做哥的有愧啊！"

　　一天，孟斌劳作之后回家，已是饥肠辘辘，正欲烧火做饭，只听响起"笃笃"敲门之声。孟斌开门一看，是个四五十岁的陌生男子，便问："你找谁啊？敲错门了吧？"那人自称姓尤，绰号大脚。孟斌说："我俩素昧平生，你找我何事？"尤大脚说："听说你祖辈几代都是烧制金砖的高手，鄙人想请你到我们安徽与我一展宏图。我出钱办窑，你出技术制砖，如果赚银百两，我俩二一添作五，各得五十。三年之内定叫你个穷小子成为腰缠万贯的富翁。"言罢，从怀里掏出两锭银子，"这是我请你孟师傅的定金二十两，望你笑纳。"孟斌向对方表白，自己与袁坚亲如手足，要他离开老东家另投新主，实在不妥。最后，他说："我家世代在袁窑主家打工，不求富贵，只求平安。如果你要我跟你而去，恕不能如你所愿。"

尤大脚好说歹说，孟斌不为所动，便转而去找窑主袁坚。他一见袁坚，开门见山问道："听说你烧制金砖有一套独门技术？"袁坚实话实说："这仰仗我家有个师傅……"听到这里，尤大脚表态愿以五百两花银买下孟斌师傅的烧制金砖的技术。末了，他说："你有了这么多银两，再不用干烧制金砖的粗活，只管酒足饭饱后，一手拿茶壶，一手托鸟笼，潇洒人生。"袁坚说："这技术是我们烧窑制砖的立足之本，卖房卖地也不能卖烧制御窑金砖的技术。"尤大脚碰了一鼻子灰，只得起身而走，可抛下了一句话："我就不信跨不过这道坎！"

袁坚听了尤大脚的这句话，担心异姓兄弟孟斌会不会因为银子的诱惑而离开自己，不免忧心忡忡。

果然不久，袁坚、孟斌这对异姓兄弟差点儿反目为仇，但究其根源，与尤大脚脱不了干系，是由一个貌美如花的扬州姑娘李瑰引起的。

李瑰年方十八，刚来御窑时，瘦骨伶仃，蓬头垢面，手挽一只竹篮，步至袁坚的大窑，拿着一只破罐子要饭。袁坚见这姑娘可怜，施以残羹冷饭。李瑰吃饱之后却不愿离去，袁坚见这姑娘可怜，收留了她，并安排她住在大窑的窑工宿舍，给窑工烧火做饭。

李瑰住了下来，经过一番梳洗，显出了靓丽模样，尤其微微一笑时，粉嫩的脸蛋上显现出两个浅浅的酒窝，讨人喜欢。李瑰不但长得标致，而且做事勤快，空余时间还帮窑工缝补浆洗。

一次，袁坚与孟斌在账房谈论制坯时，孟斌拿出一张制砖工序图向袁坚一一解释，袁坚听了，频频点头。李瑰姑娘一声不响走了进来，擦台抹凳，倒水沏茶。

袁坚看看李瑰，又看着孟斌，想到了什么，当着两人的面，说："孟弟，你看李瑰姑娘如何？"孟斌抬头一看，李瑰正向他回眸一笑，清纯可爱，不由得心旌荡漾，脸红心跳。袁坚看出端倪，遂对李姑娘说："孟斌是我弟兄，我有意为你俩做个月老，你若同意就点头，不答应就摇头。"李瑰一阵慌乱，一会儿摇头，一会儿点头。袁坚急了，说："你到底是同意呢还是不同意？"李瑰说："我是孤苦伶仃的乞丐，是你袁窑主可怜我，才让我有了栖身的屋、果腹的食，孟师傅会看上穷要饭的我？"说着说着，嘤嘤哭了起来。孟斌顿生恻隐之心："我也是个孤儿，只要你愿意，就是我孟斌之福了。"李瑰顿时破涕为笑。

一个有情，一个有意，孟斌与李瑰选了个吉日，拜堂成了亲。

孟斌、李瑰结婚后，相濡以沫。袁坚与窑工们见了，都为他俩高兴。

然而不久后，袁坚对孟斌起了猜疑，起因是账房里烧制金砖的流程图失窃了。这账房虽然简陋，但除了孟斌，其他窑工不会擅自进入。这张流程图怎么会不翼而飞呢？想起了安徽窑主尤大脚意欲高价聘请孟斌的往事，袁坚暗忖，会不会是孟斌见利忘义呢？

活像"疑人偷斧"的故事一样，袁坚认为孟斌是偷窃图纸的毛贼，于是越看孟斌说话、走路的样子越像个毛贼。一天，袁坚终于忍不住了，把正要歇工回家的孟斌喝住："姓孟的，我一直把你当作弟兄，可你千不该万不该，不该把贼手伸向你的大哥啊！"孟斌感到莫名其妙："捉奸捉双，捉贼捉赃，你说我是毛贼，我偷了你什么啊？"袁坚说："难道非要我捅破吗？你自己心中有数。"孟斌说："袁窑主，你诬我是贼，你是想撵我走吗？我会如你所愿，自己走人。"言罢，甩袖而去。

袁坚望着孟斌远去的背影，不由得气得差点儿昏厥过去。有个窑工知道后，对袁坚说："孟斌师傅不义，你何必要讲仁呢？我看不如告官，从他手中夺回图纸。"袁坚摇了摇头："我们毕竟兄弟一场……"那窑工道："那也要对他晓之以理，让他知道是你放了他一马。袁坚说："不如送佛送到西天，我刚在账房柜子里看了一下，他拿走的是前道制砖工艺的流程图，后半部分金砖烧制流程图还在，不如也送给他。"言罢，去账房拿了图，拔步往孟斌家走去。

再说孟斌气冲冲回到家中，见屋内无人，感到奇怪，步出屋子四下一望，见妻李瑰正在浜边洗刷锅子，他走过去说："李瑰，袁窑主现在自己能烧制金砖了，竟无中生有，诬我偷了他的东西。我不能在他那里再干下去了，你我不如打起包裹去投奔安徽的尤大脚吧。"李瑰放下手中锅子，说："你们毕竟是兄弟啊，怎么说翻脸就翻脸了呢？"孟斌说："与其日后矛盾加深，不如趁早离开为好。"

正在这时，袁坚赶了过来，拿着一张图纸对孟斌说："这是金砖后道工序流程图，你一起拿去吧。你去投奔安徽尤老板，少不了它啊。"孟斌见袁坚一番真心，不由得百感交集，说："兄长啊，我真的没拿你的图纸啊，这前半道工程的制砖流程图是我绘制的，在我心里一本账清清楚楚，何必要去你的账房窃取呢？我本无意离开你，我要你的后半张纸又有什么用呢？我们是兄弟，我怎会做出对兄长你不义的事呢？"

袁坚把安徽尤窑主来请他的事一五一十地说了出来，末了说："我是以为留不住兄弟你了啊。"孟斌说："兄弟理应风雨同舟，两个身子一条心。兄长啊，我错怪你了。"

袁坚、孟斌越说越激动，两人最后紧紧地相拥在一起，禁不住泪珠儿直挂，一会儿湿了衣襟一大片。

此情此景，李瑰看了也不由得泪如雨下。她一步一步从河埠走上来，双膝跪地，从怀里掏出了一张图，说："袁窑主，这张流程图是小妹我偷窃的啊……"

袁坚听了一愣，放开孟斌问李瑰："你要这图干什么？"李瑰说出了实情："其实我是受安徽尤老板雇佣，前来偷窃这张制砖流程图的。我自从嫁了孟斌，见你们异姓弟兄情同手足，我于心不忍啊。袁大哥，孟郎啊，我是罪魁祸首啊。"言罢，站起身子纵身一跳，欲投河自尽。袁坚、孟斌见了，一齐跳下河中，齐心协力，把李瑰从河中救了起来。

李瑰到了岸上，跪地不起。袁坚此时想起了以前自己不肯将烧制御窑金砖的技术卖给尤大脚，尤大脚抛下那句"我就不信跨不过这道坎"。原来，尤老板是使的美女计，来离间我们异姓兄弟的啊！现在见李瑰忏悔不已，他说："弟媳啊，你是受人唆使才干出这件蠢事，如今你已知悔，我们兄弟俩已冰释前嫌，你就起来吧。"

李瑰望了望孟斌，低头不语。孟斌一步一步走了过去，把她扶了起来。李瑰突然扑到孟斌怀里，"哇"的一声，双泪直挂而下。

以后，孟斌与李瑰夫唱妇随，恩恩爱爱。通过这件事，孟斌与袁坚这对异姓兄弟和好如初。所以当时有句俗话："缘何苏州御窑砖块如金，只因异姓兄弟情深谊真。"

（张瑞照）

张问之巧破案中案

明嘉靖年间，京城大规模修建宫殿，金砖用量急增，工部郎中张问之至苏州，亲自督造金砖五万块。

一天，张问之与苏州府台正商量押运金砖去京之事，齐门外陆墓窑主曹宗梅携手下领班陆小虎、肖业成急步匆匆向他报告，刚出窑不久的三百块金砖被人冒领去了，如今不知去向。张问之一下子心提到嗓子眼上，忙问是怎么回事。

曹宗梅遂把曹家大窑发生的事，讲了出来。

自从曹家大窑接到工部烧制金砖的订单，窑主曹宗梅一心扑在上面。当他见一窑窑金砖顺利产出，业经苏州营造验收，合格率十中有八，眉开眼笑。为了保证金砖的安全，他把这些金砖运至库房，安排领班陆小虎、肖业成两人带着十二个窑工轮番守夜。

一个月下来，相安无事。窑主对陆小虎、肖业成大为赞赏，他说："明天负责押运金砖的公差要持公文前来取金砖了，那时压在心头的一块石头就可以落下了。"言罢，掏出六两银子，各分三两，权作奖赏。陆小虎、肖业成十分感激。陆小虎说："曹窑主，看家护院这是我等分内之事，你何必再如此破费。窑主啊，说来我娘的表叔与你的父亲是堂房弟兄，麦面上撒葱，沾着亲（青）啊。你如果不给我工钱，我也理应出手相助，何况你已给了我每月比一般窑工高出一倍的工钱，现在又给赏银，实在受之有愧。"尽管他这么说，还是拿了银子，塞进口袋，哑巴吃蜜糖，心里高兴得甜滋滋。

曹窑主说："明天负责押运金砖的公差要来取砖，你俩既要计数、又要带领弟兄们运砖，十分辛苦。今天晚上我叫守夜民工眼睛睁大一点，多留点神，你俩就各自回家歇息吧。"

陆小虎、肖业成点了点头，正欲返身而走，曹窑主唤住陆小虎："且慢。"陆小虎站住，双目注视着曹窑主。曹窑主说："听说你经常出入赌场？"陆小虎打了个寒战：

"窑主怎会知道?"曹窑主说:"世上没有不透风的墙,这种地方还是不去为好。"陆小虎诺诺连声:"小弟记住了。"返身而去。

陆小虎手中有了银子,对肖业成说:"明天就大功告成了,今天,我们哥儿俩去喝杯小酒。"即兴冲冲去了陆墓镇上的南天兴酒家。席间,陆小虎、肖业成推杯换盏,喝得酩酊大醉。而后,两人一步高一步低地各自回到家中。肖业成因不胜酒力,到家后倒头呼呼大睡。

第二天凌晨,肖业成还在酣睡,窑主曹宗梅差了个窑工前来敲门。肖业成醒来,睡眼惺忪,打开门说:"大惊小怪,天塌下来啦!"一脸不悦。那窑工说:"肖师傅,押运金砖的船只来提金砖啦,曹窑主叫你和陆领班马上前去大窑!"肖业成只得跟着那个窑工急步匆匆出了门。

曹家大窑的砖场上,窑主曹宗梅已经在场。一会儿,陆小虎也被窑主差去的窑工唤了来。

曹宗梅望了下肖业成,最后把目光落在了还有一身酒气的陆小虎脸上,一五一十地讲了有人持着公文,提前提取金砖的事。

原来天还未破晓,铜勺浜摇来了一条木船,跳下一个头戴方帽、满脸胡须的男子,对仓库守夜的窑工大声嚷嚷说:"我们来取货啦!"守夜窑工说:"那我们得去向窑主报告……""阿胡子"说:"我不管你们窑主不窑主,半个时辰内,你们得把金砖运至船上,误了时间,这可是杀头的罪名。"有个窑工说:"陆小虎、肖业成平时一直轮番在这里值夜,可今天他俩偏偏不在,我们打工的做不了主。"有个窑工对"阿胡子"说:"你来提货,总得有个凭证。""阿胡子"显得颇为不耐烦:"为了金砖既能按时装上船,又使你们窑主知道此事,不如你们派一人前去向窑主报告,其他人开始动手运砖。"言罢,从口袋里取出一张盖着大印的提货公文,扬了扬:"谁要是敢违抗,定惩不饶。"窑工们看了看公文,又看了看木船,果真有两个公差打扮的男子,腰间佩刀,在船头上走来走去,威风凛凛。

窑工们不敢怠慢,拔步急匆匆前去报告曹窑主,其他几个窑工打开了库门,七手八脚搬运金砖。一会儿曹窑主匆匆赶至,从"阿胡子"手中要过了公文。他一看公文不假,为了抢时间,忙唤人将陆小虎、肖业成叫来。

为了按时完成搬运任务,曹窑主吩咐陆小虎、肖业成去附近临时唤来了几个村民,帮着搬运。天刚破晓,三百块金砖全部搬上了木船。此时,"阿胡子"脸上绽开了笑容，满意地点了点头，把手一拱，转身解缆，拔锚启程。

望着渐渐远去的货船，窑主曹宗梅松了口气，吩咐陆小虎、肖业成和窑工们回去歇息，自己转身回家用餐。

用过早餐，曹宗梅复而回至大窑库房，正欲理账，一个窑工走来向他报告，又一条木船摇至，船上跳下一个高个子年轻人，持着公文前来打听曹窑主。

曹窑主放下账本，起身出门，见了高个子，问："找我何事？"高个子遂从怀里掏出一纸展开扬了扬："我是奉工部郎中张问之公文，前来提取三百块金砖。"曹窑主心想：运输金砖的船才刚走了一个时辰，怎么现在又来了一条装运金砖的船只？他说："我们这里的三百块金砖已经运走。"言罢，遂从口袋取出刚才"阿胡子"的提货公文。高个子年轻人一脸惊讶："运输你们曹家御用金砖的是我，你这张公文显然是假的。"遂把自己的提货公文递给了曹宗梅。

曹宗梅取过一看，这张提货公文与先前的那张除了公章大小不同，里面的内容一般无二。御窑金砖失窃，此事非同小可，曹窑主吩咐手下唤来领班陆小虎、副领班肖业成，对他俩说："刻不容缓，我们立刻去向在府台衙门的工部郎中张大人报案。"因为走水路进城至府台衙门路近，他让陆小虎、肖业成两人前去村中借船。

俗话说，急病遇上了慢郎中。陆小虎走了一段路，双手捧着肚子叫痛，对肖业成说："昨天吃得多了点，得去方便一下。"人有三急，谁也无可奈何。陆小虎上了茅房出来，在往村中路上，踉踉跄跄，脚下一滑，"扑通"一声掉进了河中，肖业成花了九牛二虎之力方始把他拖上了岸。陆小虎全身湿漉漉的，像只落汤鸡。时值仲秋，天气转凉，陆小虎直打哆嗦。肖业成遂把他领回了家，换上干衣，复而去村中借船。

肖业成与陆小虎借了条船，载了窑主曹宗梅进城至府台衙门，已是正午时分。

张问之听了曹宗梅的报案，与府台商量之后，一面立即吩咐捕快备了几条轻捷小舟，向东南西北四个方向去追捕"阿胡子"；一面快马去浒墅关、光福、漕湖、胥口等水上关卡，对可疑船只严加搜查。而后，张问之想到了什么，望了下曹宗梅，转身问一旁的陆小虎、肖业成："你们是曹家大窑窑工班主？"

陆小虎、肖业成点了点头。

张问之问："早上发生的事，你们怎么到了中午才来到这里？"

肖业成正要说什么，陆小虎抢先说："陆墓至城里衙门水路也有七八里啊。"

张问之说："七八里水路，小船摇来最多也就一个时辰，可你们却用了两个时辰，这是怎么回事？"

肖业成如实相告："别说啦，陆小虎昨晚喝了点酒，去村中借船时，一会儿肚痛上茅房，一会儿不小心掉进河里……在摇船进城时，他自告奋勇摇橹，可他越心急，越是脱橹……为此被窑主骂了几句。"

张问之问曹宗梅："是吗？"

曹宗梅点了点头："平时小虎可不是这样的，这次前来报案，想把船摇得快些，急了点……然而……"

张问之觑见陆小虎一脸尴尬，说了声："这叫欲速则不达。"

陆小虎连连点头："对，大人说得对，为此，曹窑主批评了在下……"

到了傍晚时分，两捕快把那个"阿胡子"抓捕归案，可三百块金砖不知去向。张问之立即审讯"阿胡子"。"阿胡子"双膝跪地，哭丧着脸说："我是受山东临清窑主之托，持着公文前来冒领金砖……"

张问之问："你手持的假公文是自己复制，还是山东临清窑主给你的？"

"阿胡子"说："是山东临清窑主给我的。"

张问之问："你三百块金砖没有运到山东，卖给了哪位奸商？"

"阿胡子"说："我们船上的三百块金砖被曹窑主的手下追了回去。"

"阿胡子"这么一说，把在场的所有人搞得云里雾里。

张问之把目光移向曹宗梅。

曹宗梅说："我不知道他们往哪里驶去，也没派人前去追赶，'阿胡子'说三百块金砖已还给我们，这话从何说起？"

"阿胡子"说："我的船摇至望亭，后面追来一只小船，追上后，跳上四个手执钢刀的年轻人，要求把船上金砖留下。我见手下不是这几个人的对手，丢下船只和金砖，跳下了船。可刚没走多少路，就被府台的捕快抓住，押至了这里。"

张问之听了"阿胡子"的口供后，又问与"阿胡子"一起作案的两个年轻人，两名年轻人均说"阿胡子"口供句句确凿。至此，案件陷入了僵局。

张问之把"阿胡子"等人打入了大牢，听候处置，又吩咐曹宗梅、陆小虎、肖业成三人回陆墓御窑。末了，他对手下的四个当差耳语了几句。四个当差随即匆匆离开府台衙门，前往陆墓。

一连三天，案件无丝毫进展，曹宗梅如热锅上的蚂蚁，坐卧不安。第四天一早，张问之从苏州城里赶来，对他说："曹窑主，不消多时，那名作案歹徒会自投罗网。"曹宗梅说："张大人，我总不明白，这个歹徒怎会知道我们金砖已出窑，而且即日要运往京城……"张问之说："你说得对，案犯对你们曹家大窑如此熟悉，应该是熟人作案。"曹宗梅大惑不解："是熟人？他是谁呢？"

正在这时，一个当差步进屋内向张问之禀报："张大人，歹徒已被擒获。"张问之说："把他带到这里，让曹窑主认一下。"

当差应了声"是"，返身推门而出，一会儿把作案歹徒押了进来。

曹宗梅抬目一看，歹徒竟是自己手下得宠的领班陆小虎，不由得连连摇头："大人，你搞错了，陆小虎与我是亲戚，一向对我忠心耿耿，怎么可能是作案歹徒呢？"

张问之说："赌徒一旦输红了眼，六亲不认。你怎么还黑白不辨，人妖不分呢？"曹宗梅问："人无分身之术，陆小虎从未离开过陆墓，他又是怎么作案的呢？"

张问之说："曹窑主，三百块金砖临运京城之际，是谁斗胆前来冒领，我先排查了你们大窑可有中途离开的人，因为只有知道内情的熟人，才能在时间上扣得分毫无差。这样，除了肖业成就是你的亲戚陆小虎了。在你们去府台衙门报案时，我听肖业成说，你叫他去村上借船，陆小虎一会儿肚痛拉肚子，一会儿又跌入河中……我想他如此磨磨蹭蹭，无非是为了拖延时间……当'阿胡子'供不出幕后之人，只说是受山东临清窑主所雇，事成之后给其一笔丰厚酬金，我即派捕快快马加鞭去山东临清调查。临清窑主根本不知道此事。所以我认为，所谓山东临清窑主所托，其实是掩人耳目的幌子。此时我想起你曹窑主说过的一句话，陆小虎嗜好赌钱……于是我便吩咐捕快扮作村民调查陆小虎的赌友。果然不出我所料，最近陆小虎手气不好，赌台上连连失利……而他的几个赌友又在前几天不见踪影，于是我想他们会去了哪里呢……当公差抓住了其中一个赌徒，案件便柳暗花明。原来陆小虎是内外勾结，托了赌友冒充山东临清窑主，备了木船吩咐社会上的混混'阿胡子'持着仿制公文前去你曹家砖窑冒领三百块金砖。为了不给'阿胡子'雇银，陆小虎又吩咐另一个赌场的几个赌徒扮作曹窑主手下窑工持刀前去追赶……"

曹宗梅还是大惑不解："张大人，你是怎么把陆小虎抓住，而且又找回三百块金砖的呢？"

张问之说："为了取得证据，我采用了欲擒故纵之计。表面上认为此案是难以侦破的死案，暗中我与府台商量之后，派出几名公差，暗中对陆小虎日夜监视。三天后，陆小虎以为平安无事，遂与几个赌徒前去取三百块金砖换钱。陆小虎的赌友把装有三百块金砖的木船藏匿到了太湖之滨密密匝匝的芦苇之中，当这条木船摇出，被我派去的当差一拥而上，逮了个正着，人赃俱获……"

窑主曹宗梅恍然大悟。

到了清代咸丰年间，长洲县有个名叫马如飞的评弹艺人，听了张问之巧破案中案的故事，还编成了弹词演唱。

（张瑞照）

顺发大窑与《造砖图说》

一次，工部郎中张问之与几个窑主会面，谈及金砖烧制工艺和进度，看到顺发窑主方林生眉头紧锁，似有心事，便问他："为何愁眉不展？"方林生把聘用了一个亲戚担任窑工班主，反而惹出烦恼的事，一一告之。

原来，方林生的亲戚是他妻子的外甥，名叫曹立清，是个读书人，四书五经能背个滚瓜烂熟，然而文章写得平平，自知步入仕途无望，于是至御窑投奔方林生。

曹立清到了顺发大窑，学习认真，又肯钻研，三年之后，大窑制砖各道工序他都能游刃有余。方林生十分高兴，提携他为窑工班主。

曹立清尽管是个读书人，但脾气粗暴，动辄对窑工大声训斥，呼幺喝六。一次，年轻窑工王老二在搬运砖坯进窑时，摇摇晃晃，曹立清大声呵斥："你怎么啦？"王老二低声认错，可曹立清不依不饶："照你这么干活，窑主岂不做赔本买卖？雇了你有什么用？"王老二挑了砖坯进了窑，曹立清还跟在背后大骂："真是混账透顶，你干不了，就回家歇息！"

窑工们听了，纷纷为王老二打抱不平。有个年老窑工说："班主，如果你要把王老二辞了，我们也不干了，有你这么得理不饶人的吗？"众窑工七嘴八舌，声讨曹立清："你啊，有这么对待为你卖命的王老二的吗？"曹立清见众人起哄，正要发作，正巧窑主方林生途经看到，劝大家去干各自的活。众人见窑主出了面，这才散去，但方林生看得出，他们心里的怨怼并未消去，说不定哪天爆发，那就麻烦了。

方林生说了情况，叹道："大人，时下我也不知如何处置此事才好。"

张问之说："你把曹立清班主位子撤了，不就得了。"方林生说："我也有这个想法，但最后没有这么做。因为我筑顺发大窑时，曹立清之父倾囊中之银资助于我，现在他儿子前来投奔我，我才宣布让他担任班主，又立马把他撤下，于心不忍啊！再说，曹立清聪敏好学，对制砖烧制工艺无所不精，是个人才。"张问之沉吟了一下，指着一旁的中年幕僚说："他叫黄展，是我助手，你别看他长相粗犷，可他不但是个读书之人，写得一手锦绣文章，而且他投笔从戎，弄刀舞棍，骑马打仗，也无所不能。不如由他到你那里，与你大窑曹班主为伴，干上几个月？"方林生见张问之大人派人出手相助，连连道谢。

黄展临去顺发大窑时，张问之嘱咐了他几句："我让你去顺发大窑，其实有两事相托，一是协助方窑主，与班主曹立清一起抓好金砖质量、进度，二是……"黄展说："第二件事莫不是与大窑班主共同管理好窑工？"张问之点点头，却又摇摇头，黄展大惑不解。张问之与他耳语几句，而后说："时下我正在整理造砖工艺一书……"黄展释然一笑，说："决不辜负大人重托。"

黄展遵照张问之的嘱咐，先是去了窑工家中逐个进行了暗访，然后去了顺发大窑。

窑主方林生在黄展来到顺发大窑的当天，就当着众窑工之面，宣布他为窑工班副。曹立清见窑主安排个班副给他，心里自然不乐，但窑主已经当众宣布，他也只能接受。

一天，王老二在出窑挑砖时，不慎摔了一跤，一块金砖撞在石头上，损了一小角。曹立清破口大骂，王老二认错走了，曹立清指着他的脊梁骨依然骂骂咧咧。黄展上前推心置腹地说："宋代苏轼有语，君子不恶人，亦不恶于人。你何必穷追不舍？"曹立清说："错与对，一字之差，天壤之别。我骂得这么凶，王老二还不时失误，要是我闭口不言，还不知他会如何冒失！"黄展见曹立清听不进自己只言片语，径自念了《礼记》上的一句话："君子不失足于人，不失色于人，不失口于人。"曹立清见这个五大三粗的汉子竟然连连说出古代名人名言，不由得对他刮目相看起来，说："黄班副，你也进过学？"黄展不亢不卑，说："《三字经》、四书五经、《春秋》，都略知一二。"曹立清一听，心里暗暗钦佩，说："我与你都是读书之人，对于这些不识字的蛮夫，去说《礼记》，如同对牛弹琴。"黄展却不苟同，说："这几月以来，我见王老二做活埋头苦干，值得称道……"还未等黄展把话说完，曹立清说："古语有云：人之有技，若己有之；人之彦圣，其心好之。这样的道理我懂。我已正告于他，如若他再犯错误，叫他走人！"

黄展相劝说："金无足赤，人无完人；人非圣贤，孰能无过。如果人人都像你说的那样，还要你班主干吗？我听我先生讲过一句话，现在想来，值得你我深思。"

曹立清凑上前去，说："说来听听。"黄展说："但有个条件。"曹立清说："什么条件，只管说来。"黄展说："你得收我为徒。"曹立清仰天一笑，说："你是班副，想来也是窑主的亲朋好友，只要你肯学，我自然会把造砖工艺和盘托出。"

黄展说："其实王老二这些日子为什么会如此，你作为班主难道不知道吗？是因为他家中接连发生了两件事。一是父亲去世，他幼年丧母，是父亲一把屎一把尿地把他拉扯长大，当他赚了点钱娶回娘子，意欲报答父亲时，他父亲却去世了，他为此悲恸之极，沉浸在痛苦折磨之中啊！"曹立清见黄展对王老二的事如此熟悉，不由得一怔，问："你怎么知道？"黄展说："我听说他平素工作从未出过差错，而最近心神不宁，老是出事，心想他身上必定有事，故而去了他家，发现他家中悬挂着父亲的遗像。"曹立清说："可听说他父亲已亡故了半年之久，他怎么还没有从阴影中走出来呢？"黄展说："后来他家中出了第二件事，妻子怀了孕……"曹立清哈哈一笑，说："他要做爹了，对他来说，这是件大喜事啊！不瞒你说，我妻子也怀孕了，我可整天乐呵呵的。"

黄展说："因各人情况有异，所以所怀的心情也不一样，因为他的妻子自从怀孕之后，不时呕吐，有时会昏厥过去。几次，他在半夜里被妻子的呼救声吵醒，把妻子急送去郎中那里治疗。"曹立清久久未语，望着黄展，默不作声。黄展继而说："我先生对我说过一句话，善则称人，过则称己。班主与窑工两者之间应该像一面镜子一样，你给他一个微笑，他也会报答你一个微笑；而断不能你给他一个呵斥，他也报你一个呵斥。"

曹立清回想起以往与窑工们剑拔弩张的关系，说："怪不得窑工们见了我，避之不及，敬而远之。"黄展说："是吗？现在制砖任务繁重，理应协力同心才是。诚如我先生所说，一只蜜蜂无法度过严寒的冬天，一群蜜蜂则不同。"

曹立清听到这里，感到好奇："是吗？你怎么扯到蜜蜂上去了呢？"

黄展说："据说蜂箱中的蜜蜂过冬的时候，往往要抱成一团，最外面的一层是工蜂，它们拼命地扇动着翅膀，像厚厚的衣服一样阻隔着外面的寒冷，在这样严严实实的包裹之下，里边的温度舒适如春。被工蜂包裹在里面的不仅有蜂王和雄蜂，还有另外的工蜂。饿了，它们依靠夏天采集来的蜜获得足够的能量，但里面的工蜂并不总在里面待着，它们还需要到外面来'换岗'。就这样，蜜蜂家族度过了一个又一个的寒冬。"

曹立清听了黄展的话，十分受用，为此上前握住他的手，说："你的话十分中肯，请问你的先生是谁？"

黄展说："到时候你自然会明白。"

以后，黄展就跟着曹立清学习制砖烧砖的技术。三个月后，基本上掌握了烧制金砖的各道工序。一天，曹立清去窑工宿舍看望黄展，见他在画造砖的各个工序要点，曹立清说："俗话说勤笔免思，你和初来顺发大窑时的我一样，边学边记。"

黄展跟着曹立清学习造砖的同时，一有空，就与曹立清去村上走访大窑的窑工。当曹立清知道王老二的妻子怀孕后反应大，便请了郎中前去诊断，王老二十分感动。曹立清对他说："请原谅我过去对你的训斥。"王老二反倒不好意思了，说："是我的私事误了干活，实在惭愧。"

三个月后，顺发大窑金砖出炉，合格率达到了十块中有九块之多，乐得窑主方林生眉开眼笑，直夸曹立清管理有方。曹立清连连摇头说："这是窑工弟兄齐心协力之果实。"

一天，曹立清与黄展在商讨第二窑砖烧制事宜，一个村民急步匆匆赶来对他说："你老婆临产，大呼救命，接生婆去了也束手无策，还说，想要保全母子，只怕凶多吉少。"曹立清急忙拔腿回家，到家一看，老婆不在。此时，村民告诉他，为救他妻儿，王老二等几个窑工与接生婆一起，把她扶上木船，送去了齐门郎中那里救治。

曹立清立即雇船赶去齐门郎中那里，只见孩子已出世，老婆安然无恙，他悬着的一颗心落了下来。郎中告诉他："要是晚来半个时辰，或许你老婆和小孩均已命丧黄泉。"曹立清连声向郎中致谢。郎中说："你应该谢谢那个及时送孕妇来医治的小伙子。"曹立清四下寻找王老二等窑工弟兄，但王老二等窑工见母子平安，已经回家。曹立清喃喃自语道："这诚如黄展之言，人与人之间宛若镜面也。"

半年后，黄展向曹立清告辞，说要回到先生那里去了。曹立清问："你主人何许人也？姓甚名谁？"黄展说了实话："我是受工部郎中张问之大人之托，前来向你学习造砖的。"曹立清又问："那你的先生是张大人？"黄展说："张大人只是要你与窑工烧出金砖，不辜负皇上重托。"

曹立清遂对一旁的窑主说："是你向张大人搬来了救兵？"方林生放声大笑："张大人是来助我百尺竿头，更进一步。"曹立清连连称是。当他听说张问之大人在编写《造砖图说》，立马回到家中，把手写笔记拱手交给黄展："我在空余时间对烧制金砖工艺做了摘记，不如带给张大人，做个参考？"黄展大喜，连连道谢。

曹立清因是个有心人，记录十分详细。张问之收到这份资料，如获至宝，这对他以后编写《造砖图说》起了不小的作用。

（张瑞照）

万历无梁殿

中国有四大无梁殿：北京天坛斋宫、南京灵谷寺、永济万固寺和苏州开元寺。所谓无梁殿，是指整个建筑没有一根梁柱，不用寸木寸钉，自基至顶，全用砖垒砌成券洞穹隆顶。"无梁"与"无量"谐音，取佛教"功德无量"之意。开元寺无梁殿建造年代最迟，且不如前三者大，但就精美程度而言，远超其他三座无梁殿。

建于明万历四十六年（1618）的开元寺无梁殿，位于苏州盘门内，坐北朝南，两层楼阁式，面阔七间，磨砖嵌缝纵横拱券结构，歇山顶及腰檐覆盖绿、黄二色琉璃筒瓦，与清水砖外墙面相映成趣。正面上下各有半圆砖倚柱六根，下置雕花须弥座，转角用垂莲柱。二层明间采用斗拱承托八角形的砖制藻井，檐下是砖制斜拱。总之，这座殿宇完全不用木材，从铺地方砖至门窗、栏杆、柱枋、斗拱、藻井、屋顶，全部都是用不同形状的砖砌成的。

关于这座无梁殿，有个民间传说。说香山有两个结拜兄弟，老兄精通木作，老弟精通泥作，被开元寺老方丈请去维修寺院一座佛殿，完工后连工钱也不肯收，统统留给寺院做香火钱。老方丈将两人的名字刻在石碑上，以彰功德。石碑竖了起来，两人一看，名字颠倒了，老弟在前，老兄在后。老兄不高兴了，半开玩笑半认真地说："这座佛殿，上有横梁下有槛，桩桩件件都出自我十根手指。自古讲究兄先弟后，现在老弟爬到老兄的头上了，真是苦头我吃，名气你扬。"

老弟寻思：老兄手艺精，是有本事，做的活一流，毛病就是喜欢田鸡跳在戥盘里——自称自卖。如果非要计较不可，老兄你在这座佛殿上确实花了不少心血，可我起早摸黑砌墙盖瓦，也瘦掉了一身肉。这么一想，老弟也半真不假地开腔说道："尺有所短，寸有所长。造房子本来就是墙靠架，架靠墙，好比船和橹，只有搭起档来，才能行得千里。"

老兄说："我不用你相帮，照样造房子。你不服气，我们就拆档试试。"

老弟说："这话是你讲的，你要拆档就拆档好了。"

兄弟两人话赶话，都有点赌气的味道了。老兄手一甩，跑回家去，锯锯刨刨，造了一座木园堂。这种房子，全部用木料拼搭，可以拆装。谁家办红白喜事，房子不够用，可以租用木园堂，只要把拆开的木房子用船装去，在屋前宅后的空地上临时一搭，就是一座厅堂，既便当，又顶用。老兄把老弟叫来参观，老弟看了也只得连声夸赞，夸得老兄越发得意扬扬。

一天，开元寺旁边一户人家办喜事，租用了老兄的木园堂，可木园堂一不小心起了火，火借风势烧到寺里，烧塌了藏经楼。老方丈倒是不曾多加责怪，老兄自己心里过意不去，拉着老弟一起到寺院，要替寺院重新建造藏经楼。

老弟抢先开口，对老方丈说："来的路上我想好了，要造就造一座水冲不垮、火烧不掉的藏经楼，方能永绝祸根。"

老方丈说："若能有这样一座楼，经卷就保险了。不过，这样的楼不用木料，怎么造？"

老弟拍拍胸脯说："包在我身上！"

老兄站在一旁，心想："房子烧不掉，除非铁水浇。老弟呀，你存心气我是不是？既然你敢夸这海口，我也不来管你了。"老兄心里不痛快，从那天起，真的对这件事不闻不问，一步也不踏进开元寺。

一晃大半年过去，一座完全用砖和瓦建造的藏经楼屹立在了开元寺里。老弟特地来请老兄去参观，老兄前去看了，瞠目结舌，佩服得一句话也说不出来。

这个传说到了长洲县的陆墓，起因变成了一次打赌。打赌的是陆墓窑户和香山帮匠人。香山位于太湖之滨，自古出建筑工匠，擅长复杂精细的中国传统建筑技术，史书上有"江南木工巧匠皆出于香山"的记载，所以，香山帮匠人碰到其他行当的工匠，往往神气得不得了。有一天，香山帮匠人里的一位张师傅碰到陆墓窑户李师傅，找了个小酒楼小酌，喝着喝着，就打起赌来。

香山帮匠人承建房屋，少不了用砖用瓦，也就免不了跟砖窑打交道。因为李师傅的窑烧出来的砖瓦质量好，价钱又便宜，张师傅用砖用瓦，一向找李师傅，日子长了，两人成了老朋友。老朋友在一起喝酒，是件高兴事，一高兴，就多喝了几杯，喝多了，舌头就有点管不住，说话就不大注意，张师傅就是这样，说的尽是香山帮如何能干，如何有本事。本来这也没有什么，可是李师傅也喝高了，听了觉得不服气，也要显摆显摆长洲县陆墓窑户的能耐，就不断打断对方的话，说陆墓的砖瓦怎样出色，怎样有名堂。两人你一句，我一句，越说越来劲，谁也不让谁。

张师傅搬出了重量级人物："李老弟，你们陆墓窑户说到天边，也没有出过蒯祥式的人物吧？所以，还得买我们香山帮的账！"蒯祥，因其建筑技艺高超而被尊为香山帮鼻祖，他设计过天安门、三大殿，最后官至工部侍郎。张师傅认为，把这位鼻祖抬出来，足以压倒对方了。谁知李师傅毫不服输，一仰头喝下一杯酒，底气十足地说："永乐皇帝封我们为'御窑'，正德皇帝给我们制作的蟋蟀盆上题"御玩臻趣"四字，你们香山帮名气再响，也没有这份荣耀吧？"

两人争了半天，也争不出个高下，张师傅使出了最后一招，说："无论如何，造房子我们唱主角，你们只能当配角。"李师傅说："不见得！"张师傅说："你不要嘴犟，少了我们架梁立柱，你们的砖头还能在造房子上派用场吗？"李师傅借着酒劲，说了大话："我就不信死了张屠夫，要吃带毛猪。到时候，我们造一幢只用砖瓦的房子，让你开开眼界！"张师傅说："你不要牛皮吹豁边！"李师傅说："我说话算话，你等着瞧吧！"

这事就这么定了，两人就此分开。李师傅回到陆墓，酒已醒了，想起自己在张师傅面前夸下的海口，不由得犯起愁来。有道是"满饭好吃，满话难讲"，自己一时逞能，扬言要造一幢不用木料只用砖瓦的房子，说说轻巧，真要做起来，恐怕不容易。梁柱是骨，砖瓦是皮，缺了木柱木梁，砖墙瓦顶没了支撑，不塌才有鬼呢。李师傅越想越不是个事，不免萌生了退意。但说出的话，泼出的水，收不回来了，如果就此熄火，岂不让人笑歪了嘴？这个面子他丢不起。

李师傅进也不是，退也不是，唉声叹气，饭也吃不进。老婆见他这般模样，问他遇到了什么难事，李师傅一五一十地把事情一说，老婆道："三个臭皮匠，凑个诸葛亮。你把大家招来，一起想想法子，或许就能找到办法。"李师傅一听，有道理，丢下饭碗，就找窑户们商量去了。

窑户们聚在一起，这个说："柱子问题好办，用砖照样能砌的。"那个说："屋顶也不一定非要木梁，我们可以借鉴桥洞，砌成券顶，保证塌不了。"又有一个人说："巧了，盘门那里要造座庙，准备供无量寿佛，老和尚正到处找人建无梁殿，我们不妨去把这个工程包下来。"众窑户越说越有信心，说干就干，结了伴就往苏州城里跑，到盘门找老和尚去了。

　　就这样，陆墓窑户供应砖瓦，请泥水匠动手，建成了开元寺的无梁殿。而这座无梁殿用的砖瓦，全部出自陆墓御窑。

（卢　群）

理直要气和

"理直要气和,得理须饶人。"这是明代万历年间苏州御窑天和窑窑主汤漕在与人做砖瓦买卖时常说的一句话。

那个时候,御窑烧制砖瓦的窑灶林立,尤其是金砖竞争激烈,供大于求。天和窑烧制的砖瓦,因窑主汤漕坚持对卖出去的每块砖、每片瓦做到完好无瑕,故而前去他家买砖瓦的顾客络绎不绝。天和窑订单多,生意兴隆,窑主汤漕郑重向所有大大小小的本地的和外地的顾客承诺:"天和窑卖出的每块砖、每片瓦,尽管横挑鼻子竖挑眼,但只要看出任何瑕疵,包调包换,包你沉着脸来,眉开眼笑回。"汤漕的话口气硬得像铁,为此顾客们说:"如果对质量没有十分的把握,打死他也不会说这样的话。"

长江边上有家江涛大窑,窑主叫阮文欣。汤漕对顾客的承诺传到了他的耳朵里,他断然不信:"如果人家看出了砖瓦上缺陷,心里自然不乐,他怎么可能让人家眉开眼笑地回家呢,这不是大白天说瞎话吗?"一天,阮文欣突发奇想,唤来窑工崔六子吩咐了一番。崔六子听罢,点头言道:"知道了,我会遵照窑主你的吩咐去做,只管放心。"阮文欣担心事情败露,对自己不利,再三关照道:"如果有人问你,打死也不能说出是我要你这么做的。"崔六子对天起誓:"哪怕杀头,我咬狗咬猫咬王八,也不会咬出你窑主。"阮文欣十分满意,拍拍崔六子肩膀,说:"我相信你,去吧。"

不久,苏州御窑的牌楼浜摇来了一条木船,船头上站着个高个子、背略驼的年轻人。他到了天和窑就靠埠,直奔窑主汤漕办事的那间工作屋。他一见到汤漕,大声嚷嚷说:"我叫崔六子,我的主人是无锡城里有名的财主林员外,良田千顷,家财万贯。上半年买了你家的金砖铺设客厅,其中两块上面有明显的划痕。当听到你汤窑主对人夸口,只要在你家天和窑出的砖瓦上发现有瑕疵,可以前来调换,所以主人让我摇了船赶来了。"

汤漕叫他只管把两块金砖拿上岸来调换。

崔六子与两个窑工把两块金砖搬上了岸，汤漕一看两块金砖，平滑的砖面上确有两条深深的划痕。再往边上一看，砖坯的侧面打着制砖人天和窑汤漕造的铭文。汤漕唤来大窑吴师傅，说："你与这位客官去库房换砖。"

吴师傅是个细心人，看了一下两块有划痕的金砖，疑窦顿生，说："这两块金砖是卖给无锡林员外的，已有半年之久，怎么当时没有来调换，而要拖到现在才来呢？"崔六子不由得大怒，上前在台桌上"啪"一记，指着吴师傅的鼻子斥道："混账，连汤窑主也说要换砖了，你却还在撑横篙，你算老几？"吴师傅正要说什么，汤漕予以制止，和颜悦色地说："理直要气和，得理须饶人，何况理在人家一边。"此话一出，吴师傅把已到口边要说的话咽了下去。崔六子却不依不饶，气势汹汹地说："按你吴师傅这么说，这砖上划痕是我们有意划了来寻衅？谁吃饱了撑着，没事摇船几十里，到这里来换两块砖？"汤漕好言相劝："客官言之有理，你跟着这位吴师傅去换砖吧，有什么不满意的地方，只管冲着我汤漕来。"崔六子听了汤窑主的话，这才消了气，跟着吴师傅去了库房。

崔六子从库房把两块金砖搬上了船，沾沾自喜，正要解缆开船，只听得传来窑主汤漕的呼喊声："崔客官慢走，我还有话与你说。"崔六子问："你难道反悔了不成？"汤窑主连连摇头，道："我看时值正午，客官一定腹中饥饿，不如吃了午餐，喝上一口，再启程回无锡不迟。"崔六子一听有酒喝，又可饱餐一顿，乐得眉开眼笑，立即把解下的缆绳重新系结在河埠的木桩上，招呼船上的两个窑工，跟着汤漕走进天和大窑餐屋。

崔六子和两个窑工酒足饭饱后，窑主汤漕吩咐吴师傅陪他们步至河埠，并送上三两碎银。吴师傅说："适才，我言词不慎，得罪了客官，汤窑主特地嘱咐我向你当面赔礼道歉，还望海涵。至于这点碎银，是我们汤窑主给三位的，供你们晚上再喝杯小酒，消消肚中之气。"崔六子接过碎银，乐得哈哈大笑，说："你们窑主说，只要找出天和窑砖瓦的瑕疵，会沉着脸而来，眉开眼笑地回去，现在看来，果然不假。"吴师傅说："崔兄弟，谢谢夸奖，古语有云，诚者为富。做人嘛，就要讲个信誉。我们烧制的金砖上有划痕，错在我们，给你们添麻烦了。"崔六子说："在林员外那边，小弟我会给你们解释，你只管叫汤窑主放一百个心。"言罢，解了缆绳，三人先后上了船，摇船离去。

崔六子和两个窑工走后，吴师傅对窑主汤漕说："姓崔的明明是前来找碴儿寻事的，窑主你非但没有戳穿他们的鬼把戏，反而以礼相待。要是此事传将出去，日后来这里找碴儿的人只会越来越多。"汤漕说："我也看出这两块金砖上的划痕有蹊跷，可手里没有证据。如果与他们发生争执，吃亏的是我们自己。何况，我们为了求得客户信任，做出过次品可换正品的承诺。"吴师傅说："可这两块金砖已售出半年之久……"汤漕说："调换次品，我们并没有做出时间上的规定，理不在我们啊。即使我们有理，也应理直要气和，得理须饶人。"吴师傅说："那下一步我们该怎么办，我们一直砖瓦质量上乘而闻名遐迩，难不成要背上这个黑锅？"

汤漕说："我们当然要调查个水落石出，有则改之，无则加勉。我想派两个窑工跟着那崔六子，看他回到了哪里。同时，你带上两个弟兄，去无锡客户林员外那里。"

吴师傅心领神会，连连点头。

吴师傅走后，汤漕吩咐两个窑工摇了条小船，尾随崔六子的船只。

同时吴师傅带了两个窑工去了无锡，找到林员外，说明来意："窑主汤漕派我和两个弟兄向你赔礼道歉来啦！"林员外在天和大窑买金砖时认识了吴师傅，听了他的话，丈二和尚摸不着头脑。

吴师傅说："半年前，你来我们天和大窑购买金砖两百块，其中有两块上面有划痕，当时我们没有看出，却出售给了你。"林员外说："在你们那里买的两百块金砖都已铺了客厅，好得很啊，没有发现什么有划痕的金砖啊。未知吴师傅此话从何说起。"吴师傅说："你不是派了下人崔六子带了两名家丁，前去我们天和大窑更换两块金砖吗？我们根据汤窑主对大家的承诺，立即进行了调换。"

听到此时，林员外十分感动，说："真想不到你们对自己的产品如此重视，值得所有商家称道。"接着把吴师傅和两名天和窑的弟兄领进客厅，沏了上等香茗相待。

当各自坐定，林员外说："我家买你们的两百块金砖铺在客厅，因铺地砖的匠人在计算时有误，多出了两块，为此，被我的朋友——长江边的江涛窑窑主阮文欣看到，出钱要买。我说你也烧制方砖，要这金砖何事？他说，自己学制坯烧砖几十年了，但知世上有'学到老，学不了'的古训。他要以你们金砖为样板。我十分赞赏，二话没说，把两块金砖送给了他。可这两块金砖也是平滑如镜，没有一点划痕啊。这让老夫百思不解了。"吴师傅把天和大窑发生的事一五一十地告诉了林员外。林员外听了，半晌没话，末了说："原来是这么回事。如果阮窑主真是在金砖上划了两条痕再去你们大窑找碴儿，那就是他的不是了。"

吴师傅回到御窑天和大窑，把去无锡林员外那里调查到的事情真相告诉了窑主汤漕。汤漕没有吱声。一会儿，尾随崔六子的两名窑工回来了，告诉窑主汤漕，说："崔六子等三人是长江边上江涛大窑窑主阮文欣的窑工。"此时，吴师傅气不打一处来，说："姓阮的太过欺人了，我们可以去县衙告他个欺诈之罪，不把他打入大牢，也让他挨几十大板。"汤漕的脑子像风车一样在转，默默地在自言自语："理直要气和，得理须饶人……"

吴师傅以为窑主汤漕默认了自己的主意，立马与两个窑工去了县衙，上告江涛大窑窑主阮文欣。因吴师傅证据确凿，知县命衙役将阮文欣和崔六子等人押至大堂问案。

长洲县百姓听说知县公开审案，前去看热闹的竟有百人之多。

大堂上，知县惊堂木"砰"地一拍，先问崔六子："大胆崔六子，免受皮肉之苦，从实招来！"崔六子生怕动刑，赶紧把自己受窑主阮文欣唆使，在两块金砖上划了痕，前去向天和大窑调换金砖，并拿到三两银子的事和盘托出。

崔六子招供后，知县遂对阮文欣说："呔，你这刁民，无事生非，还诈人钱财，还有何话可说！"阮文欣苦笑了一声，说："我的窑工崔六子曾对我说，咬狗咬猫咬王八，也不会咬窑主。可你大人还刚开口问案，他已经什么都讲了。现在，我无话可说。"

崔六子一脸尴尬，说："知县大人面前，小的怎能说假话啊？"看热闹的百姓听了，忍不住笑得前仰后合。

知县正要对阮文欣责打三十大板，而后游街示众之际，天和大窑窑主汤漕匆匆赶至，面对知县，双膝跪地，为江涛大窑窑主阮文欣求情，说："知县大人，阮窑主吩咐手下窑工崔六子等三人前来我们大窑调换金砖，只是想试探一下我对顾客的承诺是不是真，至于三两碎银，是本人所赐，并非崔六子行诈。"

知县大人见原告吴师傅的主人汤漕出面解释，于是撤了案，并当场释放了阮文欣和崔六子等三人。

事后，有人问天和窑主汤漕："江涛窑主阮文欣令手下把两块金砖划上痕，又来你们大窑调换，真可谓居心叵测，你怎么反而为他求情哩？"汤漕说："我们经营砖瓦买卖，以和为贵。古语有训，冤家宜解不宜结。鄙人认为理直要气和，得理须饶人。"

窑主汤漕的一番话，大家听得频频点头称是。

（张瑞照）

孝公窑

　　明万历年间，苏州长洲县陆墓镇西有座烧制金砖的大窑，名叫"孝公窑"。据传，这窑名是明代重臣申时行所赐。

　　孝公窑的窑主叫施公生，是家中独子。幼时，在砖窑打工的父母亲对他百般宠爱。他虽家境贫穷，但父母亲宁愿自己衣衫褴褛、吞糠咽菜，也要让他吃饱穿暖。施公生长大后，与人做起夏布生意，走南闯北。经商做买卖风险大，一段时间，他囊无分文。到了二十五岁那年，他终于走出困境，赚了一些银子。

　　有了钱，施公生买了一些父母亲喜欢吃的糕点和丝绸布匹回家。当他推开家门，惊呆了。只见屋内中堂上悬挂着父亲遗像，而母亲则消瘦得皮包骨头，形如槁木。施公生心如刀割，双膝跪地，问："娘啊，父亲怎么啦？"母亲施林氏忍不住双眼滚出了两行辛酸的泪水，说："你父亲患病在床三年，天天呼喊你的名字。临终前，他因不能看到你最后一面，老泪纵横……"施公生听着听着，像孩子一样哭了起来。他仰望着父亲的画像，一股劲地说："爹，孩儿不孝。孩儿长大了，没有为你养老送终，反让你为孩儿牵肠挂肚……"其语凄凄，自责不已。

　　此后，施公生逢人便说："人最大憾事莫过于受了父亲的大恩，作为孩子想报答的时候，他却撒手离你而去了。"

　　为了孝敬母亲，施公生不再外出经商，而是倾囊中之银，在镇西筑起了一座烧制金砖的大窑。大窑筑成招工时，他对外宣布，进施家大窑的窑工，工钱高出四周大窑五成。此话一出，前去他那里应聘的人有百余之多。施公生对应聘者说："进我家大窑做工工钱虽高，但有条件，符合者方可录用。"应聘的人问："是不是要比别的砖窑多干一半的活？"施公生摇了摇手，说："孟子有云：君子莫大乎与人为善。百善之事，'孝'字当先。不孝之子，纵然他有三头六臂，本窑主一概不予录用。"

　　施公生说了这句话后，谁也没有离开的意思。

　　施公生又说："报了名的众位乡亲，我会派人前去你们所在的村里调查，要是发现有对父母不敬者,公开除名。"有人问:"如果我们报名的都对父母孝敬,难不成你都给收下?"

施公生说:"我们在孝子中选择三十名,择优录用。"

应聘者中自忖为不孝者,录用无望,知趣而退。邻村甘露的一个男子叫尤昌,父母早已离去,为此,大踏步地上前报了名。

众乡亲报了名,施公生派人前去调查,调查结果,报名的三十余人中,都是孝子,唯有甘露村的尤昌,村里人反映,此人父母虽已双亡,但二老健在时,他与社会上的一些混混上街喝酒潇洒,没了银子就向父母亲伸手去要,如若不给,大吵大闹。施公生听了连连摇头,贴出了解雇尤昌的公告。尤昌恼羞成怒,背地里破口大骂:"你姓施的以为是孝子,连父亲送葬也不在家!"有人把尤昌的话带给施公生。施公生说:"尤昌之言说得没错,因为我以前没有尽孝,所以我很后悔,希望天下子女以我为鉴,对父母亲尽孝。"

施家大窑出砖后,施公生里里外外事情颇多,生怕对母亲伺候有失,安排了一名女佣小翠照顾母亲。尽管大窑杂事繁忙,但他每天一早还是要去母亲那里问暖嘘寒,晚上回家又要去母亲那里探望。母亲看到儿子如此尽孝,逢人便说:"要是他父亲能活到现在,安享晚年,那该多好。"

一天,施家大窑有一批金砖出窑,施公生让人把这批金砖运至库房之后,又与苏州营造联系检验。诸事办妥,他很晚才拖着疲惫的步子回到家。当他见母亲房间的灯火已熄,以为睡了,径自回到自己房间歇息。

第二天,施公生起床,备了早餐,却不见母亲前来,于是他前去呼唤。唤了几声,不见房里母亲应声,他觉得奇怪。推门进屋,他发觉床上没有母亲,急着问在门口守候的女佣小翠。小翠说:"昨晚,老太太见你没回,和我吃了晚餐,便上床歇息。今天一早我见老太太房门紧闭,想让她多睡一会儿,没有敲门进房去唤。"施公生与小翠屋前屋后四下寻找,无有踪影。又问小翠:"最近,我母亲有何异常?"女佣说:"老太太日食三餐,夜图一觉,很是知足,逢人便说,你是个孝敬长辈的好儿子。"施公生说:"除了这些,她有没有什么不知足的地方?"小翠想了想,说:"她常嘀咕你为何一直不娶媳妇,要是她能抱到孙子那该多好。"施公生一听,那是母亲平时常挂在嘴上的话,他听得厌倦了,不以为意。

施公生从小翠嘴里问不出什么东西,便出门寻找。村里村外找了个遍,谁都说没见到施老太太。施公生寻到日落西山，还是不见母亲，心想，母亲会不会去了藏书镇的娘家呢？于是，他雇了条小船，直往藏书而去。陆墓离藏书有六七十里路程，到了翌日天亮，施公生终于到了那里，问遍了母亲在藏书的大舅、二舅、三姨家的所有亲戚，都说没有见到施老太太前去。施公生悲伤欲绝，仰天大喊："娘啊，你在哪里啊……"

施家大窑的窑工都是孝子，见窑主为寻找母亲，失魂落魄、精神恍惚，歇工之后，主动帮着给施窑主四下寻找施老太太。

一连三天，没有寻找到施老太太，窑工们劝慰施公生："你母亲不会有事，总有一天她自己会回家的……"

施公生泪流满面，说："我不孝啊，没有伺候好母亲，我对不起娘啊！要是她出了什么意外，我会终生难受啊……"

到了第四天，漕湖之畔的虞河边发现了一具六十岁左右的女尸。当地村民把女尸打捞上岸，只因女尸脸又肿又大，一时谁也没有认出这老太太是谁。这事传到了陆墓，给施家的窑工听到了，立马告诉了施公生。施公生急步匆匆赶了七八里路，到了虞河，对女尸上下打量，见这女尸身上的丝绸新衣，正是前几天自己做给母亲的，不由得一愣。尽管施公生觉得自己母亲一连三天寻找不到，凶多吉少，但看到母亲横尸他乡，还是宛若晴天霹雳。他双膝跪地，泪流满面，说："娘啊，我没有好好伺候你老人家，使你离家出走。你有什么事只管对儿说啊，儿过去对不起父亲，现在又对不起母亲你啊……"

听到一个大男人抱着一具老年女尸恸哭，前去围观的人都忍不住在一旁掩面而泣。人群中的尤昌，嘀嘀咕咕："施公生嘴上常挂一个'孝'字，连在招窑工时也要'孝'子，可他自己却是个不孝之子！"

施公生雇人把母亲放入棺木抬回家中，正准备操办丧事，却见一班公差闯了进来。两公差用铁链套住了施公生的脖子，押了就走。

长洲县知县汤仁农升堂问案，斥问施公生为何要把亲生母亲虐待致死，抛尸虞河？施公生大声呼冤："大人，我作为儿子，怎么可能去害死自己的生身母亲呢？"汤知县道："你别老虎挂佛珠假慈悲，本官问你，你可在母亲尸前当着众人之面说自己对母亲不孝。"施公生点点头说："此话不假，我是不孝啊！"汤知县说："你自己当着众人之面，也是认了，这还有什么话说？一定是你平时虐待你母亲，致使你母亲离家出走,跳河自尽身亡。听人说,你常言人须事善,而百善孝为先,君子莫大乎与人为善。你又可知,一为不善,众美皆亡。"言罢,令手下公差对其大刑伺候。

众公差对施公生一顿板打后,又让他双膝跪在土碗底上。施公生被硌得钻心疼痛,嘴里大喊:"母亲啊,孩儿不幸,大人啊,小民有冤。"汤知县吩咐师爷把施公生前一句话记录下来,命其按上手印,打入大牢。

汤知县把施公生打入大牢的第二天,一个老妇步履蹒跚地走到县衙,"咚咚咚"击鼓告状。

汤知县立马升堂问事。

大堂上,跪在下面的是位白发苍苍老妇,口口声声地大呼民妇有冤。汤知县问:"你是何方人氏,有何冤屈,所告何人?"那老妇说:"民女施林氏,是施家大窑窑主施公生之母,所告之人是你大人,你黑白不辨,人妖不分,把我孝顺的儿子打入了大牢。"汤知县一听,一时蒙了,张口结舌,半晌没话。

原来,施林氏因为儿子自从办了大窑后,一直不谈娶亲成婚之事,心中焦急。她想起了自己年轻时有个姐妹,家住漕湖黄埭,听说她家有个既漂亮又贤惠的姑娘,尚未婚配。施林氏一心想让这姑娘成为自己的儿媳,却又生怕此事被儿子知道后遭到阻挠,所以独个儿悄悄前往。到了漕湖边,她正要往黄埭方向走去,见到了一个五十多岁的女乞丐,见她衣衫褴褛,顿生恻隐之心,掏出三两碎银相助,又把自己穿在外面的那件丝绸新衣披在那女乞丐身上。

施林氏到了老姐妹家,说起为儿子亲事而来,老姐妹知道施公生为人正直,又有一片孝心,一口答应。施林氏乐得喜笑颜开,说:"我回家之后,即托媒前来说亲。"言罢,欲告辞动身回家。老姐妹挽留她在自己家中待上几日。盛情难却,施林氏留了下来,一住就是三天。到了第四天,施林氏无论如何都要回转家门,老姐妹把她送至漕湖,两人分手,各自回家。

施林氏一到家,只见家中摆着一具棺木,不由得吃了一惊。听了邻居一讲,知道儿子受冤被押至县衙,并被打入大牢。于是,她急步匆匆赶至长洲县衙,击鼓告状,为儿子洗刷不白之冤。

汤知县听了施林氏这么一说,知道自己好心办错了案。可虞河边的那具女尸又是谁呢?汤知县决定查个水落石出。

汤知县吩咐仵作对横尸虞河的老妇进行尸检,发现那老妇头部有污血,是钝器砸击所致，颈项之处又有被布条勒过的痕迹，汤知县断言老妇是被案犯击打头部后倒地，再被布条紧勒颈项，窒息身亡。

那老妇是何方人氏，又是谁要对其下如此毒手呢？这件无头案令汤知县一时不知从何着手侦查。

一天，退居在苏州的礼部尚书申时行因修缮宅院，前去陆墓施家大窑选砖，顺便去了长洲县衙。他见知县汤仁农心事重重，问他为何事蹙皱双眉，汤知县说出了心中之事。末了，他说："不把这杀害老妇的凶手绳之以法，下官愧对施家窑主施公生。"

申时行说："古语有云：闻人善，立以为己师；闻人恶，若己仇。老夫早就闻听施公生孝心一片，不知谁人向你报案诬告施公生不孝呢？"

汤仁农一听此话，茅塞顿开，立马把当时报案的尤昌抓来县衙讯问。

尤昌以为事情败露，很快招了供。原来他在赌台上输了银子，嗜酒如命的他，想去黄埭的酒店潇洒，但因囊中羞涩，只得回家。当他步至虞河，见一老妇身穿绸衣，以为她身上定有银两，见左右无人，遂上前要钱。那老妇捂住口袋，大声说囊中无钱。尤昌上前抢劫，果然从老妇口袋中抢到三两碎银，不由得一喜。老妇骂道："你这无赖，我认识你是甘露村的尤昌，你想抢银不成？"尤昌慌了，遂从地上拾起一块石头，向老妇砸去。老妇头上顿时血流如注，大呼救命。他一不做二不休，解下裤带，把那老妇活活勒死后抛入河中。翌日，施公生看了老妇身上之衣，误以为是自己母亲，悲恸不已。尤昌看到施公生抱着老妇尸体哭泣，挤进去一看，死者正是被自己勒死的老妇。尤昌曾去施家大窑应聘，被施公生当众辞退，至今怀恨在心。他一来为了掩盖自己的杀人之罪，二来想报施公生昔日当众辞退自己之仇，匆匆赶去长洲县衙报了案。不想，欲盖弥彰，反而使自己露出了马脚，银铛入狱。

虞河老妇被害一案告破之后，申时行在知县汤仁农的陪同下，去了施家大窑。申时行当着众人之面，说："千万经典孝当先，为善则流芳百世，为恶则遗臭万年。施公生行善重孝，应以弘扬。施家大窑，以老夫之见，不如改为'孝公窑'。"并书写了"孝公窑"三字，赠予施公生。知县汤仁农为了表示对施公生的歉意，要了申时行所书的三个字，请石匠镌刻在石碑上，置放在施家大窑。自此以后，施家大窑便被人称为"孝公窑"。

申时行修缮宅院，铺地用的就是施家大窑的金砖。申宅是名园环秀山庄，宅前之街原名"申衙前"，直至二十世纪初拓宽马路才改称景德路。据传当时因拓宽马路，曾拆去申家部分房屋，而在铺地的金砖中，看到金砖侧面印有"孝公窑施公生制造"字样。

（张瑞照）

沈窑主计惩恶少

明万历年间，一年腊月的一天下午，苏州御窑窑主沈家福正在家中与账房先生计算窑工的工钱。突然，大门嘭的一声，被人踢开，走进一伙狠巴巴的角色，为首的锦衣恶少，自称朱甥，从口袋里掏出五张借条，说："郑三男等五人欠我纹银五十两，请如数拿出吧。"沈家福说："这得当着你的借债人之面，我才能兑现。"朱甥说："真是给脸不要脸，这借条上写得明明白白，哪有这么多废话。"朱甥带来的几人脸露凶相，从账台上抓了五十两银子，放进一只钱袋子。朱甥随即抛下五张借条，把手一挥："走！"大摇大摆，扬长而去。

沈家福望着这伙人的背影，长叹一声。

到了晚上，郑三男等五人前去窑主沈家福家领工钱，沈家福把白天发生的事一五一十地告诉了他们，而后拿出了五张借条，说："朱甥自以为背靠大树可以胡作非为，我与你们一起，把应得的钱给拿回来。"

郑三男一脸沮丧："朱甥是山腰里的刺荆根子深，要他把钱吐出来，难！"其他四个窑工说："如今我们是两手空空，等着饿死，不如与他拼个你死我活。"沈家福说："不，如果硬拼，我们毕竟势单力薄，所以取回银子要讲究方法。听说过几天知县要来陆墓，我们不如……"他把自己想好的主意与大伙说了，最后道："朱甥真名叫吕乐亮，我们本应告吕乐亮才是，但不到知县再三逼问之时，万万不可道出他的真名实姓。三男你年近六十，经验丰富，得打头阵。"郑三男等五个窑工齐声说："好。"

这天，知县朱嘉去陆墓视察大窑的金砖生产，刚出齐门，四个年轻人在一个白发苍苍老汉的带领下，上前拦轿告状。

朱嘉公事在身，吩咐公差拖走老汉，老汉犟劲如牛，硬是跪地不起。朱嘉无奈，吩咐老汉把状子呈上，不想老汉说："我们五人目不识丁，哪会书写状子？"朱嘉说："你们没有状子，怎么告状？快快先去托人写了状子，再去衙门告状。"那老汉老泪纵横，说："如今我们是穷得身无分文，怎么去叫人写状子？叩望大人为小民做主。"

朱嘉向老汉细细打量了一下，见他黑黝黝的脸上布满如同刀刻一般的皱纹，似历经沧桑，有一肚皮的冤屈。朱嘉命另外四个年轻人站在一旁，把老汉唤至不远之处石亭，开口问他："你姓甚名谁，家住哪里，状告何人？"言罢，吩咐一旁的师爷在台桌上磨墨展纸，做好笔录。

老汉就是郑三男，五十余岁，徐州人氏，因妻子患病，长年请医抓药。他把妻子交给女儿伺候，与村上四个年轻人一起南下陆墓御窑打工。打了一年工，年终了，他扳着指头算来，可得银子十三两，于是去窑主沈家福那里取钱回家。窑主告诉他，工钱已被朱甥拿走。郑三男一听傻了眼，为此与四个年轻人去了苏州阊门找朱甥，朱甥说："年初，你们五人不是每人向我借了三两银子的中介费吗？"郑三男急了，说："即便依你所言，每人只需归还三两银子，三五十五两，可你拿走的却是五十两！"只听朱甥轻蔑一笑，说："我与你们非亲非故，你们每人欠下的钱，总得付息吧？"郑三男再要与他理论，朱甥一声吆喝，他手下几个混混把郑三男等人一顿拳打脚踢，撵了出来。

朱嘉心想：世上哪有这种蛮不讲理的恶棍！朗朗乾坤，条条王法，不治治这些恶棍怎还得了！

朱嘉决定先把这件事弄个一清二楚，便带着郑三男等五人到了陆墓乡公所，令公差前去传唤窑主沈家福。沈家福跟着公差往乡公所走去，一路上逢人便说，朱知县要升堂公开审理御窑招工案啦！

村民听说知县审案，纷纷前去看个热闹。

沈家福一进乡公所，知县朱嘉开门见山问他："郑三男等五人一年的工钱，是否被朱甥提前领走？"沈家福点了点头："大人，是的。"遂从怀中掏出那五张借条，呈上验证。

朱嘉接过一看，上面五个人的手印清清楚楚，便问郑三男等五人："这上面可是你们的手印？"郑三男说："这手印确系我们五人所按上，但事出有因，容小民细细禀来。"

原来郑三男等五人年初至陆墓，听说御窑窑主沈家福贴出了招收一批运泥窑工的告示，故而走进了一间招工办公房想看个究竟，却被一个自称朱甥的人拦住，要他们先在一张纸上按了手印，方可见窑主。无奈之下，他们只得照办。

朱嘉询问沈家福："你家大窑招工，为何要朱甥插一杠子，任他凭空收什么中介费？"沈家福似有难言苦衷，说："是热心人朱甥对我说，我又要管窑，又要招工，忙不过来，这事还是全权由他替我操办吧。他还说皇帝不差饿兵，酌情收点中介费用，不由得我分说，他一手把这事揽了下来，谁知会惹出这么多麻烦。"

朱嘉沉下了脸，说："御窑招工，你叫一个与御窑无关的朱甥去操办，已属不妥。打工者本来赚钱不多，还得付这笔中介费，不是在枯树身上剥皮吗？再说年终结算工钱，理应由本人到场，你怎么可以擅自把郑三男等五人一年辛苦钱给朱甥了呢？"

沈家福见知县动怒，双膝跪地，说："大人，你有所不知，谁愿意招几个窑工去委托他人啊，要知道把招工的事儿交于朱甥去办，我有难言之苦啊。"朱嘉说："你做了亏心事，还在说这样的风凉话。现在你如实交代朱甥的家住哪里，不然，本官拿你是问，定你个欺诈之罪！"沈家福说："大人，我不能说啊……"朱嘉说："案犯即使是杀人越货的江湖大盗，本官也要为民做主，把他缉拿归案，绳之以法！"

沈家福望了望两旁排立的衙丁及看热闹的乡亲，没有作声。知县朱嘉怒火中烧，正欲对窑主沈家福动刑，沈家福说："大人，还是让小人把朱甥的真实姓名写在纸上，大人一看便知他究竟何人、家住哪里了。"朱嘉说："难道朱甥名字有假？"沈家福点点头，又摇摇头。朱嘉呵道："沈窑主，你再磨蹭，本官饶你不得！你休顾忌，只管把朱甥的真名当众说出来，本官一定严办，不但叫他把吞下肚子的银子一两不少地拿出来，为了弘扬正义，惩治无赖，还要把他打入大牢。"

郑三男等五个窑工齐声呼道："大人在为民做主，沈窑主你就说吧。"此时沈家福终于大声道："此人原名吕乐亮。"

朱嘉一听，张口结舌，半晌没语。为啥？因为吕乐亮是他的亲外甥，而外甥的母亲、朱嘉的胞姐，对他恩重如山。因为朱嘉自幼父母双亡，是胞姐把他拉扯成人，以后又供他进私塾读书，才使他有如此锦绣前程。不看僧面看佛面，现在姐姐唯一的儿子犯了法，他怎好意思下手啊！

沈家福见知县朱嘉一时没了主张，及时添上一把火，说："大人，这为非作歹之徒不是别人，正是大人的亲外甥，所以小人不敢乱说。"

这一说，在场的衙役和乡亲不由得大吃一惊，议论纷纷起来。有的说："吕乐亮毕竟是知县大人的外甥,得放手时且放手,饶了他一回吧。"有的说:"自古王子犯法,与庶民同罪,大人应该立即法办吕乐亮。"此时,沈家福说:"大人,以小民之见,念你外甥吕乐亮是初犯,只要把我们御窑郑三男等五个窑工的五十两银子如数退还,也就罢了。"

朱嘉见沈窑主送了一架梯子来,赶紧就坡下驴,即令公差把吕乐亮叫了来,当着众人的面令他拿出五十两银子,退给郑三男等五个窑工。吕乐亮吐出五十两不义之财后,一脸不悦,朱嘉心想,如不惩处一下,日后他会老毛病复发,兴许又会倚着自己舅父是知县的后台,为非作歹。为此,他沉下了脸大喝一声:"来人啊,把不法歹徒吕乐亮责打三十记大板,打入大牢反省三月!"

窑主沈家福与窑工郑三男等人听了,齐声叫好。

(张瑞照)

"金砖"须用金砖换

　　明代的宦官势力，在天启年间达到了顶峰，形成了以魏忠贤为首的阉党专政。魏忠贤市井无赖出身，嗜赌成性，曾卖掉自己的女儿用作赌本，因赌债所逼遂自阉入宫做太监，与皇长孙朱由校乳母客氏结为对食（太监宫女之间的婚配）后，在宫中地位上升。魏忠贤对朱由校极尽谄媚，诱其宴游，甚得其欢心。朱由校即位后，将魏忠贤擢为司礼秉笔太监，系太监之首，并将特务机构东厂、西厂、锦衣卫一并交给他掌管，使他有了生杀予夺之权。魏忠贤网罗党羽，排斥异己，杀戮大臣，欺压人民，暴虐无道，无所不用其极，尤其是对东林党，迫害更厉。

　　东林党是明代晚期以江南士大夫为主的官僚阶级政治集团，名称得自东林书院。有一副很著名的对联——"风声、雨声、读书声，声声入耳；家事、国事、天下事，事事关心"——就是东林党首领顾宪成撰写，镌刻在东林书院大门口的。万历三十二年（1604），被革职还乡的顾宪成在常州知府欧阳东凤、无锡知县林宰的资助下，修复宋代杨时讲学的东林书院，与高攀龙、钱一本、薛敷教、史孟麟、于孔兼、于允成等人，讲学其中，讲习之余，往往讽议朝政，裁量人物，其言论被称为清议。朝士慕其风者，多遥相应和。这种政治性讲学活动，形成了广泛的社会影响。三吴士绅、朝野各种政治代表人物、东南城市势力、某些地方实力派等，一时都聚集在以东林书院为中心的东林派周围，时人称之为东林党。其时，因宦官擅权，倒行逆施，政治日益腐化，社会矛盾激化，针对这一现象，东林党人提出反对矿监税使掠夺、减轻赋役负担、发展东南地区经济等主张。他们还主张开放言路、实行改良等针砭时政的意见，得到当时社会的广泛支持，同时也遭到阉党及各种依附势力的全力反扑。东林党人多次上疏弹劾魏忠贤，斗争非常激烈。天启四年（1624），魏忠贤下令逮捕杨涟、左光斗、袁化中、周朝瑞、顾大章、魏大中等六人，后该六人均被迫害致死，史称"前六君子"。接着，魏忠贤又害死周顺昌、高攀龙、周起元、周宗建、缪昌期、黄尊素、李应升等七人，史称"后七君子"。

阉党除了在政治上为非作歹，经济上也胡作非为。魏忠贤派往全国各地的税监，横征暴敛，穷凶极恶，致使百业凋敝，民不聊生。苏州也难逃此劫，魏忠贤派来的李太监，勾结阉党亲信巡抚毛一鹭，巧立名目，税上加税，横行不法，强征豪夺，将好端端一个"人间天堂"搞得乱七八糟，一塌糊涂。在这样的大背景下，陆墓砖业也深受打击，每卖出一块砖，要交高过成本三倍的税，逼得窑工背井离乡，砖窑不再冒烟，"金砖之乡"名存实亡。

陆墓不出产金砖了，然而皇宫仍对金砖有所需求。天启六年（1626），紫禁城金銮殿铺地金砖损坏了三块，天启帝早朝时一脚踩到缺角砖上，崴了脚踝，顿时龙颜大怒，把工部一班官员革职的革职，降级的降级，又对魏忠贤说道："外臣不行，朕只倚重内官，这破砖还得你放在心上，及早换上好砖。"魏忠贤权柄再大，终究也是皇帝的奴才，皇帝的马屁必须拍好，既然皇上交下差来，他便诺诺连声，表示一定办好这件差使。

在魏忠贤想来，这是小事一桩，吩咐手下到御库里去取几块备用的金砖，不消半个时辰便可换好。谁知一问手下，方知历年来采办金砖的款项全部进了他的私囊，御库里连一块存砖也没有。魏忠贤这才着了急，写了封信，以八百里加急的速度送往苏州，命驻在那儿的李太监十万火急护送三块御窑金砖进京，不得有误。

李太监接到魏忠贤手令，开始也没觉得有何难，心想陆墓近在城郊，派个差役跑一趟，至多半天工夫就能把三块金砖带回。可是，差役前往陆墓，空手而归，告诉李太监，陆墓御窑已全荒废，无砖可取。李太监这才慌了神，连忙带领一伙爪牙赶往陆墓，将村民集合起来，软硬兼施，要村民献出金砖。村民异口同声，都说以前御窑金砖年年全部交送朝廷，谁也不敢私留一块，现在已连续两年断产，何来金砖可献。李太监不信，让爪牙到处搜寻，爪牙们把村里角角落落翻遍，掘地三尺也未找到一块金砖。看来，金砖果真绝迹了。

这时，一个名叫盛阿大的中年村民站了出来，说道："我有金砖，藏在谁也找不到的地方，李公公你若想要，须重金购买。"

李太监眼一瞪，说道："笑话！咱家要什么东西，从来不知'付钱'二字，你乖乖献出三块金砖，咱家尚可放你一马，不治你的罪，否则让你吃不了兜着走！"

盛阿大问："你要治我罪，我何罪之有？"

李太监说："金砖不可私留，谁人不知？你私自留存金砖，便是死罪！"

盛阿大说："我家这几块金砖，是当年永乐皇帝特批留下做样砖的，谁敢抢掠，便是藐视永乐皇帝，只怕借给李公公你十颗胆，你也不敢。"

李太监一听，不由得气焰顿灭，换了商量的口气，说道："好好好，咱家且信你所言，就出钱求购，你一块砖要咱家多少钱？"

盛阿大说："不多要，你用一块金砖换我的一块'金砖'，便可成交。"

李太监没听明白，问："咱家若有金砖，还用跟你换吗？"

盛阿大说："你的金砖，是金子熔铸的，我的金砖，是御窑里烧出来的，听懂了吧？"

李太监心疼金子，凶相毕露，恶狠狠说道："你敢如此说话，信不信咱家宰了你？你是要命还是要钱，好好掂量掂量！"

盛阿大哈哈一笑，说道："你杀了我，金砖就永远得不到了，你自己先掂量掂量吧！"

李太监与盛阿大斗法，最后败下阵来，没奈何，只好用一块腊赤焦黄金砖换一块黛青光滑的"金砖"。盛阿大得了三块纯金铸的金砖，分给众乡亲，弥补大家由于阉党祸害造成的损失。

盛阿大之所以能够斗败李太监，是他瞅准了时机，因为当时苏州刚发生"五人义"不久。东林党人魏大中被阉党逮捕递解入京，路经苏州，东林党人另一名中坚人物周顺昌留魏大中在家住了三天，每天好酒好菜招待还不算，还要将自己的女儿许配给魏大中的孙儿。这样捋魏忠贤虎须的行为，在别人看来无疑吃了豹子胆，周顺昌却不肯到此为止，还公开扬言："别人怕阉贼无非畏死，我周某不怕，谁去告诉阉贼，让他知道世间有个好男儿周顺昌！"这么一个"狂徒"，魏忠贤岂能容得，不久就派特务前来苏州捉拿周顺昌。不想，这激起民变，苏州百姓大骂阉党，进而发展到罢市示威，痛打魏阉爪牙走狗，当场就打死一个。朝廷闻报，打算派军队来镇压，对苏州大开杀戒。危急关头，颜佩韦、马杰、沈扬、杨念如、周文元等五人挺身而出，把"倡乱"罪名一股脑儿揽到自己头上，以他们的五颗脑袋换来了苏州城免遭屠戮。"五人义"是苏州广大人民群众反抗明王朝残酷统治的一次规模巨大的政治斗争。魏忠贤虽然凶狠，但也怕再次激起类似事件，私下吩咐党徒在苏州少惹祸，故而李太监不敢过于嚣张。盛阿大的胜利，完全可以看作"五人义"的一朵美丽浪花。

（卢　群）

右手刻刀左手筷

　　明长洲县有户人家姓金,诗书传家。金家的独子金祖恩,天资聪颖,自小在严父督促下发奋苦读,十年寒窗功夫不曾白费,前去赶考,每考必中,最后名列探花。

　　古代科举考试,一般由县、府、省、中央四级行政机构组织。明代科考有童试、院试、乡试、会试、殿试五级,前两级一年一考,后三级一般三年一考。童试合格者,称为"童生"。童生不是年龄的界定,白发老翁参加童试的,也叫童生。院试录取者,称为"秀才"。院试在各府城或省直辖的州府举行。秀才通过年核岁试,取得一、二等成绩的才可以参加乡试。乡试在省会贡院举行,主持考试的官员一律由皇帝从中央直接派出。考取者称为"举人"或"举子",第一名称为"解元"。中了举方能参加会试,会试在乡试的第二年春季农历二月举行,由朝廷礼部主持,故称"春闱",也称"礼闱"。各省举子赴京考试,由国家提供一定的车马费,史称"公车"。录取也比较严格,每科应试人数六七千人,而录取只有三百名左右。会试中试者,称为"贡士";会试第一名,称为"会元"。殿试又称"廷试",即人们常说的"考状元",由皇帝亲自主持。参加殿试的贡士,原则上不再淘汰,但它将确定状元和鼎甲名次,因此特别为人们所瞩目。经殿试者称"进士"。最初,试卷由皇帝亲自阅卷,或由大臣朗读,皇帝裁决,后来实际上先由读卷大臣轮流评阅(一般为八人),然后按优良定为五等。选出其中十份公认的优秀卷子,进呈皇帝最后裁决。审阅完毕,拆开密封,由皇帝亲自用朱笔填写前三名状元、榜眼、探花的名字,这就是所谓的"点状元"。前三名列为一甲,叫"进士及第",合称为"三鼎甲";二甲若干名,叫"赐进士出身";三甲若干名,叫"赐同进士出身"。殿试放榜,史称"胪传",是科举时代国家隆重的仪式之一。数万甚至数十万考生中最终才产生一甲三人,的确不是件容易的事。

　　金祖恩就是这么极不容易者之一,可是,谁能料到,他费尽千辛万苦得来的功名，转眼间又差点丢失了。这是怎么回事呢？原来，问题出在曲江宴上。按照惯例，新科状元、榜眼、探花，皇上要设宴款待，以示恩宠。宴会上，当朝大臣、同科进士都被皇上召来作陪，给足了三鼎甲面子。

曲江宴又叫"曲江大会"，也称"杏园春宴"，起源于唐代。唐代新科进士正式放榜之日，在上巳前数日，农历三月初三上巳节为唐代三大节日之一。上巳节人们都要到水滨洗濯、宴饮、游乐，新科进士本就高兴，自然不会放过趁这节日欢乐一下的机会，便凑份子大宴于曲江池旁的杏园，故有"曲江宴"或"杏园春宴"之名。曲江位于唐代京城长安东南角，附近有慈恩寺、大雁塔等名胜，本是天然湖泊，经汉武帝、隋文帝、唐玄宗相继扩建，池面增至三百余亩，沿岸楼台亭阁连绵起伏，和杨柳、酒旗、拱桥、画船等交相辉映，花香鸟语，景色秀丽，为当时长安第一胜景。新科状元的聚宴，引起了皇帝的关注，从唐中宗起由皇帝赐钱设宴，皇帝也经常亲临宴会，与宴者须经皇帝钦点。曲江宴前数日，各种行市已罗列于曲江池头，吃的、喝的、演的、唱的，应有尽有。曲江池岸，管弦交作，轻歌曼舞，响彻云霄。人们成群结队，扶老携幼，前来观看。杏园怒放的杏花，称为"及第花"，新科进士个个喜形于色，满面春风，意兴所至，举杯醑饮，杯盘叮当，大家沉浸在一派喜庆之中。撤宴后，便移舟曲江，游赏美景。曲江宴的影响越来越大，后世沿袭直至清末废止科举。即便京都已不在长安，皇帝宴请新科进士的地点也改在宫内，但曲江宴、曲江大会、杏园春宴的名称仍沿用，能享受曲江宴始终是封建时代士子的最大荣耀。

金祖恩高高兴兴去赴宴，没想到细心的皇上发现他左手拿筷，心里不悦，虽然当场没有沉下脸来，但散席时留下一位大学士，交代了几句。明代不设宰相，宰相的职责由大学士承担。大学士第二天接见金祖恩，说："你的名次被革除了，回家去吧。"

金祖恩一惊，忙问："大人，请教我错在何处，竟要除名？"大学士说："你未犯错。"金祖恩说："无错何以获咎，大人你总要讲个道理出来，我才能心服口服。"大学士说："这是圣上的意思，你自己猜去吧。"金祖恩说："圣意岂敢妄测，还望大人指点。"大学士也觉得他有点冤枉，就提醒道："你赴琼林宴时，筷子拿于何手？"金祖恩何等聪明，一听此言，心里顿时明白。想来皇上认为他左手拿筷，十有八九是个不孝之人。

古人是非常重视孝道的,圣贤提倡孝道的言论车载斗量。"孝有三,大孝尊亲,其次弗辱,其下能养。"(《礼记》)"弟子入则孝,出则弟。"(《论语》)"老吾老,以及人之老;幼吾幼,以及人之幼。"(《孟子》)"夫孝,天之经也,地之义也。"(《孝经》)读书人常挂在嘴边的话是:"羊有跪乳之恩,鸦有反哺之义,何况人乎!"百姓也知道"家贫知孝子,国乱识忠臣"这个道理,历朝历代强调"以孝立国"就不难理解了,明代同样如此。现在金祖恩被皇上视为不孝,他的功名自然就保不住了。金祖恩知道乡间父老常说,孩子吃饭,父母都教小人用右手拿筷,不然会被人看作不懂规矩,只有犟头倔脑、不肯听话的小人,才故意闹别扭,偏要用左手拿筷,久而久之成了习惯,大了也改不过来。不听父母之言,便是不孝。皇上大概是这么想的:父子君臣,你从小不听父母的话,到了朝堂也可能不听朕的圣命,这样的臣子朕不留。

金祖恩想到这里,不禁暗暗好笑,说:"大人,我左手拿筷,并非不听父母言之故,恰恰相反,正是谨遵父训,才养成了这个习惯。"大学士忍不住好奇心,问:"此话怎讲?"金祖恩说:"我自小从早到晚,始终遵从严父教诲,将时光统统用在熟读圣贤书上,以图日后报效国家。只有每天用餐之时,严父才允许我做自己感兴趣的事。想必大人也听说我家乡出产御窑金砖,这金砖是砖雕的最佳材料,我对砖雕颇有兴趣,故而利用饭时学习砖雕技艺。刻刀须用右手掌握,我一边雕刻一边吃饭,筷子只能交付给左手了。请大人代禀圣上,大人之恩,没齿难忘。"

大学士心想,金祖恩这番话,倒也解释得通,就以这些话回禀皇上,这顶探花帽大概能够保住,但这是皇上亲自交办的差使,总得格外仔细为妥。于是,大学士找到一位苏州籍新科方进士,向他打听金祖恩的情况。大学士显然是担心金祖恩或许在孝道上做得不够,日后若被皇上得知,恐引起龙颜大怒,自己也将受到连累。

大学士问方进士,你与金探花是否熟悉,方进士答道,虽是一个地方的人,但素不相识,只是金祖恩的名字倒是早就有所耳闻的。大学士又问,金探花有何事传到你的耳中?方进士说,金祖恩是出了名的孝子,故而家乡许多读书人都知道他。方进士举了个例子:金祖恩六七岁时,父亲一度患了眼疾,双目终日赤炎,火辣辣地疼,多方请医,久治不愈,很可能失明。金祖恩小小年纪,旦夕忧泣,也不知他从何处何人那儿觅得一个秘方,便照着去做,一日数次,口含冷水,待舌头变凉,吐掉冷水,以凉凉的舌头舐父亲双目,坚持一年有余,三九寒冬也不停止,他父亲的眼疾竟就痊愈了。

　　大学士听了，彻底放下心来，进宫把金祖恩的一番话和方进士说的事例，一并禀告皇上。皇上一笑，说："既然如此，这个探花不用革去了，他有一手砖雕技艺，就将他分发工部，今后宫中门楼雕花损坏，正好用得上这样的人才。"

　　金祖恩虚惊一场，平安告终。消息传到苏州陆墓，乡亲们送了金家两句话，叫作"右手刻刀左手筷，金砖帮了探花忙"。

（卢　群）

徐枋收徒

明末清初徐枋书画十分出名,而苏州长洲县御窑的董嘉惠临摹徐枋书画作品,几可乱真,于是就以出售书画谋生。徐枋得知后,非但没去兴师问罪,还收其为徒。

徐枋是才高八斗的隐士,怎么收一个乡间庶民为徒,这缘于两人同践孝道。

徐枋的父亲徐汧,明崇祯元年(1628)进士。清兵南下,八旗铁蹄破苏州城那天,徐汧痛哭流涕,写了一封遗书,跑到虎丘山,投剑池而死。徐汧的遗书嘱后代不要做清朝的官,否则,便是徐氏孽种。徐枋是个孝子,父亲遗言当然不肯违背,便在木渎上沙村搭了几间茅屋,称为"涧上草堂",过起了隐居生活。

徐枋下定决心不与新朝打任何交道,他的这个决心在对待江苏巡抚汤斌上体现得最为突出。汤斌是出名的清官、好官,在百姓中口碑极佳,徐枋也听说了,对于受民众爱戴的官员,他也是钦佩的。然而钦佩归钦佩,当有人捎话给徐枋,请他去见见巡抚大人,徐枋立即托词婉拒。徐枋心想,你是大清的重臣,我是前明的遗民,道不同不相为谋,你走你的阳关道,我走我的独木桥,没必要见面。

徐枋不想见汤斌,汤斌就主动来找他。汤斌一身便服,只带了一个书童,乘船到了上沙村,然后步行来到涧上草堂。大热的天,汤斌大汗淋漓,脚底还给崎岖山径上的碎石硌出了好几个水泡,走一步疼得龇一下牙。前一天,他已遣人通知了徐枋,没想到今天涧上草堂柴门紧闭,显然是主人不愿接待他。汤斌也不强行入内,只绕着茅屋转了一圈,便往回走了。

回程路上,书童噘着嘴咕哝:"这个徐先生,架子也太大了,面都不见,水也不招待老爷你喝一口!"汤斌笑呵呵地说:"徐先生是真隐士,高洁之人,不能以俗礼繁节论他。"书童说:"他是高士,老爷你就得白跑一趟?"汤斌说:"怎么是白跑呢,我亲眼看到了他的环境,他在那儿生活得下去,我也可以放心了。"

后来汤斌又来过涧上草堂两次,仍未见到徐枋。有人觉得徐枋太过分了,汤斌却说:"我是喜欢那儿的风光,游览去的,没有理由一定要徐先生接待。徐先生岂会吝啬一桌素餐,他是不愿亏待了自己的秉性,让人误会他在巴结大僚而已。"此话传至徐枋耳中,徐枋很受感动,慨叹道:"汤公知我!按理,我是应当以朋友的身份回拜汤公的,可是我不能为难汤公,所以只能仍然相互不认识罢!"

徐枋这话别人不解,汤斌明白,原来当今皇上康熙帝一面兴文字狱威慑士子,一面施怀柔之术笼络文人,尤其是江南知名文士,康熙下令省、府、县各级官吏都要尽心寻访大力举荐。倘若徐枋出现在了汤斌面前,巡抚大人不举荐便是"欺君",举荐了又造成被荐者誓死不仕的局面,更会引起"龙心震怒",后果不堪设想。汤斌三至其门而徐枋不露一面,已不是最初的"道不同不相与谋"了,分明掺入了"惺惺相惜"之意。

徐枋由此也愈发赢得了汤斌的敬重。

终于,徐枋和汤斌见了一面。

徐枋老母病逝。汤斌得到消息时,徐母丧事已经办毕,棺木已经入土,但他还是专程跑到涧上草堂,亲致吊唁。这日徐枋因事外出,汤斌以为这次又不可能碰到他,谁知离开徐家,走不多远,见山径旁跪着一人,口呼:"大人暂留一步!"汤斌只当是拦路告状的,欲待动问,那人已叩首道:

"孝子徐枋叩谢大人!"

原来徐枋办完事回来,半路上遇到一个村民,说巡抚大人到他家吊孝来了,故而赶到此处恭候。

汤斌大为惊喜,忙扶起徐枋,打量良久,叹道:"看徐先生相貌风度,果真闲云野鹤,可望而不可即。汤某与徐先生有此一面之缘,足矣!"

徐枋、汤斌这一面之缘,在苏州史书上留下了一段佳话。

徐枋在涧上草堂闭门著述,四十年如一日,足不入城。那么,他的生活费用怎么解决呢?靠卖书画。徐枋养了一头驴子,经他调教,驴子聪明异常,能独自到城门口去替主人卖书画。徐枋隔些日子,把自己的书画放在驴背筐里,驴子就一路小跑往苏州城而去,一路上行人见了都认得这是徐先生的驴儿,从没有人把它抢走或把书画偷去。驴子到了阊门城门口,待着不动,就有一些人拿了油盐酱醋米面及日用品来换书画。驴子待书画全部换完,就撒开四蹄往回跑,太阳落山它就回到了涧上草堂。这么精彩的故事,不是编的,《清史稿》上有记载:"(徐枋)豢一驴,通人意。日用间有所需,则以所作书画卷置篓于驴背,驱之。驴独行,及城闉而止,不阑入一步。见者争趣之，曰：'高士驴至矣！'亟取卷，以日用所需物，如其指，备而纳诸篚，驴即负以返，以为常。"《清史稿》是国史，撰国史是件严肃的事，道听途说的事绝对不会收录。

徐枋的书画，不是谁想买就买得到的。这方面《清史稿》上也有记载："川湖总督蔡毓荣自荆州致书求其画，枋答书而返币，竟不为作。"蔡某以总督身份，重金求购徐枋一幅画，徐枋却退回银子，不卖给他。徐枋的骨气，由此可见。

徐枋的书画，历来都是在驴背上与人交换的，从未进过书画铺。可是怪事发生了，近来苏州城里好几家书画铺，都出现了署名徐枋的书画，明码标价，谁花银子就卖给谁。消息传到徐枋耳中，徐枋不难猜到有人冒名作伪，便托朋友买来一张字和一幅画，打算亲自鉴定一下。

一张字一幅画到了徐枋手中，他一手拿字，一手拿画，端详半天，不得不承认，这两件赝品水平很高，乍一看，很难分出真伪，如果不是他本人来鉴别，其他人绝对会认为是他徐枋的书法和绘画。能够做到这一点，应该是下了很大功夫的，徐枋想到这一层，不禁生出惺惺相惜之心，倒有点不忍轻易戳穿那个冒牌货了。徐枋于是再次拜托朋友，务必替他将那冒名之人的底细查查清楚。

过了几天，朋友来到涧上草堂，告诉徐枋，冒他名的是长洲县御窑的一个后生，姓董名嘉惠。董嘉惠虽无缘与徐枋谋面，但对徐枋的气节和书画造诣非常钦佩，因此花了多年时间临摹徐枋作品，达到了几可乱真的程度。本来董嘉惠并未想过要拿赝品换钱，只因老母病重，急需请医延药之资，方才出此下策。朋友还告诉徐枋，董嘉惠家贫如洗，这些年来临摹书画，纸墨也买不起，平时是用一块陆墓出产的金砖，以毛笔蘸了清水在砖上练字练画的。据乡亲说，这个后生自小到大，已经蘸掉了七大缸清水，可见他用功之勤，耗时之巨。

徐枋听了，不由得平添怜惜之意，决定到御窑去看看这个后生。一叶小舟，把徐枋从木渎载到了御窑，他根据朋友告诉的地址，找到了董家。展现在徐枋眼前的，是一幢低矮的房子，墙上的砖掉落了不少，屋顶的瓦也有许多破损。屋内仅有几样旧家具，桌面裂了缝，凳子断了腿，用一摞碎砖支着，可见这家人贫困的程度。靠南窗有一张大床，北窗下是一张小床，大床上躺着一位病病歪歪的老妇，想来便是董嘉惠的母亲，那小床应是儿子的卧具了。北窗透风，冬季寒冷，床小狭窄，睡不舒服，故做儿子的将此床留与自己。徐枋从这两张床上，看到了董嘉惠的孝心，如果说来时对冒名者多少尚有责备之意，此时已荡然无剩了。徐枋的目光落到桌上摆放着的一块大砖和桌旁盛满清水的一口七石缸上，问忐忑不安地站在一旁的董嘉惠："你卖画不是挣了些钱嘛，怎么还用得着这砖？"

董嘉惠嗫嚅道："挣的钱用以给家母治病也还不足，我除了冒先生之名涂些书画送往铺中销售方才舍得花钱买纸，平日练习仍靠此砖。"

徐枋又问："你的功底已经不错，为何依旧坚持苦练？"

董嘉惠说："我仿先生，还只得些皮毛，离骨子尚远，故而不敢懈怠。"

徐枋点点头，说："把你的仿品悉数拿来，我自有主张。"

董嘉惠惶惶恐恐，从床底下拖出一只破木箱，从箱里取出十余件书画，捧到徐枋面前。徐枋吩咐董嘉惠磨墨，他取笔在手，为每幅字画署上了自己的名字，说："念你一片孝心，又有书画根基，我就收你为徒吧。以后你的书画，都送我署名，堂堂正正出售，不必再提心吊胆唯恐戳穿了。"

董嘉惠原以为徐先生是前来兴师问罪的，没想到先生如此大度，不禁喜出望外，赶紧跪下行了拜师之礼。后来，经过不断努力的董嘉惠也成了著名的书画家，晚年回忆起恩师徐枋，对自己的门徒讲述了这件事。徐枋收徒的故事，成了苏州文人圈里的一段佳话。在御窑金砖上练字练画，也成了一时风尚，读书人家都要觅一块陆墓出产的金砖，供孩子在砖上面用清水毛笔写写画画，练练基本功。

（卢　群）

李大仙露馅记

　　清康熙年间，苏州御窑来了个五十岁左右的男子，名叫李山峰。他在村里租了两间房子，做起了给人相面算命和看天气的行当。起初两间屋前门可罗雀，后来房主钱婆子逢人便说："这姓李的人称李大仙，给人相面算命，只要报上生辰八字，他两眉一皱，手指一掐，就能算出你的旦夕祸福，尤其是对天气，几时下雨，几时天晴，了如指掌。"钱婆子说话时，总会有个叫郁东施的中年妇女凑过来胡调："是啊，有一天，我去走娘家，天气晴朗，天上没一丝云彩。路上我偶遇李大仙，问我去哪里，我说我去苏州南门澹台湖娘家。他说，你去澹台湖，少说也要走一个时辰，你得带上把雨伞走啊。我说，天气这么好，带把雨伞干吗？他说，半个时辰后，必会降雨。我才不信呢，径自往澹台湖走去。走了大约半个时辰，哎唷喂，果然下起了倾盆大雨，我前不靠村，后不靠店，淋得像只落汤鸡。"

　　经钱婆子、郁东施两个女人这么一说，一传十，十传百，前去李山峰那里相面算命的人多了起来，尤其是出远门的人，都要向这个李大仙问个天气。

　　李山峰租住的两间屋，里间为卧室，外面一间的墙壁上挂了一张太上老君的画像，前面天然几上置放着香烛，檀香袅袅萦绕，下面是一只木制的功德箱。李大仙双腿盘坐，双目微闭，念念有词。而前去算命、问天气的人，一进屋内，首先得向太上老君敬上三支香，三跪九拜，在功德箱里丢进银子，李山峰方始睁开浮肿的双眼，慢条斯理说话。

　　一天，御窑顺天大窑的师傅庄祥林走进了李大仙的屋内。他按照这里的规矩，对太上老君画像敬了香，跪拜后，在功德箱里放了些碎银，对李山峰说："大仙，我们顺天大窑要赶制一批金砖进京，眼下正在选泥、练泥，然后晾晒砖坯，要是搬出晾晒时遇上大雨，那就糟了。为此，前来问一下最近一旬的天气。"李山峰见庄祥林在功德箱里丢下的碎银不足一两，便从台桌抽屉里拿出一本功德簿，递了过去，重新微闭着双眼，说："天灵灵，地灵灵，我是太上老君下凡尘，四海龙王是我亲弟兄，雷公雷婆是近亲，八仙过海显神灵，试问先生心可诚，心地诚来天则灵，要风要雨任凭君……"

庄祥林见李山峰不说天气，径自念念有词，不由得大惑不解。他翻开李大仙递来的功德簿，只见上面写着钱婆子、郁东施等几个施主昔日捐钱的数字，不禁一愣。看那功德簿上，问个天气竟要捐银三两，这个数字，窑工得在大窑里干上几个月才能赚得到啊！但事到如今，只能舍了大钱来换"天气"了，遂从囊中取出三两银子，放在了台桌上。李山峰一见，脸上顿时露出一丝笑意，念了三遍"天灵灵，地灵灵，太上老君下凡尘"后，给了庄祥林六个字"晴天不是雨天"。

庄祥林回到顺天大窑，告诉方窑主："我去村中李大仙那里花了三两银子，问了一下天气，李大仙说，最近一旬天气晴好。"方窑主连连说："值值，我们可以放开手脚晾晒泥坯，别说三两银子，六两也值啊！"

这十天中，顺天大窑做了不少泥坯晾晒，等到晾晒后运进大窑不久，天才渐渐沥沥下起了雨。方窑主对庄祥林说："李大仙果然名不虚传。"

又过了几个月，又有一批制砖的泥坯要晾晒，方窑主又吩咐庄祥林前去李大仙那里问个天气。庄祥林到李山峰处，磕头烧香、跪拜后，递上了三两银子，问："这三天，我们顺天大窑又要晾晒泥坯，不知有雨没有雨？"李山峰微闭的双眼睁开一看，白花花的银子已放在台桌上，于是又念了"天灵灵、地灵灵，我是太上老君下凡尘"三遍，然后说："雨天不是晴天。"庄师傅听了，即告辞回至顺天大窑，对方窑主说："李大仙说，这几天有雨。"方窑主听后，说："那我们把制好的泥坯放在竹棚内，到天晴时再拿出晾晒。"庄祥林和众窑工刚把晾晒在外的砖坯运进了竹棚内，风起云涌，一会儿"噼噼啪啪"下起了阵雨。方窑主对庄师傅说："这个李大仙算得这么准，真是神了。"

李山峰掐指算天气十分准确的事传开了，不少大窑窑主先后前去李山峰那里问了天气后，才安排大窑的活儿。再加上钱婆子、郁东施两人在外把李山峰说得神乎其神，一时间，去李山峰那里算命看天气的人络绎不绝。不消半年，李山峰靠着一张嘴皮子，赚得盆满钵满。平素经济拮据靠为人说媒讨生活的钱婆子、郁东施也穿金戴银，衣着光鲜。

一天，庄祥林去了李山峰那里问了天气往回走，看到有个渔姑正挑了一担鱼儿去赶集，说："姑娘，我们顺天大窑正要买鱼，不如挑到我们那里去。"姑娘听了一喜，点了点头："那你前面带路，我在后面跟着。"

路上，庄师傅见那姑娘担子上放了件蓑衣，感到好奇："天气这么好，带蓑衣干吗？"姑娘说："出门在外，带件蓑衣遮雨啊。"

姑娘随着庄师傅到了顺天大窑。方窑主见了庄祥林，迎了上来："这几天天气如何？"庄祥林喜气洋洋："天气晴好。"接着说："你吩咐我去镇上买些鱼回来，正巧遇上这卖鱼的姑娘。"方窑主说："好，马上去过秤。"随即吩咐姑娘把鱼送至竹棚大灶。

姑娘卖了鱼，收了钱，见窑工们七手八脚把竹棚内的泥坯往砖场上搬去，遂走到庄师傅面前，说："马上就下雨了，你们怎么还把泥坯从竹棚里搬出呢？"庄祥林说："我已问了李大仙，他说天气晴好，不会下雨。"姑娘说："今天我离船上岸时，看到有几条鲤鱼在河里跳来跳去。我爸对我说过，'鲤鱼河中跳，大雨将要到'。"庄祥林说："姑娘，你看天气这么晴好，怎么可能下雨？"姑娘说："昨天我见虹高日头又低，今天又见河中鲤鱼跳跃。大叔，今天有雨啊。"姑娘见庄师傅不信，解释说："我爸对我说过'虹高日头低，明天带蓑衣'。"庄祥林一点也听不进去，说："姑娘，你老是'我爸对我说过'，你爸可有去问问李大仙怎么说呢？"姑娘望了望天空，没有走，而是从空担子里拿了蓑衣披在身上，说："大叔，我爸对我说过，我爸也是听他爸对他这么说过，一代又一代，不会有差池。"庄祥林哈哈大笑："你爸也是这么对你说，'我爸对我这么说过'？哈哈哈……"姑娘点了点头，见一时说服不了庄师傅，只得穿上蓑衣，挑了空担而去。

姑娘没走多远，一阵狂风吹来，涌起一阵乌云，一会儿倾盆大雨如注而下。

庄祥林见突然下起了大雨，立即和窑工前去抢搬泥坯至竹棚，费了好大的劲，才将一大半泥坯运进竹棚，还有一部分因来不及搬运，成了一摊烂污泥浆。

方窑主对庄师傅说："不是李大仙说今天天气晴好吗？"庄师傅于是把李大仙的话和卖鱼姑娘的"我爸对我这么说过"的话，一一告诉了方窑主，末了说："难道这姑娘有破解李大仙之法？"方窑主感到不可思议，想了想说："你去问李大仙，这是怎么回事？"

庄祥林到了李山峰那里，问："大仙，你明明说'晴天不是雨天'，怎么下起了雨？"李山峰说："你啊，怎么没听清楚呢？我是说：'晴天不是，雨天。'可你还没辨别出我话的意思，就拔腿走了。再说，太上老君几次告诉了你天气，你总得谢谢大仙,即便你抽身不得,那待你再来之时,也得把所施之银涨上一点。"一番话,把庄祥林说得无言以答。

过了一月,又有一批泥坯要搬至砖场晾晒,方窑主又咐庄祥林前去李大仙那里问下天气,并叫他多带上一些银两。庄祥林给了李山峰五两银子,然后问他:"这几天是晴天还是雨天?"李山峰说:"晴天不是雨天。"庄师傅听了,正要往家而走,只见对面有个姑娘挑了一担鱼过来。庄祥林与姑娘打了个招呼,说:"那天,你说要下雨,果然下起雨来。今天,我再想问问你,最近几天天气如何?"姑娘看了看天气,只见一群蜻蜓在天空飞过,于是说:"我听我爸对我说过,'蜻蜓成群绕天空,不过三日雨蒙蒙'。"庄祥林警觉起来:"真是这么说吗?"姑娘说:"我爸这么对我说过,我爸也是听他爸对他这么说过,一代又一代,不会有差池。"

姑娘的话真准,三天不到,果然下起了雨。庄祥林因为听了姑娘的话,多了个心眼,在晾晒泥坯时,只把一小部分运至露天砖场晾晒,一见下雨,立即组织窑工抢搬,没有什么损失。他把这事告诉了方窑主。方窑主说:"这个姑娘非同凡响,你再次看到她时,请把她唤到我这里来。"庄祥林说:"她以捕鱼为生,你不买她的鱼,她怎么会来呢?"方窑主说:"对,我们买她的鱼,常买她的鱼。"

为了找到这个姑娘,庄祥林天天在村前牌楼浜等候。一连三天没见到那姑娘出现,庄祥林心灰意冷,正要转身返回顺天大窑之时,只听到身后有人招呼他:"大叔,你怎么在这里啊?"庄祥林听到这熟悉的声音,不由得一喜,返过身子一看,正是那姑娘,就说:"我正等着买你的鱼哩。"姑娘说:"我的鱼卖完了,你要买,现在只有去镇上集市了。"她见庄祥林依然不走,抿嘴一笑:"你总不会又要问我天气吧?"

庄祥林据实而说:"是的。"姑娘说:"那我成全你,今天没有雨,但有大风。"庄祥林问:"这话又怎么说呢?"姑娘扑哧一笑,说:"昨天傍晚,我看到西边方向发红,今天白天,树上有几只乌鸦哇哇在叫。我听我爸对我说过,'日落西山红,无雨必有风;白天乌鸦死声叫,必有大风到'。"

姑娘话说完没多时,大风呼啸而来,越刮越大。庄师傅为了唤姑娘去顺天大窑,扯了个谎:"我们方窑主要向你订三天的鱼,所以你前去一次,未知意下如何?"

姑娘见鱼儿有买主,乐得高兴雀跃:"好,我马上跟你去。"

姑娘到了顺天大窑,方窑主把庄师傅去了李大仙那里听到的天气,如实向姑娘和盘托出。

姑娘听了方窑主的话，刨根问底："哪个叫李大仙？"

方窑主说："他的大名叫李山峰，是甘霖村人，你难道认识他？"姑娘听了，笑弯了腰，说："我也是甘霖村人，那李山峰是个靠哄骗过日子的无赖，哪里是什么大仙啊。他欲拜我爸学习看天气，我爸见他心术不正，把他拒之门外，想不到他到御窑诈骗钱财来了。"

庄祥林惊得目瞪口呆："怎么，他学你爸看天气？"姑娘说："我姓万，名小霞，跟着我爸打鱼为生，而我爸也是跟着我爸的爸打鱼为生，我爸的爸也是跟着我爸的爸的爸打鱼为生，一代又一代，在太湖、阳澄湖、漕湖水上走，雨中飘，打鱼要看风向、天气，积累了不少看天气的经验，仅此而已。"庄祥林说："怪不得你常说'我听我爸这么说过'，成了你的口头语。"万小霞说："是啊，我爸教我看天气时，也这么说，'我听我爸这么说过'……"庄祥林想到了什么，说："钱婆子、郁东施两个媒婆，平时八面玲珑，却对李山峰说天气钦佩得五体投地。"万小霞说："大叔，前几天我见钱婆子、郁东施去我们甘霖村，向返回家中的李山峰要钱哩。"方窑主听了，如入五里云雾之中。万小霞说："这两人是你们所说的李大仙的托啊！做了他的托，当然向他要钱。"

庄祥林恍然大悟，过了一会儿又脸呈不解，说："不过，起初问他天气，他可回答得十分准确呢。"方窑主也有同感："是啊，这又怎么解释？"万小霞说："这是因为他懂得一些看天气的皮毛，其次嘛，他肯定在说话上留有余地。小时候我听我爸对我说过一则冯梦龙戳穿一个算命先生骗局的故事，你们想不想听听？"

方窑主百思不解，说："怎么又与冯梦龙扯上了呢？"

万小霞说："两位叔叔，你们听了我的话就知道真相了。"接着，她把冯梦龙的故事一一讲了出来。

冯梦龙在冯埂上做私塾先生时，有个男孩告诉他一件事："我母亲怀孕了，她希望生个女孩，将来长大了，能帮自己料理家务。父亲希望母亲再生个男孩，长大后，两个男孩子，一个经商，一个种田。父母两人瞒着对方各自去算命。算命先生听了母亲的话，写了一张'生女不是生男'的纸条，为此，她乐得眉开眼笑。算命先生听了父亲的话，写了一张'生男不是生女'的纸条，为此，他也乐得像敲开的木鱼，嘴也合不拢。"这孩子说完后，问冯梦龙："先生，为什么算命的会写出两句截然不同的话呢？"冯梦龙举起笔，在纸上先后写了"生女不是生男，生男不是生女"两行字，对那男孩说："如果你母亲生了女孩，那么，那个算命先生会解释，'生女，不是生男'，这正合你母亲之意。如果你母亲生了男孩，他会说，'生女不是，生男'。算命先生给你父亲的那张纸条也可以这么解释，如果生女孩，算命的会说，'生男不是，生女'，如果你母亲生了男孩，算命先生会说，'生男，不是生女'。算命先生是在文字上故弄玄虚，迷惑你父母亲。"

庄祥林听了，说："那个李大仙，也是在文字上故弄玄虚迷惑我们啊！他一会儿说雨天不是晴天，一会说晴天不是雨天，与那个算命先生生女不是生男，生男不是生女如出一辙！"方窑主说："快去告诉御窑百姓，再也不要去听李大仙胡说八道了！"庄祥林说："对，我马上就去。"言罢，遂与方窑主耳语了几句，方窑主连连点头说好。

庄祥林走后，方窑主把庄师傅对自己说的话告诉了万小霞，末了说："你愿和我一起去吗？"万小霞说："我听我爸对我说过'害群之马容当斥之'，我去。"

方窑主去了李山峰的租屋，拿出了一锭十两大银，说："我与你说话不绕圈子了，来问问明天是天晴还是下雨。"李山峰睁开微闭着的双眼，看到台桌上一锭十两花银，乐不可支，故伎重演，说："晴天不是雨天。"

庄祥林与御窑的东窑、南窑、西窑、北窑等大窑的窑主，以及一些制砖师傅此时赶了过来，说："我们要晾晒泥坯啦，你给我们说个清楚，到底是天晴，还是雨天？"

李山峰故弄玄虚起来："此乃天机，不可泄漏也。"庄祥林说："也许是说不出来了吧？"众人你一句，我一句地说："是说不出来，还是不肯说？""是不敢说，还是懒得说？"

李山峰迫于无奈，斜着小眼睛瞧了一下窗外，只见艳阳高照，风和日丽，于是说："当然是天气晴好，天晴，一定天晴，一直会晴下去。"

"不对，现在是晴天，可它马上就要下雨了，你睁着眼睛说瞎话，还在说今天晴天一直会晴下去。"万小霞从屋外走了进来，对大家说，"为什么呢？因为在昨天晚上，我在家里看到不少蚊虫聚在一起，嗡嗡叫。我听我爸对我说过，'蚊子聚屋里，明早穿蓑衣'。"李山峰闻声，抬目一看是村里渔民老万的女儿万小霞，一时愣住了，口气顿时软了下来："是天晴啊，怎么可能是下雨了呢？"他话还未说完，屋外呼呼地刮起了大风，不一会细雨纷飞。李山峰一见，立马改了口，装模作样地说："对，是下雨。我记得刚才是说，晴天不是，雨天。"

众人一听，哈哈大笑起来。李山峰自知自己说的话前言不搭后语，一脸尴尬，立马起身走进里屋，拿了个包裹，撑起了一把伞，低着头抽身拔腿就溜。

此后，御窑的窑主、师傅掌握天气，晾晒泥坯，都向万小霞问天气，万小霞有问必答。后来万小霞嫁给了庄祥林师傅的儿子做媳妇，时人还把她的天气谚语编成了一本小册子，流传了下来。民国年间，有人还看到过这本《我爸这么对我说过》小册子。

（张瑞照）

凌诚治学

清乾隆年间,苏州城北的陆墓镇上来了个名叫凌诚的教书先生,此人年过花甲,但授课育人颇是为人所称道。他原在苏州城里桃花坞办私塾教书,学生中有八人中了秀才,还有一人进京殿试,金榜题名。然而,他唯一的儿子却喜爱上了木工,他便把儿子送去了香山,拜香山匠人为师。艺成之后,他儿子在陆墓镇上开了家木匠店,给人造房搭屋。凌诚遂关掉了桃花坞私塾,跟着儿子来到了陆墓。赋闲在家无事,他就在附近租了两间民屋,办起了私塾。

凌先生办私塾招学生的消息一传出,四乡十多个村民带了自己的孩子,前来拜他为师。

学生中有个名叫李士英的,聪敏过人,他认真攻读四书五经,三年后,不但文章锦绣,而且字也写得潇洒飘逸,凌先生十分喜欢。可这孩子除了读书写字,余下的时间喜欢掼泥巴、捏泥巴,有时候他把泥巴捏成方形、圆形、凹型、凸型,有时候又把泥巴捏成浅盆、碟子、竹筒……凌先生见了,捋着稀稀的几根胡须,默默无言。

有一天,士英的父亲李银根从村里到陆墓镇上看望自己的孩子,对凌先生说:"我祖上是做窑工为生,到了我这代还是与泥巴为伴。我送儿子前来求学,意在让他学点知识,日后能出人头地。"接着他问:"孩子拜了先生你为师,未知这个孩子是不是可塑之才?"

凌先生摇头晃脑,说:"驽马十驾,功在不舍;学需刻苦,坚持不辍;日有所获,知识乃博;人贵在学,知识聚多;日积月累,勤能补拙。如切如磋,如琢如磨。"

李银根以为儿子在私塾里蹉跎光阴,黯然泪下,说:"为了让孩子能够读好书,写好文章,我早出晚归,天天一身灰、一手泥,回到家中,吞糠咽菜,想不到他不思长进……"转身举手欲揍儿子,士英见了,吓得捧着脑袋左右躲避。凌先生连连摇手,说:"你儿子在我这里读书,在十多名学生中,可谓出类拔萃。"接着从一旁书桌里拿出士英写的文章,递给李银根。不看则罢,一看,李银根喜笑颜开,乐不可支,说："凌先生，那你刚才之言，是什么意思？"

凌诚对李银根说："我的意思是要士英百尺竿头，更进一步，他如有此心，定能学有所成。"

那年秋天院试（府、州一级的科考），李士英与私塾里的十多名孩子前去应试。原先学业成绩比他差得甚远的中了秀才，而他却名落孙山。士英放假了不敢回家，怯怯地躲在私塾里长吁短叹。他父亲李银根得知后，从御窑急步匆匆赶至陆墓镇上，开门见山地对凌诚说："凌先生，你说我儿学习成绩优秀，怎么落得个榜上无名？"凌诚和颜悦色地说："浪再高，也在船底；山再高，也在脚底；道虽近，不行不至；事虽小，不做不成；不下水，一辈子不会游泳；不扬帆，一辈子不会撑船；一日练上一日功，十日不练十日空；说一千，道一万，两横一竖就靠干。"

李银根道："难道上次我与你见面之后，士英这孩子自以为是，不思上进？"

凌诚摇了摇头，说："恰恰相反，自从那天你来后，士英是上课专心致志，文章与日俱进。"

李银根大惑不解，眨巴着两眼，问："既然我儿学习用功，那他参加院试考秀才怎么落榜了呢？"

凌诚晓之以理，说："雄鹰翱翔万里长空，也有栖息草窝之时；骏马行程千里之遥，尚有失足平坦大地之日，何必究一场考试而去责怪孩子呢？"

李银根恍然大悟，返身对儿子说："一定要牢记先生教诲，切莫辜负为父之望。"士英双目恐惧地望着父亲，小鸡啄米似的连连点头。

士英重新进了私塾读书。

凌诚讲的课，是士英以前学习过的。这些唐诗宋词，他不但能倒背如流，而且能一字不漏地丢开课本默写。所以，他不时向凌先生告假，去附近村的砖窑场上玩耍，跟着窑工们掼砖坯、做泥盆，有滋有味，乐此不疲。

一天，天气寒冷，凌诚见士英不请假又不去听课，以为他生病了。有个学生说，士英在砖窑玩耍。凌先生急步匆匆去了那里找他，见士英正在一边看着窑工们制作砖坯，一边也拿着泥块在捏制。凌诚也不去招呼他，而是一声不响地站在他的身后。当士英回头发现凌先生站在寒风凛冽之中，一言不发地望着自己，赶紧放下手中的泥巴，背起书包去附近河里洗了下手，垂着头向镇上的私塾走去。凌诚在前面走，士英在后面跟，两人谁也不说一句话。到了私塾门口，凌先生用手指了指课堂，看士英坐上了自己的课桌位,他才走进课堂,清清嗓子,开始授课。

一日,父亲李银根又来看望他,士英生怕先生告发,心中惴惴不安。凌诚当着李银根的面只字不提这件事,使士英百思不解,心事重重。有一天,下了课,士英终于忍不住去找凌诚,说:"先生,我擅自旷课,你狠狠地训斥学生吧!"凌诚笑了:"不必了,你现在不是不迟到不旷课了吗?既然你改正了,我又何必要批评你呢?"士英听了,如释重负。

自此以后,士英学习更加用功,不过,一有空,他还是前往砖窑玩耍,凌先生发现后,并未阻挠。

第二年,士英再去院试,依然没有考中秀才,李银根带着儿子士英去问凌诚:"先生,难道我儿学习怠惰?"凌诚道:"你儿在私塾读书,闻鸡起舞,文章大有长进。"

李银根说:"那他这次院试怎么又是一场空呢?"凌诚说:"一马不配两鞍,一脚难踏两船;针无两头锋利,人无两副身心。"李银根说:"按你先生这么说,我儿读书时,身有两心?"凌诚摇了摇头,说:"水暖水寒鱼得知,花开花谢凭自然;种花须知百花异,育人务须先育心。难道你这个做父亲的没有看出他对烧窑制砖颇为喜欢、情有独钟吗?海阔凭鱼跃,天高任鸟飞。你何必要强求士英这孩子在仕途上一条道走到黑呢?人凭志气马凭鞍,如果这孩子干自己喜欢的事,兴许会大有作为。"李银根叹了口气,说:"他读了这么多年书,去做一个窑工,这岂不拿了牛刀去杀鸡,大材小用啊!"凌诚听了连连摇头,苦口婆心地说:"天不言自高,地不言自厚;深山毕竟藏猛虎,大海终须纳细流。一日读书一日功,志坚勤学虎添翼。有了知识,去哪里都能有用武之地。"

李银根半信半疑,默然半晌,一声长叹。凌诚说:"父母盼女成凤,盼儿成龙,固然无可厚非,但也要看他在什么地方始能施展才华。例如我儿,我也盼他能读书后功成名就,将来光宗耀祖,可他喜欢上了木工,为人造房搭屋,不是同样有出息吗?"

李银根听了凌诚一番话,便问儿子士英:"你是继续读书呢,还是跟为父去烧窑制砖?"士英选择了后者。

士英到了砖窑后,根据烧制金砖步骤,精益求精,三年后,成了远近闻名的烧窑制砖的师傅。

　　乾隆三十年（1765），宫殿大规模修缮，金砖用量急增，工部侍郎自京来苏亲督。李士英根据自己的经验，在烧制金砖的选泥、练泥、制坯、装窑、烘干、焙烧、窨水、出窑等八道工序上，严格把关，环环紧扣，烧出的金砖成品率大增。他烧制的金砖运到京城，铺在紫禁城宫殿地面上，引起了皇上关注，并对其大加夸赞。工部侍郎对李士英十分赏识，抓住这个机会，上了一道奏折，举荐士英为知事。

　　李银根见儿子红袍加身，想起了儿子的启蒙先生凌诚，心存感激，专门备了份厚礼去了陆墓镇，向凌先生表表谢意。不想，凌先生已经作古。李银根垂着头回家，儿子士英见了，说："父亲，先生的教诲，我铭记在心。现在我自己已有了孩子，可是当年我擅自离校旷课的这件事记得清楚。如果凌先生在当时骂我一顿，我也许早已忘了，先生越是不响，我就越是自己想得多，真是无声胜有声啊。"李银根一脸不解，于是士英把那天旷课去砖窑的事一五一十地讲给了父亲听，李银根恍然大悟。

　　后来，李士英操笔撰写了一篇题为《凌诚治学》的悼文，镌在石壁上，置放在凌诚先生的墓前。二十世纪初，凌先生的后代还看到过这块石壁，日军发动侵华战争后，这块石壁不见了踪影。

（张瑞照）

"苏作状元"

把"御窑金砖"喻为"苏作状元"的第一人是明末清初的散文大家汪琬。

苏州是出状元的地方，据《明清进士题名碑录索引》记载，自明洪武四年（1371）至明崇祯十六年（1643）的前后272年间，全国共录取文状元90名，苏州府出状元8名，约占状元总数的8.89%。清代，苏州状元更呈井喷态势，顺治朝有状元孙承恩、徐元文，康熙朝有状元缪彤、韩菼、彭定求、归允肃、陆肯堂、汪绎、王世琛、徐陶璋、汪应铨，雍正朝有状元彭启丰，乾隆朝有状元张书勋、陈初哲、钱棨、石韫玉、潘世恩，嘉庆朝有状元吴廷琛、吴信中，道光朝有状元吴钟骏。大清入主中原后的前六朝，苏州状元便有20人。而整个清代，自清顺治三年（1646）至清光绪三十一年（1905）的259年间，全国共录取文状元114名，苏州府出状元26名之多，约占全国状元总数的22.81%，占江苏全省状元总数的53.06%，无论是平均数还是绝对数，均为全国第一。以区区一府之地，出了如此多的状元，实为奇迹，苏州人觉得非常光彩，自豪地称状元为家乡两大"土产"之一。

第一个把状元喻作"土产"的是汪琬。

汪琬（1624—1691），长洲人，顺治十二年（1655）进士，曾任户部主事、刑部郎中等。汪琬为官，坦率直言，不能容人过错，以是人多嫉之，故而他无意浮沉在宦海是非场中，便于康熙九年（1670）辞官归里。康熙十八年（1679），皇上想起了汪琬，召他应试博学鸿词科，授翰林院编修，预修《明史》。汪琬在翰林院待了六十余日，撰史稿一百七十五篇，任务完成，以生病为由，请求皇上允其归乡。由此可见，汪琬确实不喜仕进。他唯嗜读书问学，晚年隐居太湖尧峰山，精研史学，闭户撰述，不问世事。汪琬在中国文学史上占有一席，与侯方域、魏禧合称"国初三家"。

一天，汪琬和几位同僚在翰林院闲聊，聊着聊着聊起了各自家乡的土产，广东籍翰林说："卑省有象牙犀角，这可是天下稀罕之物。"陕西籍翰林说："卑省有狐裘毛皮，也够贵重的吧。"山东籍翰林说："卑省有绢丝海珍，也是名气甚大的。"湖北籍翰林说："卑省的优质木材，全国争购之。"这些翰林说话间，皆是眉飞色舞，扬扬得意，只有汪琬静坐一旁，不发片言。于是，有位同僚问他："汪兄台，你们苏州号称'天堂'，难道没有什么可以拿出来一比高下的？"汪琬这才淡淡地说："若论苏州土产，倒也不多，依我看来，只有两样。"同僚问哪两样，汪琬轻描淡写道："其中一样嘛，乃是状元。"

汪琬轻飘飘一句话，噎得几位同僚无话可说。别看他吴侬软语，语气和润，语调平缓，听起来一点棱角也没有，但辨辨话里的味道，大有玄机，他的话外之音是：亏你们也是翰林院走动之辈，怎么像乡下土财主一样，炫耀的都是物，我们苏州人重的是文化。同僚们虽然觉得憋气，但又不得不服，他们家乡金殿折桂的人数，确实无法望苏州之项背。这口气，不愿咽也只得咽下去。

同僚们不甘心，相互看看，彼此默默沟通后，便有一人追问道："汪兄台，请教贵邑的另一样土产是什么？"言外之意是，倒要看看你还能拿得出第二样让我们无话可说的东西吗？

汪琬这次连口也懒得开，用脚尖踮了踮地面，就算是回答了。几位同僚朝地面瞥去，顿时甘拜下风，因为地面上铺的是陆墓御窑金砖。广东象牙犀角、陕西狐裘毛皮、山东绢丝海珍、湖北优质木材，固然是名贵土产，也是岁岁朝朝作为贡品进入紫禁城的，却没有哪一件得到过皇帝金口敕封，而陆墓金砖，谁都知道曾被前朝永乐皇帝赐以"御窑"之荣。就凭这一条，汪琬这几位同僚也不得不放弃争辩了。

苏州工艺以其精雅，素有"苏工苏作"的美誉。苏州工艺门类齐全，刺绣、发绣、宋锦、缂丝、花线、玉雕、石雕、砖雕、核雕、木雕、漆雕、根雕、碑刻、竹刻、发刻、印钮、泥塑、灯彩、装裱、剪纸、绢花、红木家具、民族乐器、金银饰品、花烛、湖笔、制墨、制砚、剧装戏具、制扇、风筝、草编、棕编等等，林林总总，不一而足。然而，所有这些工艺品，在御窑金砖面前，都得谦让一步，因为本乡大才子曾将金砖与状元相提并论，状元为魁首，还有何物能摆在魁首之前呢？

人们提起陆慕御窑金砖"苏作状元"的雅号，缘由便出于此。

（卢　群）

黄金砖窑女传人的故事

苏州历史上御窑金砖第一女传人是明末清初的金喜娣。

金喜娣的父亲金兆河，年龄七十有余，主持烧窑造砖有点力不从心了。他没儿子，只有一个女儿，难免为日后谁来继承自己这份家业犯难。

金喜娣自幼在大窑四周玩耍，看着窑工选泥、晒泥、掼砖坯，觉得好玩，也会学着窑工的样玩泥巴，一天下来，她浑身是泥。父亲见了，嗔她：一个女孩子，整天白相烂泥，天天一手污泥、一脸黑，不害臊吗？金喜娣嘻嘻笑笑，不以为意。

金喜娣渐渐长大了，还是经常去砖窑看看这个、问问那个，有时候还与窑工一起掼砖坯。金兆河对她说："你像个男孩子了，还怎么嫁人啊？"金喜娣说："谁要是瞧不起做金砖的，我才不嫁给他哩！"父亲拗不过女儿，把她交给她母亲管教，教她学理麻织席、操针刺绣、纳底做鞋、缝补浆洗。可谁知金喜娣脾气改不了，一空下来还是往砖窑跑。金兆河心想：给女儿招个郎君，今后把砖窑的事让女婿掌管，这样，女儿也可以待在家里安分守己了。

金家砖窑有个名叫封秋男的小伙子，是金喜娣的表哥，暗恋着金喜娣，只要金喜娣去砖窑，他就丢下手中的活，围着她团团转。金喜娣不喜欢他，总是离他远远的。封秋男于是托媒婆去向金家说亲，金喜娣摆摆双手，对父母亲说："姓封的油腔滑调，一有空就上酒店里喝酒吹牛，他会有什么出息！女儿嫁给叫花子也不会嫁给他。"

金兆河托媒婆至外村给女儿说亲，说了一个又一个小伙子。这些小伙子中，有的是捕鱼捉虾的渔民，有的是耕地种田的农民，有的是开私塾教书的先生，有的是开店做买卖的商人；长得都有模有样，精精神神，而且都喜欢金喜娣，可她瞧也不瞧一眼，一一给回绝了。这下子金兆河弄不懂了，问她："你到底要嫁给什么样的小伙子？"金喜娣倒是实话实说："制砖工黄宝强。"

黄宝强是船夫的儿子，家里贫寒，相貌也不出众。既然女儿相中了他，金兆河倒也思想开明，立即托人去黄家说亲。黄家一听，又惊又喜，连连点头。

不久，金兆河选了个黄道吉日，给女儿和黄宝强拜堂成亲。正当金兆河意欲把窑主的位子让给女婿时，黄宝强的父亲生病了，吩咐儿子代他上船运砖去京。

一天，金兆河患了病，四肢无力，砖窑必须有人去管，女婿黄宝强又在外，他想起了亲戚封秋男，可封秋男一歇工就与人去酒店喝酒聊天，他有些不放心。心思细腻的金喜娣看出了父亲的忧思，自告奋勇要揽下管理砖窑的事儿。

金兆河并没有颔首，因为女儿家去管理砖窑，在御窑历史上前所未有。最重要的，他心疼女儿，嫩竹子怎能做扁担，挑起这副千斤重担？金喜娣对她父亲说："你能吃的苦，我也能吃，请父亲成全女儿。"金兆河被女儿的话感动了，但嘴上还是说："让我再想想……"

一天早上，金兆河支撑着身子去砖窑，进了工作室，发现铁柜上的挂锁不见了。他打开铁柜一看，里面的三十两银子踪影全无。这下金兆河慌了手脚，犯了愁，立即吩咐窑工去官府报案。

县衙派了三名捕快，在地保的带领下，来到了金家砖窑，对金兆河的工作室进行了勘查。金家砖窑工作室门窗完好，并没有撬盗的痕迹，为此捕快们断言，是砖窑内部人作的案，于是问金兆河："门上的钥匙有几把，是谁保管？"金兆河说："只有我一把，一直随身携带。"

一起再简单不过的盗窃案，如此扑朔迷离，引起了地保和捕快种种推测和争议。一旁看热闹的封秋男上前献策："准是夜间烧窑的窑工中有人作的案，只要把这五个窑工带去县衙一动大刑，准会说出实话。"金兆河觉得这样做不妥，但一时也想不出办法。

正在这时，金喜娣赶了来，听说为查失窃银案，当差要带走五个烧窑工去问案，便说："把一个班上的烧窑工都带走了，一时找谁顶这活儿，既然盗贼作案，肯定会留下蛛丝马迹。"说完，她独个儿进了发案现场，仔细看了一下。

金兆河的工作室一边放了一张台桌和一口铁柜，另一边堆放着杂物。在杂物的中间，放着几只木凳和扫帚、木板。金喜娣发现地上有几个清晰的脚印，用左手张开指头量测了一下，然后出了门，与地保说了几句话。

地保听了，觉得金喜娣的话在理，把捕快唤到一旁，关照了一下。

捕快点了点头，在砖场上铺了薄薄的一层细泥，令金家砖窑所有窑工一个一个挨着次序走过去。在最后一个窑工走过后，金喜娣还是没有发现什么可疑的地方。她见封秋男闪在一旁，就叫他也走一遍。封秋男笑着说："我是你表哥，你葫芦里卖的是什么药啊？"金喜娣说："大家走了，你也走一趟吧。"封秋男一踏上薄泥层，金喜娣便一眼看出泥上出现的脚印，与自己在工作室地上看到的一模一样，赶紧把这线索告诉了地保。

地保立即带着捕快重新去了失窃现场，提取脚印。一会儿，两个捕快返出门外，用一条铁链条往封秋男的脖子上一套，带了就走。

封秋男到了县衙大牢里，在事实和证据面前，供述了偷盗银子的犯罪事实。原来，他事先拿了泥块，印下了金兆河的钥匙坯，制作了钥匙，然后暗中观察金兆河的行动。当一窑金砖出售，银子进来后，就实施作案。他先是在傍晚潜入金兆河的工作室，躲在杂物堆中。到了深夜，取出钥匙，从铁柜里盗窃了三十两银子。他以为做得神不知、鬼不觉，没想到他的脚印被金喜娣看出了破绽。

通过这件事，金兆河觉得女儿家也能挑起大梁，就把祖传一百多年的制砖工具"碰板"和三枚制砖铭文章交给了女儿。自此以后，金喜娣成了金家砖窑的第一个女传人。运砖去京的黄宝强回乡后，和她一起经营金家砖窑。金兆河为了让女儿、女婿协力同心，把金家这座砖窑取名为"金黄砖窑"，可是村上人总是把这座窑叫作"黄金"砖窑。金兆河对于自己的"金"姓放在"黄"姓后面不乐意，地保出面说了话："黄金、黄金，这是吉祥的话啊。"金兆河想想也对，就干脆把"金黄"砖窑改为"黄金"砖窑了。

（林嘉妮）

俗话"有事请师"的来历

　　苏州城北的陆慕一带，有句俗语叫"有事请师"。据传，这句俗语始于清乾隆年间，源于北窑的窑主艾万顺交班。

　　艾万顺操劳了几十年，所烧制的金砖不计其数。年过花甲之后体力不支，有意交班，把窑主的位子让给三个儿子。此事对艾家来说，事关重大。交对了，大窑会日益兴旺，代代相传；交错了，后果不堪设想。他左思右想，想起了堂叔艾岚。

　　说起艾岚，村上的人都知道，他是个读书人，年轻时是个贡生，几经考场名落孙山后，曾办学教书，后又弃笔经营苏州丝绸。做买卖经商，有时起，有时落，生意兴旺时，他曾腰缠万贯，是陆慕一带的首富，生意跌落时，他曾一贫如洗，沿街行乞过日子。在潮起潮落的生意场上，他跌打滚爬，饱经风霜。年龄大了，他回到陆慕镇上，办了家私塾，以授徒为生。如今他年届八十，白发红颜，依然十分精神。

　　艾万顺到了堂叔家，把自己意欲向儿子交班的想法告诉了艾岚。

　　艾岚听了堂侄的话，闭着双目想了想，说："万顺啊，你也知道，为叔经过商，深知商场买卖如履薄冰，稍有不慎，就可能跌至冰窟。至于选哪个侄孙为窑主，理应慎之又慎。"艾万顺说："叔啊，知子莫如父，我的三个儿子我知道，各人有各人的长处，各人又有各人的短处，说真的，我交给谁也不放心啊！"言罢，一五一十地说起了自己的三个儿子。

　　艾万顺的三个儿子，在艾家大窑里个个独当一面，老大艾木身体细长，善于精打细算，主持资金运作；老二艾林人高马大，憨厚老实，主持大窑制砖的选泥、掼泥；老三艾森五短身材，好动脑子，除了负责后道的烧砖、熏砖等工序外，还兼管金砖的经营。这三个儿子的不足之处则是艾木精得像猴，要想从他手中白白拿出一分钱，好比狗嘴里夺食，猴嘴里夺枣，窑工背地里唤他"铁算盘"。艾林好讲义气，与窑工们一起称兄道弟，哪个窑工干活贪懒，他就当众责骂；哪个窑工干活舍力，他会自掏腰包，请人家进馆子喝酒，入戏馆看戏。故而，他身上放不了钱，背地里窑工唤他"倒头光"。艾森平时沉默寡言，做事小心谨慎，与人打交道彬彬有礼，但要是发现对方做错了事，他会得理不饶人，穷追猛打，一点儿也不留情面，背地里窑工唤他"冷面人"。艾万顺将三个儿子的长处和短处说了一遍，最后道："俗话讲得好，能者为师。在经商上，你的经验丰富，帮为侄我出个主意吧。"

艾岚说："管子曾曰：论材审用，不知象不可。意思是说，审视一个人的能力，得看具体表现。三个侄孙各有所长，又各有所短。依老夫之见，应以孔子的'相马以舆，相士以居'择之。"艾万顺听了，大惑不解。艾岚解释说："孔子说这话的意思，是看一匹马的优劣，得观察这匹马在拉车时的能力如何，要招一个有识之士，得看给他的岗位是否能胜任。"艾万顺觉得言之有理，点了点头。

艾岚继续说："汉朝王符在《潜夫论》中曾云：剑不试则利钝暗，弓不试则劲挠诬，鹰不试则巧拙惑，马不试则良驽疑。"艾万顺顿时眼前一亮，似有所悟，但又一转念，还是疑虑重重，说："叔啊，我是三个瓜中选好坏，成败在这三个瓜中。"艾岚坦然一笑，说："贤侄，你可知王符曾云：十步之间，必有茂草，十室之邑，必有俊士。"

艾万顺细细一想，方始释然，脸露笑意。

艾万顺告辞堂叔，回到家中，佯装一病倒下，吩咐用人把儿子艾木、艾林、艾森唤至病榻前，语重心长地说："为父患病，已去城里郎中那里医治，郎中说，我患的病即便用药，一时三刻也不会见好，静养歇息三月方能痊愈。为此，我把艾家大窑的担子交给你们三个，望你们好好管理，不要辜负为父厚望。"言罢，双眼微闭，侧身而睡，径自打起呼噜。

艾木、艾林、艾森叮嘱家中用人好生伺候父亲，然后鱼贯而出。

到了大窑，三兄弟商量起如何经营和烧制砖瓦的事来。老大艾木说："一家土窑，几十口人，不可一日无主。我是老大，日后大小诸事，得由我点了头才能作数。"老二艾林说："我原来主持的是选泥、练泥，事无巨细，都得问你？"艾木不假思索，说："那当然，以前你不是一直向父亲汇报的吗？"老三艾森说："我原来主持的烧砖烘干、焙烧、窨水、出窑后道工序的事，也得向你一一报告？"艾木不耐烦地说："我既然主持艾家大窑，就是窑主，凡是我不点头用的工、做的事，都不算数，今后别想到我这里来领分毫白银。"老二、老三尽管心里不乐，但老大年长，长兄为父，只得随他。

此后，老二艾林在选泥后，都要先去报告老大，要老大亲自过目。有时选泥要走上几里路，老大也不嫌烦，都会前去一一察看。老大对选泥一窍不通，却要老二日后就近选泥，这样可以省了中途运输费用，何乐而不为？艾林说："泥料应选用黏而不散、粉而不沙的上等黏土，怎么可以擅自更改呢？"艾木说："东边是泥，西边也是泥，都是泥，为什么要舍近取远呢？"言罢，甩袖而走。

老三艾森把砖坯入窑后，告知老大，得如数准备糠草、片柴和松枝。艾木说："烧窑就是要火，要火必须要柴，这个道理我懂，可为什么要糠草、片柴、松枝呢，太麻烦了，我叫人把禾草准备好了不就得了。"艾森说："烧制金砖，必须糠草熏烧一月，片柴烧一月，松枝烧四十天，这是多年总结的经验之道，烧窑不可擅自更改啊！"艾木说："只有把成本压下来，利润才能往上升。"

艾森听了，半晌没语，不知如何是好。

接下来的日子里，老大不但要管好日常理财，而且又要去老二艾林那里指挥选泥、练泥，还要去老三艾森那里与卖柴樵夫讨价还价，忙得不亦乐乎。为了省一个钱，有时老大与老二、老三争得脸红耳赤。

老大艾木认为自己吃力不讨好，甩下了"窑主"这顶乌纱帽："你俩真是见人挑担不吃力，把我说得竖不是鼻子横不是眼，你们要干你们干吧。"

老二义不容辞，干起了"窑主"，他白天跟着大伙儿一起干，晚上带着大伙儿上馆子喝酒。艾林没银子就问老大拿，一个月下来，他就花掉了三十两银子。老大、老三急了，说："如此下去，到头来大窑里出的金砖都卖掉，还不够去还你上馆子的酒钱啊。"

老二听不进一句刺耳的话，一赌气，把"窑主"的纱帽丢给了老三。

老三艾森当上"窑主"，去窑前窑后走东走西，检查生产，整天沉着脸，要是有哪个窑工稍有差错，他就操起嗓门骂。后道烧砖的窑工知道他的德性，不去跟他一般见识，可前道工序干选泥等活儿的窑工受不了，有的甚至要离开艾家大窑，另投新主。若是真的走了人，一下子去哪儿找选泥、制坯的熟练工？老大、老二向老三陈说利害，老三暴跳如雷："你俩怎么胳膊往外弯？"三兄弟又大吵起来。

一时间，艾家大窑闹得鸡飞狗跳。

艾万顺虽然躺在病榻，但不时吩咐身边的用人前去打探大窑的情况。他获悉三兄弟不时吵架，公说公有理，婆说婆有理，却是不见得谁真有理，心想，孩子已长大成人，让他们自己化解出现的矛盾，比我做老子的前去斡旋更妥当，这样，他们日后会得到启迪。所以，艾万顺装聋作哑，不予理睬。可当他听到亲如手足的弟兄吵架升级动起粗来，急了。到了夜深人静之时，艾万顺踏着月色，去了堂叔艾岚家，把按照他的意思，将大窑的权交给三个儿子管理，如今小吵天天有、大吵三六九，已发展到了拳脚相交的田地的事，一五一十地说了一通。末了，他问："叔啊，下一步你叫为侄怎么办呢？"

艾岚说："侄孙三人为烧制金砖各执己见，发生争执，长此下去，兄弟反目为仇，这是迟早的事。"艾万顺说："这么说，我不该把窑主之位让给他们弟兄三人。"艾岚连连摇手，说："通过这件事，不是看出了其中的端倪了吗？"

艾万顺觉得自己把窑主的位子放了不行，不放也不行，不知如何是好。此时，艾岚说："古语云，用人不求其备，嘉善而矜不能。人各有能，因艺授任，方为上策。"

艾万顺恍然大悟，回家后，第二天一早就起了床，去了大窑。艾木、艾林、艾森纷纷要向父亲告状，艾万顺将手一摆，说："以前的事，我已知道，如吹过的风，飘过的云。今天当着你们的面，我要考验一下谁能胜任窑主。"

艾家三兄弟听了，跃跃欲试。

艾万顺把老二艾林、老三艾森唤去老大艾木那里，叫老大把一本本账本拿了出来，并拿出算盘，要三兄弟核算前十个月的窑工工钱和各项开支，老二艾林、老三艾森搔头摸腮，半天也没算出个所以然，而老大艾木三下五除二，手拨算盘珠，随着噼里啪啦的声音，一下子算了出来，得意扬扬。

艾万顺于是把老大艾木、老三艾森唤去了老二的制砖场掼泥、练泥。老大、老三手忙脚乱，半天也没有把泥练好，而老二艾林轻而易举，把几块金砖的泥不但练好，而且装入模具，不多不少，一块不剩，一块不缺。老二喜不自禁。

艾万顺又把老大艾木、老二艾林带去了老三艾森的烧窑场，从窑口往里看，炉内烈火熊熊。艾万顺要老大艾木、老二艾林说说为什么砖坯入窑须糠草熏烧一月、片柴烧一月、松枝烧四十天。老大艾木、老二艾林张口结舌，哑口无言。而老三艾森一一详细解释，对答如流。

艾万顺因势利导，对三个儿子说："算术，以老大为胜，练泥，以老二为冠，而烧窑，非老三艾森莫属。日后，你们弟兄三人应为互补，方能在艾家大窑上百尺竿头更进一步。"话音刚落，传来一阵呵呵笑声。艾万顺和三个儿子循声移目望去，只见艾岚乘着雨后天晴，风和日丽，前来艾家大窑看看，见到侄儿艾万顺正在教导三个侄孙，提步走进大窑，说："古语云，用材上'要使鸡司夜，令狸执鼠，皆用其能，方乃无事'。"

老大艾木、老二艾林、老三艾森听了，连连称是。

艾家烧制的金砖，光润如墨玉，平滑似明镜，闻名遐迩。三兄弟合伙接过父亲艾万顺的大窑后，依然用艾万顺三字印制在金砖上。至今，御窑仍保留着一块乾隆三十八年（1773）艾万顺烧制的金砖，尽管时隔二百五十年之久，这块金砖依然平滑，细腻如初。

而"有事请师"这句话一直流传至今。

（张瑞照）

纪晓岚与御窑写字砖

　　乾隆年间，苏州御窑有个窑工叫曹春荣，倾家中所有资产，又向亲朋好友借了纹银百两，筑了座烧制金砖的大窑。为了讨个吉利，他取窑名为"三元"。第一炉金砖出窑，他满心喜悦。可当他看到出窑的金砖有的砖边上有残痕，有的砖面坑坑洼洼……一下子如当头泼了一盆冷水，凉了半截身子。

　　接着，倒霉的事接踵而来，亲朋好友前来向他索还借款，众窑工向他要打工工钱。他囊空如洗，唯一的办法就是出卖大窑，否则无路可走。

　　一天，他独个儿去了阳澄湖畔徘徊。他想，要是我不筑这座烧砖大窑，自己在砖窑打工，凭着自己的积蓄，足可以置房娶妻，然而如今自己身无分文，想出卖大窑，偿还亲朋好友借款和支付窑工工钱，一下子又无人接手……下面的路该怎么走，他感到眼前茫茫，禁不住泪珠儿直挂而下。

　　正在这时，一个背略驼的男子带着一个小书童走来，见到他在湖边独个儿走过来走过去，上前搭话："小伙子，遇到什么不顺心的事了？"曹春荣抹了下泪痕，移目看去，是个中年读书人，长叹一声，说："我是船头上跑马，走投无路啊。"中年读书人见曹春荣一脸沮丧，说："人间道路千千万，何必去走这条路？"

　　曹春荣见这位读书人长得慈眉善目，又十分精明的样子，于是把自己筑了三元大窑，烧出的金砖成了一堆废品的事一股脑儿说了出来，末了说："先生，你说下一步我该怎么办？"

　　中年读书人说："我姓纪，比你年长，你就叫我老纪吧。至于你的三元大窑烧制金砖失败，这很正常。有失败就有成功，有成功就有失败，诚如古人有云：有福必有祸，有祸必有福。此乃'福兮祸所伏，祸兮福所倚'之谓也。"曹春荣说："纪先生，你是吃了灯草灰，在说轻巧话，如今我四面楚歌，穷途末路啊！"纪先生连连摇手，说："听你所说，你的金砖只是砖面不光滑，四角有缺损，砖边有裂痕。鄙人以为，可以想法子卖出去换钱，有了钱，该还债的还债，该支付工钱的支付工钱。"曹春荣说：

"我们御窑金砖历来以质优取信用户，我怎能为一己之利，毁了几百年来创下的声誉。再说，客户看了我那蹩脚的金砖，谁肯出手掏银来买呢？"

纪先生沉吟了片刻，仰天一笑，说："天无绝人之路，荀子曾云：骐骥一跃，不能十步；驽马十驾，功在不舍。"

周春荣没好气地说："洗耳恭听。"

纪先生不介意他的语气，依然笑眯眯地说："从前有个种豆的农民，收起了大豆，他就卖大豆。卖不出去的大豆，他就拿回家加水让它发芽。大豆发芽了，他就卖豆芽。卖豆芽剩下的，他就让它长成豆苗，卖豆苗。卖豆苗卖剩下的，他把它栽入盆里当盆景出售。盆景没卖掉，他把它从盆里拿出栽入地里。几个月之后，又长出许多新的豆子，一颗豆子就变成许多豆子，获得更多的收获。这个农民就是这样，周而复始地种豆卖豆。"他见周春荣听了自己的故事后，眨着双眼，似乎在思考着什么，便往下说："其实人生宛若一颗豆子，千万不要因一时的挫折而放弃，只要你努力改变自己，前面的路就会充满机遇。"

周春荣脸上顿时洋溢着喜悦，可再仔细一想，还是长叹一声："可我烧制的金砖，不可能像豆子一样会发芽、成长、结果呀！"

纪先生说："道理是一样的。曾记得在我读书时，先生出了一道题，指着我穿的破衣说：你怎样才能让补丁焕发光彩呢？我说：把补丁补好，上面绣朵花？先生满意地点点头。事后，我知道，先生是想告诉我，补丁可以焕发光彩，芸芸众生，也可以用智慧为自己的人生添上绚烂的一笔。"

周春荣若有所思，慢慢转身离去。

纪先生在后面喊道："小伙子，你问了我这么多话，我还没有问你哩，这公平吗？"

周春荣止步，返过身子，说："纪先生，你要问我什么事？"纪先生说："我要去御窑怎么走？"周春荣如释重负，哈哈一笑，说："我就是那的人，你跟我走便是了。"

纪先生说："小伙子，我有条小船在一旁，不如我们驾舟前往？"周春荣点了点头，遂跟着纪先生至湖畔，登上小舟，往御窑而去。

那纪先生是大学士纪晓岚。这次乾隆皇帝下江南，他与和珅陪同前来。昨天登上吴中第一峰穹窿山，乾隆在上贞道观品尝碧螺春，一旁方台上架着块方砖，倒水沏茶的小道士不慎将水溢出水杯。和珅见状，大声训斥："呔，你这厮怎么如此倒水！"小道士吓得惊慌失措，立马解释："不用片刻，水便会被方砖吸去。"果真一会儿方砖上干净如初。

一旁纪晓岚见了，在碗中倒了点水，用手指蘸了在石板上书写了宋代苏轼的《湖州谢上表》中的一句"用人不求其备，嘉善而矜不能"。而后，他对乾隆说："圣上，此砖面用作练写书法，倒可替代宣纸。"乾隆看了看上面的字，颔首一笑。

和珅余怒未消，正欲撵小道士出去。乾隆对和珅道："你没有见石板上纪爱卿之字吗？"和珅上前一看，立马闭口不作声了。

乾隆起身，细细看了下台砖。善于迎合主子的和珅见了，遂问一旁老道："这砖是从何处购来？"老道士说："此砖用齐门外御窑泥料烧制而成。贫道平素用毛笔蘸以清水，写字于砖，有笔墨写于宣纸时的渲染效果。"

乾隆听了，频频点头。

和珅遂进言乾隆："何不置些于皇家使用？"乾隆喜跃眉梢，连声说好，转身对纪晓岚道："不如爱卿你去齐门外御窑看看，皇子每人一块，勤练书法。"

纪晓岚领旨，遂带了一个小书童下山，租了条木船绕环城河出齐门，前往御窑，不想船家驶至了阳澄湖，迷了方向，这才邂逅三元窑窑主曹春荣。

纪晓岚与曹春荣至御窑，下了船。曹春荣领着纪晓岚至三元大窑的砖场，说："纪先生，你看这一窑金砖，如今成了废物，怎么能卖出变钱？"

纪晓岚并没有回答如何解决眼前问题的方法，而是说："明代嘉靖年间，有个年轻人，看到父母亲为了生活，起早摸黑地为人打工而供自己读书，他想找个活儿为父母亲分挑家庭担子。一天他看到一家小店要招收一名勤杂工，便去报了名。报名的年轻人共有五个，店主说：'你们不如来个比赛，谁能胜出，谁就留下。'店主在两米外的地方画了一条线，人站在线外，拿起一个小竹编成的圈，投掷一旁的一根竹桩。竹圈的大小与竹桩大小几乎一样，每人有十次机会，谁套住竹桩的次数多，谁就胜出。结果这五个年轻人，在天黑之前，谁也没有套住竹桩一次，店主只好决定明天继续比赛。第二天，五个年轻人又来了，结果其中三人依然没有套中，一人却碰运气套进了两次，而那个有孝心出来谋求干活的年轻人却一共掷了十次，次次套中了竹桩。店主感到惊讶，因为这种是完全靠运气的游戏，好运为什么连连降临到他的头上呢？那年轻人说：'这比赛确实是靠运气的，为了赢得好运气，昨天我一晚上没有睡觉，而在用竹圈练习投掷。'"

曹春荣听了纪先生深入浅出的一番话，颇受启迪，说："靠运气的同时，务须努力。"纪晓岚说："古人有云，经历磨难，才能刻骨铭心，日趋成熟。风雨过后是艳阳，冬去春来有希望。"言罢，他辞别曹春荣而去。

曹春荣追了上去，说："纪先生，你来御窑干吗？"纪晓岚说："我是来看看你们御窑可有我需要的方砖，看过之后，我会复至你处，问你想出处理这些废砖的办法了没有。"曹春荣说："多谢纪先生。"

为了找到在穹窿山上贞观那样的台面金砖，纪晓岚带着小书童在村中大窑逐个看了一遍，两个时辰后，他重新来到了三元大窑。

到了三元大窑，纪晓岚看到这一大堆足足有三百余块的金砖，已经由窑工分成了七八堆，而窑主曹春荣手拿图纸在与窑工比画。纪晓岚感到奇怪，正欲启口动问，曹春荣拿着纸上的图案迎上前来，说："纪先生，这些金砖经过清理，可以铺设地面的正品金砖尚有三十多块，而其他都有不同程度的缺陷，于是我根据缺陷程度及方位，请人画了几张画，有的可以锯切后用作寺庙、官衙、富宅的门楼门罩，有的可用作牌坊，有的可用以砌栏栅、坐凳，有的磨光后做上架子，可作为案桌，有的可以雕刻后作为工艺饰品……"

纪晓岚连连称好。当看到曹春荣欲把几块金砖摆上案桌，纪晓岚说："你三十余块完好的金砖，不妨磨得平整，饰以木架底座，作为书写字砖。"曹春荣问："你要这么多的书写字砖干吗？"纪晓岚说："有个大客户向我要货，为此我前来御窑一看。这里御窑金砖品种繁多，令人目不暇接，看到你有这个设想，我有心与你合作。至于置放写字砖的大架如何设计，用什么材料，过些日子，我会让人把图纸和意见送来，以为如何？"这真是饥时送饭，渴时来水，曹春荣顿时喜笑颜开，忙不迭言："那敢情是好，敢情是好。"

纪先生走了三天，府台大人与苏州营造拿了图纸和意见书来到三元大窑找窑主曹春荣。曹春荣大惑不解，怎么一个其貌不扬的读书人要劳驾府台大人？府台大人对他说："人不可貌相，海水不可斗量。你啊，是门缝里瞧人，把人家给看扁了。那个中年读书人是当今大学士纪晓岚纪大人。那天他是奉皇上之命，前来订购御窑写字砖。"

曹春荣惊得半晌没语，想起纪先生与自己所说之话，细细品味，此人引经据典，深入浅出，出口不凡，为此，连连说："对，此人准是纪大学士。"

三元窑窑主曹春荣根据纪大学士的要求，制作了写字砖配上木架，运往京城，紫禁城里于是有了陆墓御窑制作的写字砖。不久，这种用砖书写练字的风尚流传到了官宦、富户。

清末民初，御窑的烧窑业逐渐由正业转为副业，且这种写字砖做工细、人工大，配以的红木架子价格昂贵，渐渐失传。至2011年，苏州御窑启动重制古金砖项目，经专家认定，已出炉的一百块金砖中，有五十八块在密实坚硬度上达到了明清古金砖标准。2013年，御窑厂重新研制书写砖得以成功，配以特制的古典条案，替代纸墨，作永久书写练习器。是年5月，在深圳举办的中国国际文化产业博览交易会上，这仿古书写条案，获得了中国工艺美术文化创意银奖。

（张瑞照）

大秀和小秀

清代，苏州长洲县有个制作蟋蟀盆的世家，姓邹。邹氏夫妇未生儿子，只有两个女儿，姐姐叫大秀，妹妹叫小秀。一年又一年，姐妹俩长成了大姑娘，爹娘也从壮年进入了晚年。晚年的邹老老有了心事，且心事一天比一天重，像一座山压得他整日愁眉苦脸，唉生叹气。这天晚上，邹老太问他："老老啊，你愁些啥呀，能不能说给我听听，我替你分担分担。"

邹老老闷声闷气说："你分担不了。"

邹老太说："我和你做夫妻几十年，风风雨雨都经历过，一直是两个人一起度过的，怎么还有我不能替你分担的事情？"

邹老老说："缺衣少食你可以和我一起熬，烧砖再苦你也能和我一起扛，只有这件事你是有心无力。"

邹老太说："到底是啥事呀？你不说给我听，存心想急死我啊！"

邹老老说："我不是要急你，我怕说出来你伤心。"

邹老太说："你说吧，说出来了你或许就轻松些，我保证不伤心就是了。"

邹老老说："那我就不瞒你了，我的制盆手艺长洲第一，已经是五代祖传，可惜到我手上，只怕要失传了！我愁的就是这个，一想起这点，我吃不下饭，睡不着觉。"

邹老太听了，呆了半晌，呜呜地哭了起来。

邹老老说："你看你看，我本来不想说，你一定要我说，惹你伤心了吧。好了好了，这件事不再藏在我肚里，吐出来就不那么憋得慌了，你不是就想让我轻松些嘛，你不要哭了。"

邹老太说："我哭有哭的道理，你嘴上不承认，其实心里肯定在怪我的肚皮不争气，没有替邹家生个儿子出来。想想自己摊上了这个罪名，我能不哭吗？"

邹老老说："你不要冤枉我，我没有那个意思。"

邹老太说："你想赖也赖不掉，锣鼓听声，说话听音，你说五代手艺要失传，不就是因为邹家有规矩，手艺传男不传女吗？生不出儿子，男人总归觉得是女人的事，你也是一样。假如你真的没有那个意思，你就不会说我有心无力了。"

邹老老给邹老太一句话点中了穴道，没话说了。

从这个晚上开始，邹老太心里堵，动不动就哭一场。大秀、小秀前些日子看到父亲一天到晚阴霾满脸，已经感到很奇怪了，现在见母亲又常常以泪洗面，更是诧异。姐妹俩凑在一起，推敲其中缘故。

大秀说："爹娘几十年恩恩爱爱，怎么临到老了，反倒变了？我猜他们是在为什么事情闹别扭，而且这个别扭还不小，不然怎会一个成天阴着脸，一个哭起来没个完？"

小秀说："是啊，从我懂事起，就未见过老夫妻俩红过一回脸，拌过一句嘴，现在是怎么啦？姐姐，我们是得好好想想，他们之间发生了什么事。"

大秀说："我想了几天了，想不出来。我们家的窑生产正常，蟋蟀盆销路很好，价钱也不低，这方面不会有问题，所以不可能成为爹娘争吵的由头。妹妹，你从其他方面寻寻原因。"

小秀说："我也想了好几天，我是从亲戚邻里方面想的，老夫妻俩做人一向做得很好，亲戚都很敬重他们，与邻居也都和睦相处，所以也不会因为待人接物方面态度不一致而引起矛盾的。"

姐妹俩议来议去，议不出名堂，决定直接去问二老。先去问父亲，邹老老说："没事没事，我和你们娘一点事也没有，你们不要瞎猜。"在父亲那儿问不出结果，姐妹俩又去问母亲。母亲一肚皮委屈，给两个女儿一问，怎还忍得住，顿时眼泪扑簌簌，边哭边将邹家手艺无人传承，老头子埋怨她没生儿子，等等之类情形，一五一十地倒了出来。

大秀听了母亲的诉说，不满地说："没有儿子算什么呀，不是还有我和小秀吗？"

邹老太说："你爹死脑筋，捧着'传男不传女'的规矩不放，只知道拿我撒气。"

小秀说："娘，你也不要一盆水都泼在爹身上，你也不见得比爹开明。"

邹老太说："你怎么怪起娘来了？娘又没有觉得两个女儿是白生的。"

小秀说："你替爹当了几十年下手，烧制蟋蟀盆的全套工艺，不都看在眼里，记在心里吗？爹不教我们，你不能教吗？"

邹老太一想也对，当下答应下来。母女三个商量，以老夫妻俩闹矛盾为借口，邹老太提出与老头子分居，搬进了姐妹俩的房间。夜晚，她们关起门来，母亲教女儿选土、炼泥、制坯等前道工序。白天邹老老若是外出推销或收账，邹老太就带女儿到窑上操作焙烧、出窑、研磨等后道工序。不知不觉大半年过去，大秀和小秀已基本掌握烧制蟋蟀盆的几十道工艺。

这一天，姐妹俩起了个大早，一人拿一把剪刀，"喀嚓喀嚓"三下五除二，双双将长长的秀发剪掉，成了两个平顶头。然后，来到父亲房前，等他开门。邹老老开出门来，见到两个女儿的模样，吓了一大跳，忙问怎么回事。大秀小秀齐声说："爹不是嫌没儿子嘛，今天给你两个儿子，到窑上接你的班，免得邹家祖传手艺后继无人！"

邹老老被姐妹俩的决心震撼了，同意了她们的请求。大秀、小秀已有烧制蟋蟀盆的基本功，经父亲指点，很快具有了精湛工艺。没过几年，邹氏二秀的蟋蟀盆就誉满全国了。

（卢　群）

救命金砖

清代，苏州长洲县有一户人家姓莫，不算大富，也是小康，夫妻俩过日子，什么都不缺，就缺个孩子。论说起来，莫先生健健康康，莫太太康康健健，按理生个孩子并非难事，可是婚后多年，莫太太的肚皮就是大不起来。夫妻俩着了急，请郎中来诊疗，请了一个又一个郎中，都诊不出什么毛病，都是开些草药调理调理。莫太太喝药，莫先生也喝药，调理了好几年，两人都觉得自己快变成药罐子了，莫太太腹内依旧毫无动静。

求医无效，夫妻俩转而求菩萨，苏州城里城外大大小小的观音寺、观音堂，他们一座不漏，都去进香祈祷。每回进香的前三日，夫妻俩都要吃素，进香前夕，总是沐浴更衣，进香过后，从不忘在随缘乐助箱里投入一笔钱。心不可谓不诚，礼不可谓不周。可是，求菩萨求了许多年，莫太太还是未能怀胎。

这么一年又一年，莫家夫妇眼看就已四十好几，即将奔五，不免灰心丧气，产生了放弃的念头。莫先生说："想来是我们命中注定无子，算了吧。"莫太太说："凡事天定，人不能强求，不想算了也只能算了。"两人相对黯然，唉声叹气半天，从此不再提此事。

说也奇怪，夫妻俩丢开了此事，情绪放松下来，过了两年，莫太太发现自己竟然有孕在身了。莫太太将这突如其来的喜讯告诉了莫先生，莫先生喜极而泣，边流泪边把太太扶到太师椅上朝南坐下，他则双膝跪下，对着太太的肚子，"咚咚咚"磕了三个响头。这一年，莫太太整整五十岁，莫先生五十三岁。

转眼十月怀胎期满，莫太太生下一名男婴。都说高龄产妇分娩危险，莫太太却顺顺利利，母子皆是平平安安。莫先生一迭声说："祖上积德，祖上积德。祖宗保佑，祖宗保佑。"大摆喜宴，广撒喜糖，自不必说，他还给慈善局弃婴堂捐了五亩田，以每年田里出产作为弃婴们的口粮。莫先生心想，老天将会念我一片善心，定会降福我儿，让他百病不侵，健康成长。

谁知天不遂人愿，莫家小倌长到三岁，遇到了灾难，痘子出不来，性命危险。莫先生请了一个又一个郎中，也未能治好，急得像热锅上的蚂蚁，莫太太更是整日整夜守在孩子床边，哭成泪人儿一个。邻居看着不忍，说："有个叶天士医术高明，号称'天医星下凡'，不妨请他来看看。"

经人提醒，莫先生也想起来了，苏州民间的倒药渣习俗，就是因为这位"天医星"才有的。叶天士常到狮山采草药，有时采药采到天黑，就不回城里了，在山上思忆讲寺歇一宿。传说有天，叶天士又借宿寺中，一只浑身金毛的狮子，一脸痛苦，步履蹒跚地走到床前，有气无力地说："叶天医，我身体不舒服，请你开一帖药试试。"叶天士叫它伸出一只前爪，替它搭了脉，又叫它伸出舌头，望了望它的舌苔，问："你肚子胀得难受，是不是？有多少日子了？"金狮点点头，说："胀了个把月了，我想也许是积食不化的缘故，自己找了些化食的药草吞服，只是不管用，只好来求你叶天医了。"叶天士沉吟半晌，说："好吧，你这个病我包医，不过，你一定要遵照我的嘱咐去做。我开个方子，你明天这时辰把采齐的药草送到这里来。"金狮感激不尽，拿着叶天士开的方子走了。

叶天士开的都是普通草药，狮山上全能够采到。第二天天黑后，金狮从山肚里钻出来，在山上山下跑来跑去，累得满头大汗，总算把方子上的十多味药草采齐，装了一麻袋，"吭哧吭哧"扛到思忆讲寺。叶天士在山门前等它，见了它，吩咐它把一麻袋药草倒在山路上，要它在药草上来来回回踩，直到天色微明才放它走。夜夜如此，循环反复，不觉一旬已过。

这天半夜时分，金狮又来到思忆讲寺山门前，告诉叶天士，自己肚子一点不胀了。叶天士说："行了，你的病除掉了，回去吧，今天不用踩药草了。"金狮对地上一摊早已被它踩成了渣的草药望望，便诧异地问道："叶天医，不吃药，光是踩，也能治病？你不给我讲清这里头的诀窍，我怎放得下心来？"

要说"诀窍"，其实很简单。叶天士平时与思忆讲寺僧人闲谈，知道狮山肚里有一只金狮，是上天派来守护这座宝山的，金狮忠于职守，一年三百六十五天，分分秒秒不离岗位，但金狮食量大，每天吃那么多东西，吃了就伏在洞里不挪动半步，天长日久，怎会不积食？要治好金狮的病，最有效的方法就是要它多活动，可是，金狮是决不愿意跑远的，所以，叶天士想出了这么个办法，以踩药草为名，让金狮在狮山山径上来回跑动，一旬跑下来，它肚里的积食消了，不用服药也一点毛病没有了。这么简单的道理，叶天士要不要给金狮讲呢？不，金狮是神兽，要面子的，连这么简单的道理还得人家给它讲，它恐怕会无地自容的。于是，叶天士随口编排说："金狮呀，你尽管放心，这山上天天有善男信女来进香，一双双脚踩这一摊药渣，踩一下带走一点病魔，几天下来，你的病全给人带走了。以后你再肚胀，就多采些草药摊在路上，不断地踩，踩成渣，再让人踩，病就会痊愈的。"金狮千恩万谢，欢欢喜喜走了。

叶天士是随口讲讲，谁知思忆讲寺几个小和尚，每天天不亮起来做早功课，发现了金狮在山门口踩草药，十分好奇，就天天躲在暗处看稀奇，看到最后，听到了叶天士这几句话。小和尚也是好心，逢到有病家上山来求佛保佑，就告诉他们"踩药渣祛病"的"诀窍"。一传十、十传百，苏州城里城外传遍了。病家将药渣倒在门前路上供行人踩踏的习俗，就这么形成了。

叶天士连神兽的病也能看好，何况凡人。莫先生想到这里，心底浮起了希望，连忙雇车，直奔叶宅而去。

到了叶宅，只见叶天士和一帮朋友在斗蟋蟀，蟋蟀捉对儿厮杀，斗得难分难解，叶天士全神贯之，两眼死盯住蟋蟀，不肯出诊。莫先生向旁边一位老者打听，斗蟋蟀何时方能结束，老者说，有几百对蟋蟀等着决一胜负，现在才斗了十二对，叶天医是个蟋蟀大玩家，没个七八天恐怕他不会离开这角斗场的。莫先生急得泪如雨下，老者起了同情心，给他出了个点子，说如果你能搞到极品蟋蟀盆，或许能让叶天医动心，愿意随你前去出诊。

若是换了别地方的人，一时半刻很难觅到足以打动叶天士的蟋蟀盆，但对莫先生而言，难不住他。莫先生立即驱车回到长洲陆墓，找到几个窑户，请他们务必帮忙。莫先生平时乐善好施，这节骨眼上有了回报，窑户们纷纷捧出烧制得最满意的蟋蟀盆，无偿提供给了莫先生。

莫先生带着七八只堪称极品的御窑产蟋蟀盆，快马加鞭再次来到叶宅。叶天士见到这些蟋蟀盆，眼睛发亮，当即答应莫先生所请。莫先生用马车将叶天士载回家中，引至小倌病榻前面。

叶天士看着奄奄一息的莫小倌，暗自寻思，若不能抓紧把痘催发出来，只怕神仙也救不得了。可是，用什么办法才能收到奇效呢？叶天士的脑子飞快打转，从自己是被蟋蟀盆"诱"来，想到那些蟋蟀盆的产地正是长洲陆墓，接着便想到了陆墓的御窑金砖。想到这里，叶天士说声"有了"，关照莫先生赶紧去拉一大车御窑金砖来。

金砖很快运到，叶天士指挥前来帮忙的众邻居，将金砖一块块平平整整铺在地上，自己抱过小倌，把小倌的衣服脱得一缕不剩，放在砖地上，待一处砖地被孩子体温焐热，再换到旁边砖地上。叶天士告诉莫先生："小儿内火旺盛，所以痘子出不来。我用这个办法催痘，只要小儿身上的痘子全部发出来了，便可无碍，你们放心好了。"

叶天士将莫小倌轮换着砖地放置，靠光滑凉爽的金砖为他降热，忙到夜里，莫小倌身上的痘子果真全发了出来，毛病就好了。莫家对叶天士千恩万谢，叶天士笑笑说："要谢，你们就谢这些金砖吧，是你们本地御窑的金砖救了孩子的命。"

（卢　群）

郑师傅传艺

郑大坤是清代咸丰年间苏州长洲县仁和窑的师傅，烧制金砖手艺高超，尤其是砖雕技艺精湛。经他雕刻的金砖，用来装饰宅第、园林、门楼、门罩及官邸或祠庙的八字墙，可使这些建筑生辉增色。窑主李伯勤见儿子李守祖在私塾读书成绩平平，指望不上他书包翻身走上仕途，遂吩咐儿子拜郑大坤为师，学习砖雕技艺。

李守祖到了郑大坤的砖雕工艺屋，郑大坤便带着他去了乡间野外选泥，每天从早到晚，从不间断，一连三月。

选了泥之后，郑大坤吩咐窑工把泥运回窑场，又吩咐李守祖跟着窑工们练泥。所选泥料经日晒夜露后，郑大坤又叫他跟着窑工赤脚把泥踏成稠泥，而后，又吩咐他跟着制坯的窑工学制坯。制坯叫作"掼砖坯"，既是体力活，又是手艺活。几个月下来，李守祖累得叫苦连连。一天，他终于忍不住，对坐在一旁凉亭上看着图纸的郑大坤说："师傅，这活儿孩童都会，你还是让我学技术活儿吧。"

郑大坤望着浑身是泥的李守祖，说："你要学习砖雕，首先要知道砖块是怎么烧制的。因为御窑烧制的金砖，质地细腻坚实，为砖雕提供了优质的材料，才使姑苏的砖雕更加丰富精美。而上好的金砖，必须经过选泥、练泥、掼砖坯。"他抬目看了看凉亭上轻巧的飞檐，问："你知道它是怎么制成的吗？"李守祖摇摇头，郑大坤说："当时我刚入师门时，师傅问我，我也不懂，我想这飞檐与砖雕风马牛不相及啊。"

李守祖眨巴双眼，问："师傅你以后又怎么知道的呢？"郑大坤说："那时我师傅并未直接告诉我，而是指着后院的两檐之间的一只蜘蛛，对我说：'你看那蜘蛛，也许会使你得到什么启迪。'现在这座凉亭上正好也有一只蜘蛛在织网，你能看懂个中的道理吗？"李守祖摇了摇头。郑大坤说："那你慢慢看吧。"言罢，拿起图纸，走进了自己的砖雕工艺屋。

李守祖抬目望去，一只黑蜘蛛在凉亭的双柱之间结了一张很大的网。他想，难道蜘蛛会飞吗？不然，从这根木柱到那根木柱，中间有丈余之宽，第一根线是怎么拉过去的呢？后来，他发现蜘蛛走了很多弯路，从一根木柱起，打结，顺着木柱而下，一步一步向前爬，小心翼翼地翘起尾部，不让蛛丝沾到地面的沙石或别的物体上，走过空地，爬上对面另一根木柱，高度差不多了再把丝收紧，然后一遍遍重复，来回运动。

看了半天，李守祖豁然开朗，跑到郑大坤那里，说："师傅，我懂了。"郑大坤问："你说说，看出了什么？"李守祖说："蜘蛛不会飞翔，但它能够把网凌结在半空之中，它是勤奋、敏感、沉默而坚韧的昆虫。它的网制作得精巧而规矩，八卦形地张开，仿佛得到神助一般。"郑大坤满意地说："蜘蛛不会飞翔，但它照样把网结在空中，奇迹是执着者创造的。信念是一种无坚不摧的力量，当你坚信自己能成功，你必能成功。"李守祖点点头，郑大坤因势利导："各种形状的弯瓦和花边瓦、滴水瓦，必须精心制作，然后方能根据需要在上面雕刻各种花纹图案。在求知的道路上，需要你脚踏实地一步一步地走，没有捷径。"

李守祖学习选泥、练泥和掼砖坯三个月后，郑大坤教他学习绘画，然后把他领进了一间宽敞的瓦屋。

瓦屋里面有两个窑工在专心致志地浸砖和磨砖，郑大坤说："这是我的两个胞弟。"李守祖机械地点了下头，唤了声"师叔"，就默不作声了。

郑大坤见李守祖漫不经心的样子，于是详细介绍起两个胞弟："我的大弟叫郑二坤，他负责用生石灰加糯米汤浸敷金砖，然后再经水磨磨光，接着交给小弟。小弟叫郑小坤，他负责用水磨磨光金砖，一块又一块，周而复始。"李守祖心想，自己是跟大名鼎鼎的雕刻大师郑大坤学习砖雕的，现如今却跟这两位名不见经传的郑二坤、郑小坤学习这玩意儿，自己猴年马月能学会砖雕，修成正果啊？

一天，郑大坤到了大弟、小弟的那间瓦屋，见李守祖在悠然自得地诵念唐诗"莫使金樽空对月……"郑大坤问他："你把我大弟、小弟的活儿都学会了？"李守祖耸耸肩，说："这活儿，两三天就可游刃有余了。"郑大坤从李守祖的话中听出了什么，正要启口，一个窑工匆匆走进，对他说："郑师傅，有个窑工在运砖时，不慎砸伤了脚。"郑大坤说："快去请镇上郎中。"那窑工应了一声，往外走去。郑大坤遂对李守祖说："你跟我一起去看看。"李守祖早对一天到晚在这间房子里无所事事感到闲闷，听师傅这么说，拔腿跟了上去。

郑大坤到了窑工出事地点，往那窑工脚上看去，只见那窑工的一个足趾正在流血。一会儿，镇上的郎中赶至，给那窑工的足趾伤口上用中草药的汁水消了炎，敷上了药草。郎中对郑师傅说："这位窑工兄弟只是擦伤了表皮，敷了药五天便会痊愈。"郎中收了诊金，告辞而去。

郑大坤望着那郎中的背影，问李守祖："你是读书之人，知道春秋战国时有位名医吗？"李守祖不假思索，脱口而出："魏国的扁鹊。"

郑大坤点点头，说："扁鹊和我一样，家中有弟兄三个，只是他是三兄弟中最小的，而我在三兄弟中排行老大。扁鹊弟兄三人都是行医的，而我弟兄三人都是做砖雕的。"李守祖对于扁鹊家有三弟兄还是第一次听说，所以问："那么大家怎么只知道扁鹊，而不知道他的两个兄长的大名呢？"郑大坤连连说道："问得好，问得好。"接着讲起了扁鹊的故事：

有一次，魏文王问名医扁鹊："你们家兄弟三人，都精于医术，到底是哪一位医术最好呢？"扁鹊据实而说："大哥最好，二哥次之，而我最差。"魏文王再问："那么为什么你最出名？"扁鹊说："我大哥是治病于病情发作之前，由于一般人不知道他能事先铲除病因，所以，他的名气无法传出去，只有我们家里的人才知道。我二哥是治病于病情刚刚发作之时，一般人以为他只能治轻微的小病，所以他只在我们的村子里才小有名气。而我是治病于病情严重之时，一般人看见的都是我在经脉上穿针管来放血，在皮肤上敷药等大手术，所以他们以为我的医术最高明，因此，名气响遍全国。"魏文王点头称赞道："讲得好极了。"

李守祖听得入了迷，催促道："师傅往下说，往下说。"

郑大坤话锋一转，言道："我们三兄弟都学砖雕，我的大弟是浸敷金砖，这样会增加砖质的柔韧性，使之容易镌刻，反之，因为砖质坚脆，易于爆裂。我的小弟负责水磨磨光，然后我绘上图案纹样，操刀雕刻……"李守祖听到这里，若有所思，说："师傅，你的意思我明白了。"言罢，转身就返回那间瓦屋，跟着郑二坤、郑小坤去学习浸砖和磨砖。

李守祖在郑二坤、郑小坤那里学习了三个月后，郑大坤才教授他操刀雕刻，李守祖乐得高兴雀跃。

学习砖雕第一天，郑大坤把李守祖领去了苏州山塘街的凤仙雕花门楼下，让他细细观看。

在李守祖看来，这门楼上的砖雕在姑苏城内比比皆是，随处可见，便对郑大坤说："如果师傅问我美在哪里，徒儿觉得似这样的门楼最平常不过了。"

郑大坤没说什么，把徒儿领回了仁和窑砖雕工艺屋，吩咐他操刀试雕。李守祖一连几次，刀锋按着金砖上所绘花纹刻下去，刻得轻，花纹不凸出，刻得稍重一些，金砖啪的一声爆裂，他一时傻了眼。

郑大坤说："宋代，东太湖有位读书人叫卢容，字子玉。此人不但才华横溢，而且办事矜持稳健。卢容八岁那年，他的父母聘请一位姓袁的先生做儿子的塾师。三年以后，卢容大有长进，不但袁先生所出之题能对答如流，而且写的字潇洒飘逸，真可谓青出于蓝而胜于蓝。一次，袁先生带卢容去天平山踏青，见到山腰上竖着刻有宋代文学家范仲淹手迹的石碑，袁先生叫他过去看来。卢容上前瞟了一眼，立即回来说：'上面的字很是平常。'袁先生叫他过去读上一遍，卢容遵照先生的嘱咐，把上面的字从头至尾读了一遍。此时，他觉得范仲淹写的字确实有自己的风格。袁先生遂吩他再上前去仔细读上一遍，卢容遵嘱走上前去，从头至尾认认真真地读了一遍。这次他越看越觉得上面的字不同凡响，渐渐地被范仲淹所写的字折服。他回到先生面前，说：'范文正公的书法与众不同，不但有大家风范，而且有气吞山河的豪气。'袁先生脸露笑意，说：'世上有很多的学问，不是一看就知，一听就懂，只有反复琢磨，认真推敲，才能悟出其中的道理，宛若你刚才读范文正公的字一样。'"

讲完这个故事，郑大坤说："明天我去陈家雕刻门楼，原想带你一起去，让你学习刀法，现在想来，为时过早。今天我效法古人，从明天起，你还是去山塘街凤仙雕花门楼，细细看来，三天后我归来，再听你谈想法。"

第二天，李守祖遵照师傅吩咐，去了山塘街凤仙雕花门楼，对上面的砖雕反复地看，仔细地琢磨，一点一点记在心里。

第四天，李守祖见郑大坤回到仁和窑砖雕工艺屋，便说："师傅，徒儿想说一下看了凤仙雕花门楼上砖雕的感想。"郑大坤用鼓励的目光瞧着他，等他说下去。

李守祖说："凤仙雕花门楼的砖雕刻画细腻，线条流利，刀法圆润，犹如两堂神龛，上有檐角飞纵，嫩戗砖高翘。下刻飞凤形的'排科'，两旁还缀有花篮式的挂落，造型雄伟而古朴，结构严密而灵活，主题扼要而简练，层次分明而细腻，极富韵味。整个砖雕细腻圆润，典雅精美。"

郑大坤听了，频频点头："说得在理。这是我师傅的砖雕作品，它综合了砖雕中的平雕、半圆雕、浮雕、镂雕、透雕等技艺手法。"接着拿起一旁刻刀，说："在各类雕艺技法中，数砖雕最为不易。尽管前期浸泡已做处理，砖质还是比木头、石头坚脆，易于爆裂。一刀下去，落手无情，所以腕力、指功要拿捏得十分准确，否则一件精致的作品完成在即，却由于最后几刀失手而功亏一篑，前功尽弃。"郑大坤拿过一块绘有图案的金砖，把自己手中的刀扬了一扬，说："砖雕有句行话，叫'三分本领，七分工具'，砖雕对刀具十分讲究、要求很高。砖雕采用的刀就是我手中坚硬锋利的钨钢刀，它的刀头都是我靠我自己亲手磨制的。"接着，郑大坤在这块金砖上雕刻起来。李守祖在一旁见师傅郑大坤操刀如笔，刀刀着"肉"，流利圆润，丝毫无差，其技艺令人叹为观止，忍不住叫了一声："好刀法！"

郑大坤这时停了下来，把手中的刀递给了李守祖。

李守祖刚开始在金砖上雕刻时，颤颤抖抖，以后越来越熟练。郑大坤见他一点一滴在进步，加以鼓励，要他百尺竿头，更进一步。三年之后，李守祖终于学成，而且青出于蓝胜于蓝。父亲李伯勤年老谢世后，李守祖接过窑主位子，虽日常事务繁忙，然而他不忘技艺，一有空便伏案操刀雕砖。他的砖雕到后期，风格渐趋于精致华美，秾丽繁复，注重情节内容和构图，可以在一块方不盈尺的砖板上，用透雕分出近、中、远景几"皮"（层次），刻得最深的达十几皮，画面的布局，借用立轴和手卷之法，更显典雅严谨，他成了一代砖雕名家。

李守祖的砖雕作品有千余，散见于姑苏城内城外。

（张瑞照）

善济桥

清代同治年间，苏州御窑林通窑窑主金湘洲年届六十，把大窑的位子让给了儿子金文胜。在交接那天，金湘洲将林通大窑的几位师傅和窑工一一介绍给儿子。在介绍到一位满头白发、左腿已跛的师傅时，金湘洲对儿子说："他叫袁伯善，刚筑林通大窑时，我和他弟兄相称，风雨同舟，患难与共。时至今日，几十年里，他尽管瘸腿，却始终勤勤恳恳、任劳任怨，像一头耕耘在田野里的老黄牛。"

金文胜向袁伯善投去敬佩的目光，袁伯善却淡然一笑："过去的事，像飘过的云，吹过的风，还提它干吗？"

事后，金伯胜问父亲："他这么大岁数了，应该安享晚年了，为什么还要待在我们大窑里干活？"金湘洲说："他老伴前几年病故去世，而他唯一的儿子，又在前年押运金砖去京城的路上，因体力不支，客死他乡。"

金文胜不由得替袁师傅唏嘘不已。

金文胜原是跟着堂叔在外做丝绸生意的，后又先后做过草席、茶叶买卖。刚接林通大窑的班，尽管父亲把管理大窑的经验之道讲了一遍又一遍，他还是感到力不从心，一时难以适应。金湘洲为此对他说："儿啊，你不明白的地方可以讨教袁师傅。"金文胜当面点头称是，事后压根儿不去问袁伯善。因为他看到袁师傅走路一拐一瘸，慢慢吞吞，说话一板三眼，慢条斯理，觉得似这样的老头，肚里怎么会有治理大窑的高招呢？

更让他不愿接近袁师傅的缘由是，这老头除了瘸腿，脸上还有条长长的刀疤，两只混浊的眼睛一大一小，相貌丑陋。记得有一次，金文胜的七岁儿子前去大窑玩耍，袁伯善见了又亲又抱，把小家伙吓得哇哇大哭。金文胜火冒三丈，大声呵斥他："今后你离我儿子远些，越远越好……"

一天，袁伯善看到两个窑工在挑运砖坯时打闹嬉笑，其中一个窑工脚下一滑，顿时步履趔趄，跌倒在地，一担砖坯翻落在外，霎时间成了一堆废泥。袁师傅十分心疼，上前对那两个窑工狠狠训斥了一顿。而后，他把这堆废泥清理掉，去了金文胜那里汇报了这事，接着献上一策："以前，你爸掌管林通大窑时，这样的事从未发生过，为了杜绝类似事情发生，防患于未然，你得重申昔日林通大窑的规矩。没有规矩，不成方圆。"

金文胜觉得袁伯善言之有理，答应妥善处理此事。袁伯善说："文胜啊，你应该立即去宣布，越快越好。"金文胜顿时脸呈不悦，说："你没见到我手里正忙，晚上我会与大家见个面，说说此事。"袁伯善站起身，一步一步往外走，可嘴里却嘀嘀咕咕："千万不要忘记，千万、千万！"

到了晚上，金文胜陪客商去了附近小镇喝酒，踉踉跄跄回到林通大窑，已是月牙高挂。他看到自己工作室的石阶上坐了一位老人，借着月光一看，是袁伯善师傅，感到奇怪，问："老袁，你怎么不睡家中，却在这里歇息？"袁伯善从石阶上站起，拍了拍衣裤上的尘土，说："文胜啊，我在这里等你，等啊等，一直不见你人，于是我去了你家。你家里人说你没有回家，又不知你去了哪里，所以，我只能继续在这里等你了。"

金文胜注视着袁伯善，一脸不解："这么冷的天，你在这里等我干什么？"袁伯善说："真是贵人多忘事，你不是说今天等窑工们歇了工，要向大家……"此时，金文胜猛然记起，自己白天的许诺。想到这里，他说："今天我很忙，明天再说吧。"袁伯善点了点头，转身往家而去，可走了三步路，又返过身子，说："小主人啊，明天你千万不能忘了啊。"金文胜没好气地说："知道啦。"袁伯善一听金文胜口气，心里不乐，但还是喃喃自语了一句："记住了就好。"言罢，一拐一瘸地往家里走去。

金文胜看到袁伯善消失在黑暗中，才打开工作室的大门走了进去。当他刚关上房门，骤然响起"笃笃笃"敲门之声。金文胜不由得皱起了眉头，粗着嗓子说："姓袁的，有你这么啰里啰唆的吗？"借着几分酒意，他操大嗓门说："你给我滚，立即滚回去，今天我不想再看到你！"

门外传来了老窑主金湘洲的声音："孩子，我是你爸啊。"金文胜站起身，打开门，果真见是父亲，于是问："这么晚了，您怎么来了？"金湘洲说："我是为大窑里挑泥坯进窑一事，想与你聊上几句。"

金文胜心想，这么一件芝麻绿豆的小事，袁师傅把状告到了自己父亲那里。哼，这个老袁，他眼里根本没有我！他心里窝着一肚子气，说："姓袁的真是小题大做，把这件事捅到你那里。"

金湘洲说:"儿啊,这件事不是老袁对我说的。"

金文胜说:"除了他,还有谁会管这个闲事?"

金湘洲说:"傍晚,我遇见我们林通大窑的窑工小王。他说,晚上歇工时,袁师傅叫他们在大窑等着,等会儿小主人要来与大家讲窑规。等了半晌,你没去,袁师傅让大家回家,自己就去了你那里。"

金文胜没了言词。

金湘洲继而言道:"儿啊,你知道我今晚为什么这么晚了还来这里吗?"金文胜说:"您是不放心为儿能否管好你好不容易才创下的这座大窑呗。"金湘洲望着儿子说:"也可以这么说,但也不全是为了这件事。我先问你,你觉得袁师傅……"金文胜实话实说:"他年岁大了,还是让他回家歇息吧。不是吗?他的左腿瘸了,连走路也走不稳,说话啰里啰唆,没完没了。"

金湘洲听着听着,不由得激动得身子嗦嗦打抖,平时和颜悦色的脸上,顿时布满了气愤、不满,重重地将拳在台桌上"砰"地一砸,说:"你知道他的腿是怎么瘸的吗?"

金文胜第一次看到父亲对自己这么生气,一脸委屈。

金湘洲说:"在我刚筑成这座林通大窑时,因我身体虚弱,丢三忘四,那时身强体壮的袁师傅住在大窑,吃在大窑,干在大窑,把大窑当成了自己的家。有一次,我忘了关工作室的大门,他知道里面放着林通大窑刚赚来的第一窑金砖的银子,就坐在门口石阶上值夜。有两个盗贼蒙面前来盗窃,被他看到,出手相阻。盗贼一看只有他一人把守,便说:'听人说,这屋里有三十两银子,我俩加上你正好三人,每人十两,以为如何?这叫天赐良机,这事即便明天被你们窑主知道了,不怨天,不怨地,只能怨他自己忘了把门关上!'可袁伯善说:'你俩别睡梦娶娘子,想得美。有我在,你俩别想从里面拿走一两银子!'两个盗贼有备而来,手执钢刀,一齐扑向袁师傅。袁师傅也不示弱,操起板凳与两个盗贼厮打了起来。足足打了一个时辰,双方精疲力竭,气喘吁吁。盗贼见占不到便宜,拔腿想溜,袁师傅紧追不舍。到了独木桥塅,袁师傅一个箭步跃前,大喝一声:'吠,往哪里逃!'两个盗贼见甩不掉他,说:'好汉住手!'盗贼一面求饶,一面乘袁师傅不备,卖了个破绽,返身一刀,正砍在他的腿上。中刀后的袁师傅依然死死地抓住一个盗贼的大腿不放,大喊:'抓盗贼……'盗贼丧心病狂，挥刀砍向了他的脸。御窑的村民闻声，持着木棍、锄头冲了出来，把两个盗贼擒住，却见到袁师傅倒在血泊之中，命悬一线……"

金文胜听着听着，感动不已："就这样，袁师傅才成了'瘸子'？"金湘洲说："是的，他成了'瘸子'，而且脸上留下了条深深的刀疤。佛说：春有百花秋有月，夏有凉风冬有雪。现在他老了，我们可不能忘了像他这样为了我们林通大窑做出一点一滴牺牲的每个窑工啊。"

此时，金文胜想到了什么，说："可是，可是他在说话时，一遍又一遍，啰里啰唆，生怕人家听不懂，哎。"

金湘洲说："儿啊，你的这句话问得好，使我想起了你祖母。我小的时候，母亲常对我说应该怎样对待朋友。在我长大之后，母亲还是一遍又一遍地唠叨这些道理。一次，我终于忍不住，对母亲说：'你的那些道理大家都懂，有你这么没完没了的吗？'母亲听了，呆呆地望着我，坐在那里欲言又止。"

金文胜连连附和说："是啊，袁师傅把长大成人的后辈当作吃饭不懂饥饱、睡觉不懂颠倒的三岁稚童，我是窑主，真叫人难以接受啊。"

金湘洲恨铁不成钢地说："儿啊，你怎么到了现在，还不知道为父的良苦用心？"金文胜一时蒙了，愣愣地望着父亲："难道我说的话不对吗？"

金湘洲说："袁伯善师傅不但是我患难与共的兄弟，而且是我生死与共的知己。当我体力不支要退下时，是他主动对我说，他比我身体强壮，让他再在岗位上护送侄子走一程。俗话说：擦肩而过是十年的缘，相互对视是百年的缘，彼此交流是千年的缘，成为朋友是万年的缘。黄金易得，知己难求；天涯海角有穷时，唯有情义无尽处。"

金文胜若有所思，默然地点了点头。

第二天，金文胜吃了早餐去了袁伯善家中，却不见他在屋里。正在这时，屋外传来一阵呼救声："有个孩子掉河里啦……"金文胜拔腿冲出屋，只见不远处一位老人扑通一声跳入河中，把落水的孩子抱上了岸。可当老人欲爬上岸时，脚下一滑，扑通一声，掉落水中。孩子站在岸上"哇啦哇啦"大哭，呼喊着快去救救河中的老人。

金文胜觉得孩子的声音好生熟悉，定睛一看，是自己的儿子。他三步并作两步奔了过去。

村民闻声赶至，救起了水中的老人。金文胜一看老人正是袁伯善。村民奋力抢救，可袁伯善双目紧闭，已经西去。金文胜双膝跪地，撕心裂肺地呼喊："袁师傅，你不能走啊，你还没有听我向窑工们重申窑规……孩子啊，快去亲亲躺在地上的爷爷……"泪珠儿滚滚而下，一会儿湿了衣襟一大片。

金湘洲、金文胜父子为了纪念袁伯善，出资把村中独木桥改建为石板桥，取名为伯善桥。因为每年九月九日是袁伯善的生日，父子俩在那天便去这座桥的桥堍搭台施善，给孤寡老人救济米粮，所以后人把这座桥又改名为善济桥。

（张瑞照）

兄弟砖窑

清代同治年间，苏州齐门外陆墓镇的西面有三座砖窑，虽然窑主一个姓荣，一个姓金，一个姓蔡，但大家称这三座砖窑为兄弟砖窑。

说起兄弟砖窑，得从一甏白银说起了。

清咸丰十年（1860）四月，太平天国忠王李秀成率兵南下，清军节节败退，江苏巡抚徐有壬以"守城必焚烧城外民房"为由，三次纵火，苏州齐门外陆墓地区砖瓦土窑几乎遭灭顶之灾。本应咸丰九年烧制的六千六百块金砖，到了同治十一年（1872）才重新提上议事日程，因修缮宫殿之需，朝廷下旨工部，即刻发文苏州府，务必及时烧制金砖送去京城。可当时陆墓"窑座短少"，故而，部文下达至苏州，急坏了府台。

一天，苏州府台至陆墓视察砖瓦土窑，看遍全镇，砖窑寥寥无几。府台心急火燎，赶往了镇西大窑窑主荣胜家。

荣胜祖上是烧制砖瓦的，由于烧砖业衰退，父亲荣绍扬带着全家去陆墓镇上开了家馄饨店，以此为生。现在听到皇上下旨烧制金砖，荣胜踌躇满志。他见府台亲自上门，便说："大人，我刚卖掉了三间屋，筹钱再造大窑，但手上资金捉襟见肘，甚是为难。"府台沉吟片刻，去了地保那里，商量筹建大窑事宜。

地保正在村公所处理一宗甏银案。而这宗甏银案，又与荣胜卖掉的三间瓦屋有关。见府台驾临，地保详细汇报了案情。

原来，窑主荣胜的三间瓦屋卖给了商贾金福。金福为了翻建这三间瓦屋，请荣胜的朋友蔡大男承包建造。

在拆旧屋第二与第三间的夹墙时，蔡大男手下的两个民工发现一只瓷甏，打开一看，里面是一锭锭白花花的银元宝，两人一清点，整整一百个。两个民工乐不可支，准备私分。第一个发现的民工说，自己至少得八十锭，另一个民工不服，气咻咻地说："凭什么我要比你分得少呢？"为此两人发生了争吵。蔡大男见两个民工不干活，躲在墙角落里叽里咕噜，背着双手走了过去。当得知两个民工在分一氅银子，他以迅雷不及掩耳之势，把一氅银子夺了过去，说："要不是老子把这活儿揽下来，你们什么都得不到。现在得了一氅银子想私分，门也没有。"

两个民工窝了一肚子气，但又不便发作，愣了一会儿，实在想不通，其中一个壮大胆子对蔡大男说："蔡师傅，你总不会一个人独吞吧？"蔡大男想了一想，说："现在你们好好干活，等到晚上，我们三人坐下来商量个分法。你俩只管放一百个心，我决不会叫你俩吃亏。"人在屋檐下，不得不低头，两个民工无可奈何，只得忍气吞声。

到了晚上，蔡大男到民工宿舍，提出分配方案：自己得六十锭，两个民工各得二十锭，要是不服，卷铺盖走人，一锭银子也别想得到。民工心里不乐，但银元宝在包工头蔡大男手里，只得点头同意。

天下没有不透风的墙，很快，在十多个民工中传出了"工头蔡大男得了一氅银子"的爆炸新闻。这消息传到金福耳朵里，他想，这银子在自己买来的老屋里发现，应该归自己所有。

金福便去找蔡大男理论。

蔡大男一口否认，金福就到民工中去打探。早对蔡大男狮子大开口，独吞了六十锭银元宝不服气的两个民工，说出了这银子在老屋第二与第三间隔墙中得到。金福再次去找蔡大男，要他物归原主。蔡大男见瞒不住了，只得承认有这么回事，可他到了嘴里的肉又不肯吐出，耍起了赖皮："这一氅银子上又没有刻上你的名字，凭什么说要把它给你！"

蔡大男与金福吵了起来，展开了口水大战。后来，两人逐步升级，从对骂到拉扯，从拉扯到拳脚相加。

金福说："你如不交出银子，那就走人，我把这里拆老房搭新屋的活儿承包给其他泥水匠。"蔡大男一点也不示弱，说："此处不养爷，自有养爷处。"言罢，欲带着手下十几个民工离开。金福见没占到便宜，拖住蔡大男不放。看热闹的村民和民工生怕闹出人命，上前相劝说："你们两人都说氅里银子应归自己所有，只怕争到猴年马月也争不清，不如到村公所找地保裁决，地保说归哪个，就归哪个。"

蔡大男、金福认为言之有理，相互揪着对方衣襟，去了村公所。

见了地保，两人抢着告状，张说张有理，李说李有理，地保一时不知如何处置。正在此时，府台来了，地保便将此案推给这位四品黄堂判断。府台了解了案情，对蔡大男说："这银子你不应该拿，你是在帮金福拆旧屋中得到的这甏银子，应该如数交出！"

府台发了话，蔡大男没法子，只得与两个民工把还没焐热的一百锭银元宝，一锭不少地拿了出来。

金福乐得眉开眼笑，连连道谢："大人，你真是包公再世，况钟现身啊！"

府台说："俗话说，君子爱财，取之有道，小人爱财，取之无道。金福，这一百锭银子你说应该归谁呢？"

金福道："这屋子是我买下的，这甏银子在我买下的屋子里得到，当然应该归我所有。"府台斩钉截铁说："非也！你买下的是荣胜家的三间房子，没有买下他藏在夹墙里面的这甏银子。"金福感到不解，问："按大人的意思，这银子应该归谁呢？"府台说："目前，我尚心中无数，只要把荣胜给我找来，我就可以知道这甏银子应该归谁所有了。"

府台这话，听得大家一头雾水。

一会儿，当差把窑主荣胜给叫了来。府台问荣胜："你卖给金福的三间屋是祖传的，还是购买的？"荣胜说："我父亲叫荣绍扬，早年与祖父在陆墓镇上开馄饨店为生。赚了点钱后，在同治五年（1866）买下了屋基，造起了五间瓦房，当时我还是拖鼻涕、穿开裆裤的孩子。同治十年（1871），发生战乱，世道混乱，我祖父赚了一甏银子，生怕遇到不测，把这些银子匿藏了起来。至今，我家还持有祖父当年买下五间地基的契约。"府台听了，点了下头，说："你找来让我一看。"荣胜转身回家，翻箱倒柜，找到契约，返回村公所，把契约给了府台。

府台看了契约后，又问荣胜："你家造好房子之后，有没有转租给他人？"荣胜连连摇头，说："祖父、父亲和我一直住在那里，直到为了造大窑短少银两才把其中的三间瓦屋卖给了金福。这件事，街坊邻居都可以为我荣家作证。"末了，望了望金福和蔡大男，说："大人，我筑大窑烧金砖正缺银子，蔡大男、金福均说此银应属于他们所有。蔡大男是我朋友，俗话说，朋友情谊贵如金，我不会与他争这甏银子；金福与我家是多年邻居，俗话说金乡邻银亲眷，我不会为了这甏银子而伤了与他俩的朋友之情、邻里之情。黄金白银有价，友情、邻里之情无价。"

府台连连称道，接着沉思了半晌，对荣胜说："这甏银子，目前还不能说归你所有，因为你没有拥有这甏银子的证据。"

众人大惑不解。正在这时，荣胜父亲荣绍扬走了进来，"扑通"一声跪在府台面前，拿出了一张遗书，说："此氅银子确系我家所有，有遗书为证。"

府台接过遗书，展开一看，上书"有一氅银子，藏于屋内……"白纸黑字，一清二楚。

府台释然一笑，问荣绍扬："那你为什么在出卖房屋之时，不把这氅银子取走呢？"荣绍扬说："这张遗书是我父亲临终时交给我的，他没来得及说出藏在屋中哪里，两眼一闭，撒手人寰。以后我四下寻找，没有眉目，只能作罢。"

府台听了，当场做出裁决："此氅银子应归荣家所有。"吩咐当差把一氅银子当众交给了荣胜。

荣胜接过银子，喜笑颜开，说："这下，我造大窑再不用犯愁了。"荣绍扬从儿子荣胜手中接过那氅银子，一步一步走至金福面前，说："我父亲临死之前，还口头嘱咐了我一句话：'我在造房子时，曾向金福的父亲借银百两。'父亲嘱我日后如数归还，因儿子要修窑造窑，将家中的钱都投了进去，我手中无银，无法兑现父亲所嘱，这事一直是我心中的一块心病，现在这氅银子权作归还我父亲欠你家的债，加上利息，应该八九不离十了，请收下吧。"

这件事太让金福感动不已，一时不知如何是好。因为自己父亲去世前，压根儿没有交代荣家曾欠下他家这么多银子的事。

府台见了，哈哈大笑，赞道："诚者为富，义者为贵也。"

此时此情，让工头蔡大男和两个民工羞愧不已，上前向金福道歉。

金福说："其实当时我也有贪财之念，与荣胜和绍扬大伯相比，我实在羞愧啊！"

自此以后，荣胜、金福和蔡大男撮土为香，结为异姓兄弟，并以一氅银子作资，分别在陆墓镇之西筑起了东窑、西窑、南窑三座砖窑，烧制金砖。人们把这三座砖窑称为兄弟砖窑。

（张瑞照）

御窑金砖替帝师解围

苏州陆墓御窑金砖替光绪皇帝的老师翁同龢解难，此事由阳澄湖大闸蟹引起。

翁同龢是常熟人，常熟占了阳澄湖一个角，阳澄湖远近皆知。阳澄湖清水大闸蟹天下有名，翁同龢想把阳澄湖蟹宣传成常熟特产，且一直在寻找机会。

一次，光绪皇帝邀请老师翁同龢下棋，两人边下棋，边拉起了家常。翁同龢装作无意间提起的样子，用随意的口吻说道："我的家乡在江南常熟，每到秋天，富人们都喜欢持螯赏菊。"光绪听了，很感兴趣地问："常熟蟹美在哪里？"翁同龢说："常熟蟹有个很好听的名字，叫阳澄湖清水大闸蟹。这蟹黄毛金爪，青壳白肚皮，肉头细嫩，红脂流黄，味鲜无比。如果陛下想尝尝，不妨下旨让常熟县采办。"光绪说："那就请老师代拟一道圣旨吧。"

翁同龢要的就是这句话，他可以趁机玩点文字游戏，在圣旨里写上"着常熟县采办该处土仪阳澄湖清水蟹"，待这道圣旨一宣读，谁不给阳澄湖蟹打上常熟标签，谁就是欺君罔上，违抗圣旨，那可是谋逆大罪，谁敢以身试法？

不过，翁同龢毕竟久居官场，深知宦海风波难测，此事当以慎重为妥，不如先传个口谕下去，待皇上吃了蟹，看龙颜是否大悦，再决定发不发圣旨。翁同龢派了个心腹，日夜兼程赶回家乡，给地方官传递了口信。不久，一篓阳澄湖清水大闸蟹就从常熟八百里加急送到了皇城御膳房。光绪尝过后，确实觉得不错。一问价钱，心里不觉一惊，这么贵！光绪的好心情顿时大大打了折扣。

第二天，翁同龢给光绪讲完课后，光绪问道："老师家乡的蟹确实不错，大约卖多少钱一斤？"翁同龢随口答道："价廉物美，是一般蟹价。"光绪眉毛向上一挑，紧接着问："那么这次送来的蟹，为什么比任何地方的蟹贵了好几倍呢？"翁同龢心里觉得不是滋味，忙说："这个情况臣不明，不敢武断！"

光绪认为其中必有弊端，发话要求审查相关人等，一旦查实，严惩不贷。

翁同龢忧心忡忡地盘算：我只是想为家乡扬扬名，这才推荐阳澄湖蟹给皇上，怎么弄出了如此节外生枝的事情？若不抢在皇上下旨彻查之前平息此事，搞不好会兴起大狱。揩油揩到皇上头上了，被政敌捏到把柄，朝廷还有宁日嘛！翁同龢一面利用职权，压下光绪审查的谕旨，一面派亲信全程了解购蟹情况。

过了几天，翁同龢与光绪再次对弈，棋到半途，翁同龢带笑慢条斯理地说："前次采办之蟹，臣近日查知：阳澄湖水网密集，交通不便，车马辗转数日，又意外碰到一场闷头大雨，蟹死掉很多，弃死蟹七成，活蟹只剩了三成，故蟹价昂贵。"光绪听了老师的陈述，料到他是在掩饰，意在莫让这件小事引起政治上的轩然大波。光绪清楚，如果让反对维新的顽固派大臣借题发挥，抓住这件事不放，矛头所指，首当其冲的定是建议购蟹的翁同龢，而打击翁同龢的真正目的则是削弱他皇上的权威。光绪想明白了这里面的利害关系，决定不再追究此事，摆摆手，说："朕也不过偶尔尝一回鲜罢了，这件事就到此为止吧。"

事后，翁同龢想起来还要连连抹冷汗，用清水大闸蟹借皇上招牌替家乡扬名的念头，再也不敢有了。

翁同龢未曾料到，令他更为头疼的事接踵而至。慈禧太后在宫中耳目遍布，光绪吃蟹的消息很快传到了她的耳中，她很不高兴，让李莲英传话给翁同龢，说他眼里只有皇上，没有她这个"老佛爷"，否则为何不也替她采办些阳澄湖蟹？

翁同龢向李莲英赔笑脸说："李公公，敢问老佛爷需要多少蟹？"

李莲英皮笑肉不笑答道："不多。老佛爷自个儿吃些，赏后宫娘娘们、王公大臣们一些，翁大人，你估摸着办吧！"

翁同龢倒抽一口凉气，照这个数字，少说也得上千斤！但太后开了口，有他讨价还价的份吗？翁同龢心中有数，太后欲尝蟹鲜为其次，主要目的是借这由头整他。

翁同龢是咸丰六年（1856）殿试一甲一名，考中了状元，供职翰林院，又先后担任过陕西、山西乡试的考官。同治四年（1865），翁同龢奉旨在弘德殿行走，授读同治帝。光绪元年（1875）又奉旨在毓庆宫行走，授读光绪帝，前后达二十余年。由此可见，慈禧太后对他很信任，放心地将两任皇帝的教育重担交给他来挑。同时，慈禧太后也给了他很大的回报，不断提拔他，让他官至户部、工部尚书，再做到军机大臣兼总理各国事务衙门大臣。可是，翁同龢渐渐让慈禧太后失望了，因为他对光绪帝，除了教授四书五经等儒家经典外，还特意安排了许多中外史地、科技和早期改良主义著作，引导光绪帝关心现实政治，留意中外大势，清除积弊，力振纲纪，这就和慈禧太后的想法大为相左。尤其是在维新变法问题上，当时已形成"后党"和"帝党"，翁同龢站在光绪帝一边，在慈禧太后眼里便是"帝党"的重要角色，少不得要找他碴儿，给他一些颜色瞧瞧。这次要他采办湖蟹千斤，明摆着是让他完不成任务，往他头上按个"办差不力，怠慢太后"的罪名，轻则训诫、罚俸，重则降职、开缺。翁同龢久历官场，置身中枢，这点玄妙还会看不出吗？

翁同龢没有其他选择，只得放下手头一切政务，急匆匆回转家乡，亲自去筹措那么庞大的一批蟹货。谁知常熟县所能管辖的阳澄湖水域微乎其微，根本莫指望能提供如此之多的清水大闸蟹。

阳澄湖位于常熟、昆山、长洲之间，既然常熟采办不了这么多蟹，翁同龢就心急火燎赶往昆山，希望昆山县伸出援手。昆山县令说："鄙县倒是愿意为翁大人解燃眉之急的，但翁大人有所不知，阳澄湖十分之七的水域在沺泾，清水大闸蟹的主要产地也在那里。沺泾隶属长洲县，请翁大人赶紧去知会长洲县，他们才能帮你解决难题。"翁同龢又马不停蹄前往长洲县，长洲知县说："今年阳澄湖蟹恰逢小年，出产本就不多，偏偏翁大人又有荐于皇上品尝之举，令此蟹名声隆起，形成抢购之风，货源早已告罄，卑职是一点办法也没有了。"

其实，昆山、长洲两地官员接到了"后党"大臣的密信，要他们阻挠翁同龢购蟹，让他空手而归，慈禧太后就能借这个由头惩罚他了。翁同龢无计可施，愁眉苦脸地绕湖打探，看看能否从渔民手中零星收购，积少成多，凑满千斤。这一日，翁同龢来到一个村庄，住宿在一家客栈之中，晚饭时分，店家端上一盘螃蟹，翁同龢一看，乃是正宗阳澄湖清水大闸蟹，忙向店家打听，这蟹可否大量买到。店家告诉他，这里是陆墓镇东部，领有阳澄湖四千余亩水面，蟹产量甚多，要个上千斤毫无问题。翁同龢长长舒了一口气，心想自己面临的一道坎或许可以迈过去了。

镇上湖蟹的产销全在隆兴渔行的掌握下，翁同龢找到隆兴渔行老掌柜，要他提供千余斤货。老掌柜说，蟹是有的，翁大人存心想要，得先替我买来一批御窑金砖。原来，隆兴渔行的前一任掌柜，不知什么原因得罪了陆墓所有窑户，窑户们一致决议，定下一条规矩，永世不卖一块砖给渔行。现在的这位老掌柜要翻建宅院，雕花门楼须用御窑金砖砌造，已多次与窑户接触，窑户没有一个松口的，老掌柜正在为此事发愁。老掌柜觉得，翁同龢在朝为官，在百姓中口碑不错，由他出面，窑户们说不定肯买他面子，改变几十年前定下的那条规矩。故而，当翁同龢前来购蟹时，老掌柜趁机提出了这一交换条件。

翁同龢赶紧去和陆墓的窑主商量，他放下身价，走进一家家窑户，将自己遇到的难处诉于他们，求他们帮忙。窑户们通情达理，当即答应卖一批金砖给隆兴渔行老掌柜去造门楼。翁同龢则顺利购足千余斤清水大闸蟹，运回京城，向慈禧太后交了差。

翁同龢这次得以渡过难关，靠的是御窑金砖。

（卢　群）

"三缺一"英杰像

清光绪年间，苏州陆墓有个慕姓窑户，世业烧制金砖，且多才多艺，会木工，会雕刻，人称"慕能人"。慕能人读过几年私塾，识文知书，懂得忠良报国的道理，所以，当谭嗣同蒙难的消息传来，他气愤难抑，泪如雨下，大叫一声"天哪"，喷出一口鲜血，顿时昏死在地。

谭嗣同（1865—1898），中国近代著名政治家、思想家。他认为效法西方政治制度，发展民族工商业，中国方能强盛；他主张变法维新，改官制、废科举、兴学校、办工厂、开矿藏、修铁路、购轮船；他写文章抨击清政府，直指权贵卖国，痛斥当政辱邦。1898年变法失败，谭嗣同被杀，年仅三十三岁，与他同时被害的有维新人士林旭、杨深秀、刘光第、杨锐、康广仁，史称"戊戌六君子"。

谭嗣同本来是可以不死的，他至少有三次机会躲过身首异处之劫。在谭嗣同遭弃市前二十天，其父谭继洵接连发出三封紧急家书，要他急流勇退，退出变法，以避"杀身灭族"之祸。谭继洵官至湖广总督，政治经验丰富，对表面热焰烹油、风光无限的变法注定短命的结果，洞若观火，所以他对谭嗣同晓以利害，以保全儿子。然而，这时光绪帝刚授谭嗣同四品"军机章京"，让他进入决策层，视他为变法的核心人物。谭嗣同正踌躇满志，打算甩开膀子大干一场，根本听不进父亲的规劝，失去了这次及时全身而退的机会。

"百日维新"昙花一现，慈禧太后一出手，"帝党"顷刻崩溃，全军覆没。光绪帝被囚瀛台，维新派作鸟兽散。梁启超亡命之际，不忘相劝谭嗣同，说大势已去，你和我一起走吧，保存实力，以图将来。谭嗣同一口拒绝，说："不有行者，无以图将来；不有死者，无以酬圣主。"他坚持留下，失去了第二次逃生的机会。

梁启超躲进日本使馆后，日本人出于笼络中华精英，以备日后使用之目的，表示也可以为谭嗣同提供保护，让梁启超捎口信给谭嗣同。这是最后的机会，谭嗣同却坚辞不受，说："各国变法，无不从流血而成，今中国未闻有因变法而流血者，此之所以不昌者也；有之，请自嗣同始！"谭嗣同命仆人敞开大门，自己沏一壶香茗，安详地品着茶，坐等官兵拘捕。看他神情，真有佛家"我不入地狱，谁入地狱"的气概。

第二天，谭嗣同被逮下狱。他知道太后绝不会放过自己，因为他做的事令太后咬牙切齿。几天前，"帝党"获悉太后欲借"天津阅兵"的机会废光绪帝，于是，9月18日夜，谭嗣同只身前往法华寺袁世凯住处，鼓动手握军权的袁世凯发动兵谏，包围颐和园，杀荣禄、囚慈禧，以解皇上危难。袁世凯一口应允，可是一转身，便向荣禄告密，出卖了维新派。谭嗣同与太后结下了这个"梁子"，当然必死无疑，他不逃不躲，就是准备交出自己一条命。谭嗣同题诗狱壁，表明了他的这种心情："望门投止思张俭，忍死须臾待杜根。我自横刀向天笑，去留肝胆两昆仑。"

9月28日，谭嗣同等六人被押赴菜市口，同时被害。临刑前，谭嗣同大呼："有心杀贼，无力回天。死得其所，快哉快哉！"但是，他死得一点不痛快，别人都是一刀断首，他却一连三刀也没将头颅砍下来。颅离颈连，其痛难以形容，但谭嗣同仍坚持倔强地跪坐着，努力保持最后的一点尊严。监斩大臣刚毅命令将谭嗣同直接按倒在地，刽子手又连续剁了几刀，总算让谭嗣同断了气。谭嗣同临死多受这份罪，是当局有意为之。

谭嗣同这样的人物，是慕能人心中的偶像，谭嗣同之死，引起慕能人的如此悲恸，并不奇怪。慕能人经家人抢救，总算缓过一口气来，一条命不曾丢掉，但他心中丢不开谭嗣同，躺在病床上不时想起这位英雄，并从谭嗣同联想起历史上两位同样一心为国，却被朝廷杀害的大忠臣，一个是岳飞，一个是于谦。

岳飞率领岳家军抗金的事迹，家喻户晓，他的《满江红》，孺子能诵。这位为保卫南宋半壁江山屡建奇功的元帅，最后被南宋皇帝赵构授意奸相秦桧，将其勒死在了风波亭。这桩冤狱，天下皆知，这里就不详述了。至于于谦，一般人不太熟悉，不妨多说几句。

于谦（1398—1457），明永乐进士，官历监察御史，河南、山西巡抚，兵部侍郎、尚书，有勤政爱民美名，被称为"于青天"。正统十四年（1449），蒙古瓦剌部来犯，明英宗朱祁镇好大喜功，轻率地带了五十万大军去迎战，在河北怀柔县土木堡全军覆没，自己也当了俘虏。这个事件，史称"土木堡之变"。消息传到北京，朝廷上下一片惊慌，大臣们都觉得塌了天，拿不出一个章程来，唯一可行的，就是逃跑。英宗之弟郕王被临时拉出来监国，征求大臣们意见时，乱纷纷响起的全是一阵阵"南迁南京""南迁杭州"的聒噪,这时,猛听得一声断喝:"主张南迁者斩!国难如此,臣当为天下求此救!"

大臣们被喝住了,一个个噤若寒蝉,不再吱声。及时发出这声断喝的于谦,抓住时机,慷慨激昂地陈述他的道理:"京城乃天下根本,一动则人心乱,大事败,故而,倡南迁者祸国罪莫大焉。方才的议论还可当作一时糊涂,再有蛊惑此事的,就是动摇国家根本了。诸位切莫忘了康王南渡是怎样伤害了国家啊!"接着又郑重提出:"国不可一日无君,我们应该奏请皇太后同意,今天就立郕王为新皇帝,天下军民便有了主心骨,可以统一调度,才谈得上保卫京师。"

在于谦的力主之下,郕王朱祁钰被立为新君,即明代宗。代宗任命于谦为兵部尚书,把抗击瓦剌,保卫国都的一副重担压在了他肩上。于谦义无反顾地全身心投入战前准备工作,他把将士集合起来,泪流满面地鼓动说:"大片国土沦丧,这是大明的耻辱,敌人又要来攻打我们的皇城,一旦被他们得逞,国家就要亡了,我们必须用身躯来阻挡这样的结局。我今年五十一岁,如果逃到南方去,死后骸骨不愁没有三尺黄土安葬,但是我决心与京城共存亡,请你们帮助我为国而战。我们这条命从今天起,就不属于自己了,我们的命是国家的!"将士们的士气经过整顿给鼓舞起来了,可作守城之用了。

瓦剌军到北京城下,以人质英宗要挟大明君臣。代宗继位后,承认英宗为"太上皇",现在太上皇在阵前喊话,要北京军民放弃抵抗,这个压力是不小的。就在这关键时刻,于谦扛住了压力,挺立城楼放声说道:"瓦剌听着,你们吓不倒我们,我们已经另立新君!社稷为重,君为轻,这是我们老祖宗孔圣人教导的,你们别来这一套了!"有人提醒于谦:"你提议郕王继位,已经很犯忌了,今天又不管太上皇死活,要想想后果啊!"于谦淡淡一笑说:"我做的这一切,都是为了国家,不是为了一己私利。我对得起自己!"

于谦领导的北京保卫战打胜了,瓦剌军退了兵。英宗被朝廷赎回后,暗地里笼络了一帮人,趁代宗生病,复辟成功。于谦被安上个"谋反"的罪名,绑赴菜市口斩首。于谦临刑,监斩官问他:"你服不服罪?"于谦哈哈大笑,说:"当年我统率天下兵马,几十万大军任我调遣,我不反,现在我秀才一个,倒来谋反?这个玩笑太蹩脚了!"

于谦死后,按惯例抄他家产,只抄出了几本书,什么值钱的东西也没有。这时候，人们对他的《石灰吟》有了更深切的认识，《石灰吟》曰："千锤万击出深山，烈火焚烧若等闲。粉身碎骨全不惜，要留清白在人间。"

了解了岳飞和于谦的行状，就明白了慕能人为何将谭嗣同与这两位义薄云天的大忠臣相提并论。在慕能人看来，这三人无一例外都体现出了"宁为玉碎"的气节，都表现得慷慨激烈、动人心魄。慕能人越想越激动，抑制不住要把这想法表示出来的冲动。他不顾病体，精心挑选了自家砖窑出产的三块金砖，决定雕刻一组"中华三英杰像"。这组砖雕完成后陈列出来，人们看到第一块雕着岳飞画像，第二块雕着于谦画像，第三块却空白着，不过，虽然空白，人们仍旧清楚这第三块金砖，分明是为谭嗣同留着的。因为，慕能人在前两块砖雕下方各摆一只香炉，而在第三块金砖下方，摆的却是一只小坛子，"坛""谭"同音，其意不言自明。慈禧太后正在严查谭嗣同"余孽"，慕能人若是公开雕出谭嗣同画像以兹纪念，岂不是自己往枪口撞吗？慕能人用这个办法，既表达了自己对谭嗣同的敬意，又让官府无把柄可抓，实属聪明之举。

这组砖雕，被人们称作"'三缺一'英杰像"。这里的"三缺一"，不是麻将桌上三位麻友缺一个"搭子"，而是本应雕上三位民族英雄，却因时势使然暂缺一位。

（卢　群）

董小娥力擒盗贼

　　董小娥是清代光绪年间苏州陆墓陈窑制砖师傅董成的女儿,年方十八,她年少力擒盗贼,因而名声大噪,广为传颂。当时,苏州城里城外,妇幼皆知。

　　董小娥力擒盗贼一事,得从陈窑窑主陈肇源患病说起。

　　陈肇源患了病,主持窑场力不从心,为了能使陈窑窑烟不断,他书写了告示一张,上书"愿意将大窑承包出去一年"。

　　陈肇源把告示贴出以后,不少大窑师傅跃跃欲试,因为告示上写得明明白白,所得利润,全额归承包人所有。但有一条款又使人望而却步,即要求承包人承包期内所烧制的砖块,必须合格后方始可以出售,否则,视为违约,不但立时中止合同,还要罚银百两。

　　董成是陈家大窑的师傅,技艺精湛,大伙儿力荐他出面承包。他婉言谢绝,说:"我虽身体硬朗,但毕竟年届六十了。承包大窑,责任重大,担子沉重,还是让年轻后生去干吧。"但他表示,如果哪个窑工师傅站出来揭下承包告示,自己一定会出手鼎力辅助。

　　陈肇源贴出告示三天,前来看热闹的乡亲成百上千,却无人上前揭榜。他正在为难之时,一个头戴毡帽的瘦长汉子将告示揭了下来。众人一看,揭榜的是赖皮小三子,不由得连连摇头。

　　赖皮小三子三十岁左右,大名叫倪昌。他原来在陈窑做过烧窑工,但他嫌这活儿太辛苦,一辈子也发不了财,于是离开了陈窑,投奔陆墓镇上的一家南货店店主。店主见他嘴巴甜,"门腔"活络,便雇了他。第一年,南货店店主见店内利润丰厚,在年终时多给了他几两银子。倪昌有了几个小钱,自己独立门户,也开了家南货店。一年之后,他觉得开南货店充其量只能解决温饱,他遂把小店交给老婆打理,自己走进了镇上的赌场碰运气。时来运转,他在赌场上做了几次手脚,赢得了一笔钱。当有人发觉他有抽老千之嫌,正要对其"开刀"之时,他抽身走出赌场,与社会上的几个小混混为伍，干起了偷鸡摸狗的勾当。俗话说捉贼捉赃，由于他做事不显山露水，也没人抓住他的小辫子，所以人们不能拿他如何。为了有个靠山，他与官府的公差勾结，不是去酒店推杯换盏，就是一起去风月场所宿夜。有了官府当差撑腰，他更是有恃无恐，吃霸王餐、收保护费，横行乡里，乡亲们敢怒不敢言。

倪昌揭了告示，去了陈肇源家。陈肇源知道倪昌底牌，有心收回承包意向。倪昌发话了，说："你陈窑主是陆墓场面上的人物，岂可说话不算数？"陈肇源一时支支吾吾，说不上话来。为了让倪昌死了这条心，陈肇源说："这榜上的条文你看清楚了，要是砖块质量不达标，买者投诉，不但要中止合同，还要罚银。"倪昌说："你别门缝里瞧人，把人看扁了。我倪昌也是条汉子，要是我承包期内制的砖不合格便出售，别说罚银百两，就是千两我也愿。"陈肇源说："你为什么非要一条弄堂走到黑，在这棵树上吊死呢？发财的路多着哩。"倪昌说："不是有句俗话嘛，叫'饿死胆小的，撑死胆大的'，不冒点风险，发得了财吗？"

倪昌把话说到这个份上，陈肇源没法，只得请来当地保长当着众人的面，与倪昌签订了承包陈窑一年的合同，并把陈窑的推车、模具，以及库房的钥匙等都列出清单交给了他。董成知道倪昌不是走正道的人，听说他出面承包陈窑，辞去了制砖师傅之职，另择窑主。

倪昌得知后，带了礼品去了董成家，说："你是陈窑的师傅，怎么能走？你留下来跟我干，有什么条件，只管开口。"董成说："你要不按照陈窑主的窑规制砖售砖，你给我金山银山我也不干。"倪昌说："董师傅，我也在大窑里干过烧窑的活，陈窑的规矩我懂。我在这里当面鼓对鼓、锣对锣地对你明说，你不但把关制砖各道工序，连金砖正品库房也由你把守，有了利润，我和你董师傅二一添作五，有福同享。"经不住倪昌掏心挖肺的一番话，董成点了头。

倪昌掏出制砖工具清单及库房钥匙，交给了董成，临走时，还抛下一句话："我什么事都交给你董师傅了，这是我的一番诚意，但丑话要说在前头，出窑的砖放进库房，都得有个明细，要是数字少了，怎么算？"董成说："也按规矩办事，少一罚三。"

倪昌说："好，就这么办，大丈夫一言九鼎。"

陈窑新年过后开张，苏州、南京、无锡、常州等地的官宦人家、士绅商贾造房搭屋，都慕名前来订货。望着一张张订单，倪昌屈指计算日后可能赚到的红利，一张嘴乐得像菩萨面前敲开的木鱼。

陈窑点火后，一批又一批的金砖出炉，金砖经验收后又一批一批储进库房，而后根据商家的订货单又一批一批运出，一直相安无事。是年六月，董成在一次出库验收金砖中，发现少了一百块金砖。这一百块金砖折成银两，又根据董师傅与倪昌立下的少一罚三规矩算，他辛苦做了半年，不但拿不到分文银两，还要倒贴给倪昌纹银百两，这使他蹙起了眉头。

董成的女儿小娥问父亲为何事犯愁，他一五一十地说了出来。小娥说："会不会计算砖块出入有误？"董成连连摇头，砖块计算，有出窑时的初算、进库时的复算，白纸黑字，笔笔清清楚楚，何况他复核了三遍。小娥说："那么会不会看守疏忽，让毛贼钻了空子？"董成又连连摇头："我检查了库房的窗户、门框及库房上的铁锁，都完好无损，怎么可能是毛贼作案呢？"小娥说："那一定是窑工监守自盗了，否则怎么解释？"董成双手乱摇："几十个窑工兄弟与我一起干了这么多年，个个规规矩矩，老老实实，绝不会干偷鸡摸狗的勾当。"小娥说："为了查个水落石出，女儿倒有一个主意。"她凑近父亲耳边，悄悄说了一通。董成说："事到如今，只能如此了。"

董成怎么会放心才十多岁的女孩子去勘查金砖失窃之案呢？因为他知道女儿有这个能耐。

小娥自幼在悟真道院跟道长善福学过拳术，罗汉拳、八卦拳、猴拳、醉拳、对子拳都会；十八般兵器她舞过挺枪、剑，使过双刀、双剑、双拐，丢缸、挥石锁、举石担、挥火烙箍等也不在话下，并能用拳术和兵器与人在杠棒上格斗，艺高胆大。

不久，又一批金砖出窑，这些金砖有八百余块，价格不菲。董成安排八个窑工轮流值夜之外，为了遮人耳目，把女儿小娥作为外来的勤杂工招了进去。小娥扮作小伙子，为这八个值夜窑工烧水送茶，做夜点充饥。

一连几天无事，等到装砖的木船来了，把金砖装到船上，分毫无差。又过了三个月，又一批金砖出窑，放进库房再装上船，进库出库数相符。董成把女儿小娥唤回家中，说："小娥啊，你一个女孩子装成勤杂工，整日在库房旁的小竹棚里与窑工混在一起，我总放心不下。"小娥说："为了查出毛贼，我吃点苦算什么，再说女儿有一身武艺，谁敢非礼于我？"

董成拗不过女儿，只得让她继续去库房值夜。

转眼又过去三个月，年底了，又一批金砖出窑，窑工们把金砖运进库房。关上库门之后，董成心想，只要这批金砖在明后两天由商家运走，就大功告成了。因为一年了，自己与倪昌的合约期已满。再说，他在上半年因为失窃金砖，按照缺一罚三吃了亏，但下半年金砖合格率高，基本上可以扳回来扯平。他对女儿小娥说："这几天西北风劲吹，看守库房的竹棚四面无墙，用竹子挡着，寒冷无比，不如这两天让值夜的窑工把眼睛瞪大些，你就回家来住吧。"小娥说："只有把库房里的这些金砖运走，女儿心上的一块石头才会落地。天冷算什么，不能认为年关了，就放松警惕啊。越是年关，越要警惕，不然会功亏一篑啊。"董成觉得女儿小娥言之有理，频频点头称是。此时，小娥从怀里取出一只羊角号子，说："如若女儿遇到歹徒，势单力薄，一时擒拿不下，会与父亲联系。"

董成连连称赞女儿想得周到。

这夜，月黑风高，呼呼西北风劲吹，气温骤然下跌，到了下半夜，又下起了大雪，漫天飞舞。库房值夜的四个民工和小娥在库房旁边的竹棚里，冻得浑身瑟瑟发抖。扮作勤杂工的董小娥为了给值夜窑工取暖，烧了些热水，让他们热脚焐手。

正在这时，小娥无意中瞥见一个瘦长的身影向竹棚这边走来。小娥说了声："有人！"四个窑工移目一看，从腰间拔出佩带的家伙，操执在手。不想那黑影径自走进竹棚，笑呵呵地向大家问好："诸位兄弟，辛苦了。"窑工们借着灯光一看，来人却是倪昌，大家松了口气。

有个窑工说："倪老板，这么冷的天不在家里睡觉，来这里干吗？"倪昌说："谁叫我承包了这窑呢，一日未满，我十二个时辰不安啊。再说你们为我在这么冷的夜里值勤守夜，我过意不去啊。如今，接近年关，为了表示点意思，我给你们带来了一甏横泾烧酒和一些卤菜，你们边喝酒边守夜，或许可以暖和一些。"言罢，拿出一只布袋子，从里面取出了一甏酒、两包卤菜。窑工们见了，十分感激，异口同声道"谢谢，谢谢！"倪昌说："说什么谢呀，说谢的应该是我，你们这两天给我值好班，待卖出了这些金砖，我还要好好酬谢你们这些弟兄。"

值夜窑工听了，个个乐得眉开眼笑。

董小娥拿过烧酒，打开盖子闻了一下，醇香扑鼻。倪昌用审视的目光望了望小娥，说："这位小兄弟怎么这么脸生。"小娥说："天气冷，董师傅吩咐我来为窑工们烧火沏茶、做夜点。"

倪昌依然一脸狐疑。董小娥返身对四个窑工说："弟兄们，这好酒可香啊，来喝酒！"

倪昌见众人打开瓶子，喝了起来，说一声："仰仗各位兄弟了！"偷偷一笑，走出了竹棚。

不一会儿，四个喝了烧酒的窑工一个个宛若着水的泥菩萨，瘫作一团。董小娥佯作喝酒，但并未下肚，乘人不备，一口口吐在地上，所以头脑十分清醒。她见四个窑工烂醉如泥，一会儿呼呼大睡，进入梦乡，知道酒里有诈，正要手执家伙前去库房巡看，却见一个蒙面瘦高黑影蹑手蹑脚走来，她便放下家伙，佯作烂醉伏在台桌上。

那黑影进了竹棚，见值夜众人均已鼾声如雷，狡黠一笑，走出竹棚。

董小娥见蒙面人一走，立即站起，拿着家伙，尾随其后。

瘦高黑影到了外面，步至库房门口，从怀中掏出两块火石，碰了一下，在黑夜中发出几朵火光。紧接着，不远处的翠竹丛中窜出四条黑影，直奔库房。

瘦高黑影随即从怀里取出钥匙，"咔嚓"一声，打开了库门。一会儿，四个黑影在瘦高黑影的指挥下，从库房搬出了一块块金砖，向小河旁的一条木船走去。

董小娥趁五个蒙面黑影把手中的金砖放上木船，返身走向库房再去取金砖之际，纵身一跳，躲至木船舱内。大约过了半个时辰，木船已装上了满满金砖。此时瘦高黑影将手一挥，另外四个黑影正欲跳上船去，木船突然离岸驶至河心，五个蒙面黑影不由得愕然不已。

"毛贼，往哪里走！"原来这是董小娥手执竹篙把木船撑至河心。接着，她将竹篙在河底一点，纵身一跃，飞也似的跳上了岸。

蒙面黑影先是一愣，一看对方只有一人，又是十分矮小，连忙招呼四个帮凶，一齐"锵锵"拔出腰间佩刀，"哗"的一声，把董小娥团团包围。董小娥一点儿也不慌张，"呼"地蹲下身子，一个金刚扫地，跃身往上一蹿，拔出佩刀，向五个蒙面黑影扑去。

董小娥与五个蒙面黑影打了四五十个回合，不分胜负。此时，瘦高蒙面人发出狠话："谁把这个小子给我拿下，事后小爷赐他十两花银。"四个蒙面黑影一听，来了精神，使出浑身解数，向小娥扑去。

董小娥见一时取胜不了，卖了个破绽。五个蒙面黑影冷笑一声，持刀砍去。小娥侧身一避，五人扑了个空。此时，她往下一蹲，纵身登上了一旁树杈，随即取出身上的羊角号子，吹了起来。

在家中歇息的董成听到羊角号子声响，立马取出铜锣，推门而出，一面大喊："去陈窑抓毛贼！"一面使劲举槌"喤喤喤"敲了起来。村民和窑工听到铜锣、号子声声，知道陈窑有事，纷纷操起锄头、杠棒、扁担等家伙冲出家门，在董成师傅的带领下，"噌噌噌"直奔陈窑。

五个蒙面人见状，撇下小娥，夺路而逃。董小娥从树上"噗"地跳下，尾随不舍。当四面八方的村民和窑工操着家伙赶至，五个蒙面黑影穷途末路，只得丢下家伙，跪地求饶。董小娥一个箭步冲上前去，揭下五个蒙面人头上的黑布。五个蒙面人在火把照耀下，现出本来面目。四人是陆墓镇上的混混，为首一人正是赖皮小三子倪昌。

原来倪昌自承包陈窑之后，故意把大权交给董成。他在与董师傅达成出合格金砖及保管库房的合约后，配制了库房钥匙。当合格金砖放入库房，他假作关心，给值夜窑工送去酒菜。其实他在酒内放了蒙汗药，当值夜窑工昏睡过去，他便与混混们去库房里行窃金砖。上半年倪昌出手成功，乐不可支。临近年关，他故伎重演，心想，如若这次成功，不但可把责任推到董成师傅身上，拿到一笔罚款，而且又可将窃得的金砖卖了换钱，一箭双雕。可他的如意算盘却被董小娥识破，并把他和他的同党生擒活捉。

董小娥与乡亲们把歹徒押至长洲县衙处置。知县正在升堂理案之时，陆墓乡亲送来了要求严惩倪昌的万民状。报至府台，府台衙门遂把这个十恶不赦之徒发配至边陲劳役。

（张瑞照）

喜结连理

清朝宣统年间，苏州陆墓御窑有两户人家，村南王家和村北李家，都是世代制砖窑主。

南窑王家有两个孩子，一男一女，独子王家柱跟随父亲制作金砖，王家虽不是大户人家，在村里人眼中却颇有声望。儿子王家柱勤奋好学、吃苦耐劳，村里人都夸他是个好小伙。

北窑李家只有一个独生女叫荷花，自小乖巧玲珑，深得父母的宠爱，她做得一手好针线，做家务也很勤快，待人接物也是和蔼有加，村上人对她赞赏不已。李家有家传的制砖绝技，为了继承香火，想招赘女婿上门。村上人都说要是谁家娶得这个女孩做媳妇，就是前世修的福了。

王李两家的友好相处和往来，营造了一个和谐的氛围。家柱和荷花自小就友善相处、真情对待，青梅竹马过了懵懂的童年岁月，长大了相互倾心爱慕，虽然没有公开言明，但大家心照不宣，瞎子吃馄饨肚里明白。

陆墓镇上有个魏家，是在镇上开杂货店的，店面虽说不大，但因魏老板懂得经营之道，生意倒是十分兴隆。魏老板养了三儿一女，大儿子已经结婚，他正在为另外两个儿子物色对象。

一天，荷花上街去魏家店里买东西。魏老板见了她，认得这是御窑李家的女儿荷花，便支开伙计，上前搭讪："荷花，今天上街来要买些什么东西啊？"

荷花很有礼貌："魏老板，我想要买些针线。"

魏老板遂从柜台里把两个木盒拿了出来，盒子上面配有玻璃盖，盒内的东西一目了然。一只木盒内有好几只小盒子，小盒子里面摆放着长短、大小不一的缝衣针，另一只木盒里面是各种颜色的棉线和丝线。

魏老板对荷花说："要什么你可以拿出来仔细看。如果这里没有，你就对我说，我再到里面去拿。"

荷花挑选了一些针和线，说："就这些了，给我包一下吧，多少钱？"

魏老板说："这也要不了多少钱，你拿去吧。"

荷花说："不行，买东西付钱，天经地义。"

魏老板说什么也不肯收，荷花拗不过魏老板的热情，只好说："谢谢魏老板，那我就不客气了。"

荷花拿了针线，和魏老板道别。

等荷花一走，老板走进客厅，和老婆谈起了想讨荷花为儿媳之事。夫妻俩商量来商量去，觉得荷花是李家的独生女，就先托媒人前去投石问路。

过了三天，媒人回音来了，说："我与荷花家父母见了面，好说歹说地花了一个多时辰……"

魏家夫妇急着问："那李家怎么说呢？"

媒婆说："他们说就这一个女儿，准备要招女婿上门。我说魏家有三个儿子，可以让他的儿子多照顾你们一些。"

魏老板家老两口连忙附和着说："是啊，是啊。"

媒婆说："后来李家两口子有些松动了，说了一句话：魏家有三个儿子了，是否可以出来一个到我们李家做儿子。我答应三天内给他们回音。这个事你们商量一下，明天我来听回音。"说罢，媒婆起身告辞。

魏老板夫妇把媒婆送出门后，就商量起这事了。两人决定，先谈讨媳妇进门，实在不行就让老二去做他们的上门女婿，其他的事等他们结婚以后，看情况慢慢再说。

第二天，媒婆上门来了，魏老板把自己的打算说给了她听，要她尽力周旋，成事之后，自然不会少了她的好处。

媒婆到了李家，凭着她的三寸不烂之舌，把魏家的二儿子说得知书达理，方圆百里难挑。

老李开口说："对于魏家我们是知道的，但是对他家的儿子我们不熟悉，最好是能够了解一下。"

媒婆听老李说了这个话，知道李家有和魏家结亲的想法，立刻到了魏家，把去李家的情况详细地说了一遍。魏家决定后天和媒婆一起去李家，为儿子上门求亲。

到了后天，魏老板带了些礼物，和媒婆兴冲冲地往李家而去，李家想不到魏老板会上门来，一番寒暄过后，双方就谈起了正事，最后商定明天李家夫妇俩到镇上魏家走动走动，亲眼看看魏家的老二。

魏老板回家以后，嘱咐儿女明天都要打起精神，不要失了礼仪。魏家老二很高兴，因为他知道荷花人长得漂亮，而且很能干，他心中早已喜欢上了荷花。

一宿易过，已到明朝，李家夫妇来到了魏家。魏老板早在店门口候着，把二位客人接入店后面的客厅。魏家儿女先后上来请安，魏老板于是把自己的儿女介绍了一下。在魏老板的再三挽留之下，李家夫妇在魏家吃了午饭才回家。

老李夫妇回家后，商议女儿是出嫁还是招赘，最后一致认定：魏家条件比我们好得多，荷花嫁过去后，小夫妻俩对双方老人都会照顾，生了第二个小孩就随李家的姓，那就这么定局吧。

李家夫妇把荷花叫到了房间里，把想与魏家结亲之事告诉了女儿。荷花一听，马上反对，她一心向着王家的儿子王家柱。母亲好说歹说，荷花就是不听。李家夫妇认为，家柱毕竟是靠起早贪黑做苦活累活营生的，女儿嫁给魏家可以衣食无忧。荷花为此号啕大哭。

荷花和家柱偷偷见面，荷花让家柱要他父亲马上前去提亲。家柱的父亲听说李家和镇上魏家攀附姻亲的消息，也曾思量过此事，现在家柱回来说了荷花的意思，他当晚就去了李家。老朋友相见，老王直接谈起了儿女之事，老李显得非常为难，老王只好闷闷不乐地回家了。荷花得知王家提亲未成，一连几天像丢了魂似的，躺在床上不起来。李家夫妇寻思，让她自己好好想几天，总会想通的。

这一天，媒婆又到李家来说："魏老板有要事和亲家商议，希望明天到镇上魏家叙叙。"老李答应了。

第二天，老李一个人去了陆墓镇上魏家，与魏老板定下了在下月初三正式上门下聘礼，大年初三迎亲。魏老板娘亲自下厨，烧了几个拿手好菜招待准亲家。酒足饭饱后，老李就晃晃悠悠地回家了。魏老板见老李步履踉跄，遂吩咐老二送未来的老丈人回家。

一路上魏家老二跟在老李身后，当走出下塘到田间沟渠的大堤上时，老李身子一晃，跌下了堤岸，动弹不得，直呼疼痛不已。魏家老二长这么大从没见过这样的阵势，一时手足无措，呆在了原地团团打转。路过的村上人见此情况，跑回村里通知了荷花母女。荷花母女心急慌忙往堤岸跑，经过村南，告诉了王家。家柱和他父亲带了扁担、绳索和门板，又叫了几位乡亲，跟了过来，把老李抬上了门板。老李还在惦记出窑的事，老王对他说："出窑确实不能耽搁，不然一窑砖瓦报废，损失不小，这件事就由我去替你做。你的伤腿也耽搁不得，先让家柱他们把你送到镇上张郎中家，如果张郎中治不了，就送到苏州齐门葛家诊所，他专治跌打损伤，一定不会让你落下残疾的。"

老李这才放心，同意去治伤。魏家老二因为帮不上忙，就回家了，还把老李摔伤一事讲给了父亲听。魏老板没当回事，说："老骨头老腿，经不起折，断了也不用大惊小怪。等你丈人看病回来，你拿些钱去给他买点补品，就得了。"

荷花母女跟着担架先到镇上张郎中家，将老李的伤腿简单包扎了一下，立马转送齐门葛家诊所。一路上抬担架的几个乡亲轮流换杠，家柱则忙前忙后，累得汗流浃背，气喘如牛。老李夫妇十分感动。众人将老李抬到齐门，葛郎中给他做了紧急正骨手术。家柱让乡亲和荷花母女先回去，自己则留下侍候老李。

第二天，荷花来葛家诊所补缴医疗费，告诉父亲，家里的窑已经在昨天全部出清了，装砖的船也已经到了，准备今天早上就装船，家里都有王伯伯张罗着呢。老李听了，心里一阵感动。

过了几天，葛郎中检查了老李的腿伤后，说："你可以回去静养了，至少要卧床三个月。这几天你儿子很辛苦，以后三个月还得辛苦他继续服侍你，有这样的儿子，你真是好福气。"葛郎中把家柱当作了老李的儿子。说者无心，老李听了心头一热。

家柱带信回去，家里来了木船把老李载回了御窑。家柱跟着一起到李家，把他安置好后才告辞。

家柱走后，老李是感叹不已。想想这几天多亏王家父子俩，尤其是家柱，在葛家诊所服侍我，真比亲儿子还亲。这么一想，老李的心思改变了。

三个月很快就过去了，家柱约了两个朋友一起摇船载了老李到齐门葛家诊所复诊，经过诊断，老李基本上已经恢复，可以拄着拐杖下地慢慢行走。回来以后大家都很开心，李家准备了一桌丰盛的酒菜，宴请了王家父子和村上热心帮忙的乡亲。

李家夫妇经历这次遭遇，两人重新商量起女儿荷花的终身大事。两人认为王家是真心实意的人家，家柱为人厚道，如果将女儿嫁给他准没错。李家夫妇把这个想法给荷花说了，荷花喜上眉梢。

李家托了村上有威望的老人和王家商谈儿女的亲事，王李两家自然一拍即合。

秋收过后，王李两家正式结亲，家柱与荷花喜结连理。

　　婚后，小夫妻俩明事理，尽孝道，待双方家长一视同仁。荷花在两家忙里忙外，操劳家务，侍奉公婆和父母，把李家和王家都收拾得井井有条。家柱起早贪黑，一心打理砖窑，在岳丈精心指导下，再加上他勤奋好学，他的技艺融汇了多家砖窑的特点，金砖质量名列陆墓众砖窑之冠。

（潘敏康）

隆裕赊金砖

　　隆裕太后是中国两千余年封建王朝史上的最后一位太后。隆裕（1868—1913），满洲镶黄旗人，叶赫那拉氏，名静芬，小名喜子。她是慈禧之弟副都统桂祥之女，光绪十四年（1888）被慈禧太后钦点成婚，次年立为皇后。隆裕姿色并不出众，为人又不玲珑，再加上光绪认为她是慈禧安插在他身边的"钉子"，所以并不得宠，且从一开始就受到皇帝冷落。慈禧太后是隆裕的亲姑姑兼婆婆，这桩婚事又是慈禧出于权力争夺的需要而一手安排的，按理应该非常关照她，但是，因为她性格柔懦，内心或多或少比较偏向丈夫，也就讨不到慈禧的欢心。皇帝不爱、太后不疼的隆裕，在与王妃命妇见面时也不太有威信，甚至连太监宫女也敢对她阳奉阴违。隆裕这个皇后，当得真够窝囊的。常言道"十年媳妇十年婆"，隆裕整整熬了二十年，熬到光绪三十四年（1908），光绪帝在南海瀛台涵元殿病逝，次日慈禧也死了，慈禧临死留下遗命，将醇亲王的长子、三岁小儿溥仪抱进宫来继承皇位，年号宣统，隆裕则被尊为皇太后。隆裕太后是想效仿她婆婆慈禧太后的，却并不具备慈禧的心机和手段，面对一副烂摊子，她一筹莫展，处处见拙，休说军国大事、内政外交她拿不出章程，即便一些日常事务，她也往往束手无策，愁得不行。

　　隆裕当上太后的第二年，就碰到了一桩让她发愁的事务，太极殿、体元殿、长春宫亟待修缮，需御窑金砖二尺二寸见方的九百九十八块，二尺见方的一千九百八十块，宫内没有存砖，内务府请示懿旨，要求拨专款采办。隆裕一看报上来的拨款数目，吓了一大跳，将内务府官员叫来询问怎会是这么一大笔钱。内务府官员禀道，金砖向例由苏州陆墓窑户烧制，自咸丰以来，陆墓窑户便呈衰状，咸丰十年（1860），李秀成攻打苏州，江苏巡抚徐有壬焚烧城外民房，以扩清城上守军视野，大火从齐门外延烧到陆墓，陆墓窑户遭遇灭顶之灾。后来虽陆续有所恢复，但元气大伤，总归大不如前了，直到光绪三十四年，也就是隆裕成为太后的这一年，陆墓才有砖窑二十四座，窑少出产少，物以稀为贵，御窑金砖的价格当然是低不了的。

隆裕听了，无从驳斥，可是，要她批这笔款，却很为难。大清立国二百六十多年，走到今天，已是日薄西山，气息奄奄，内忧外患，百病缠身，经济窘迫，入不敷出，隆裕掰指头算算，可供皇家使用的内帑所剩无几，支付宫内日常用途也捉襟见肘，哪里去筹划这么一大笔额外支出？那么，取消修缮计划算了，也免得为此事发愁了。

这话隆裕太后说不出口。太极殿是紫禁城内廷西六宫之一，前殿悬挂有乾隆皇帝御笔匾，前方有高大的琉璃影壁，正殿面阔五间，黄琉璃瓦歇山式顶，前后出廊，明间开门，东西有配殿各三间。咸丰九年（1859）改后殿为穿堂，名"体元殿"，与长春宫连为四进院落。长春宫也是面阔五间，黄琉璃瓦歇山式顶，明间开门。宫内设地屏宝座，上悬"敬修内则"匾。左右有帘帐与次间相隔，梢间靠北设落地罩炕，为寝室。东配殿曰绥寿殿，西配殿曰承禧殿，各三间，前出廊，与转角廊相连，可通各殿。长春宫是明、清后妃居室，乾隆皇帝的孝贤皇后曾在这里住过，慈禧太后也曾居此。如果任由太极殿、体元殿和长春宫破败下去，有碍皇家体面，隆裕太后不想落这个骂名。

隆裕思来想去，最后想到了一个不是办法的办法，她暗示内务府官员，能否前往苏州会同地方官，去和陆墓窑户商量，先付一部分定金，待金砖如数送到京城后，余款分期付给。内务府官员得到这样一个回复，真有点啼笑皆非，暗自道：天下买卖多，赊欠寻常事，不过，堂堂一国之主要向百姓打欠条，倒也可算旷古奇闻。

内务府官员虽然心里大不以为然，但懿旨不可违，退下后便写了一道公文，发往苏州，要苏州知府按太后意思办差。苏州知府接到这道公文，犹如接到一个烫手山芋，露出一脸苦相。倘若时光倒退百年，这件差事办起来毫不费力，那时皇权不容挑战，紫禁城需要金砖，休说缓期付款，哪怕一文不花，无偿征用，也没有哪个敢吱一声，然而年代不同了，如今的朝廷风雨飘摇，全国各地都像大大小小火药桶，只差一根火柴来点燃了，当官的岂能不小心翼翼，唯恐稍有不慎，使一件未处理妥善的事变成一颗火星，那是要闹出大纰漏来的。苏州地方官知道陆墓窑户这些年是王小二过年，一年不如一年，就指望着卖砖的一点微薄利润免当饿殍，怎么去跟他们说要欠账？向他们开这个口，估计最好的结果是睬也不睬你，搞不好还会激起他们的怨气，挨一顿臭骂。

苏州知府越想越觉得这事办不成，但又不得不硬着头皮到陆墓走一遭，毕竟自己拿着朝廷俸禄，太后交办的差使，不能推辞。出乎知府意料的是，他到陆墓把窑户们召集到一起，讲了太后赊砖的缘由，窑户们相互商量了一会，竟然齐声答应下来，都说请大人放心，我们一定按期将修缮宫殿所需金砖交给你，由你转送至京城，决不会拖延了工程。苏州知府喜出望外，肩上一副重担卸下，浑身轻松。

知府回到衙门，回想这次办差过程，因为过于顺利，不由得心中起了疑云。窑户们明知能够拿到的货款不足十之三四，为何如此爽快？会不会是拿到预付款后并不交货，玩的空麻袋背米的花招？果若如此，他这个地方官干系就大了，那样的后果他是吃不消的。知府连忙派了个心腹，乔装成商贾，前往陆墓，孵在茶馆里，听茶客聊天。旧时茶馆堪称民间议事厅，各种各样的消息在这里都有传播。那个心腹果然听到在此吃茶的窑户谈论太后赊金砖之事，回去向东家一五一十汇报了一遍。知府这才明白，原来陆墓窑户自明朝永乐帝始，就为紫禁城专事生产金砖，至今已历五百余年，对宫中那些殿宇产生了常人无法想象的深厚感情，故而，只要是宫殿换砖，即使不给他们钱，他们也一定要争取只可换上陆墓御窑金砖，否则就会觉得对不起祖宗，对不起御窑金砖这块牌子。苏州知府了解了这里头的缘故，彻底放了心，同时，从心底升起了一股对陆墓窑户的敬意。

当年六月，苏州府将两种规格近三千块御窑金砖运到了北京。这批金砖铺到太极殿前后四进院落地面上没多久，便是宣统三年十二月戊午（1912年2月12日）。是年，清政府以太后名义颁布了《宣统帝退位诏书》，诏文如下：

"朕钦奉隆裕太后懿旨。前因民军起事，各省响应，九夏沸腾，生灵涂炭。特命袁世凯遣员与民军代表，讨论大局，议开国会，公决政体。两月以来，尚无确当办法。南北暌隔，彼此相持。商辍于市，士露于野。徒以国体一日不决，故民生一日不安。今全国人民心理，多倾向共和。南中各省既倡议于前，北方诸将亦主张于后，人心所向，天命可知。予亦何忍因一姓之尊荣，拂兆民之好恶。是用外观大势，内审舆情，特率皇帝将统治权公诸全国，定为共和立宪国体。近慰海内厌乱望治之心，远协古圣天下为公之义。袁世凯前经资政院选举为总理大臣，当兹新旧代谢之际，宜有南北统一之方。即由袁世凯以全权组织临时共和政府，与民军协商统一办法。总期人民安堵，海内久安；仍合汉满蒙回藏五族完全领土，为一大中华民国。予与皇帝，得以退处宽闲，优游岁月，长受国民之优礼，亲见郅治之告成，岂不懿欤。钦此。"

逊位诏书行文措辞，很遮清室面子，好像他们是顺应人心，效仿舜尧，对于让位于他人，似乎也是平心静气的，其实哪有这回事。蔡东藩的《清代演义》和《民国演义》中，有生动描写：

"隆裕太后出场，再开御前会议。皇族等统已垂头丧气。隆裕太后也垂着两行酸泪，毫无主见。清皇族个个惊慌，逃的逃，躲的躲，哪个还敢来反对逊位？太后只得钤印御宝，钤宝时，两手乱颤，一行一行的泪珠儿，流个不休。太后泪落不止，袁总理（袁世凯）带吓带劝，絮奏了好多时，最后闻得太后呜咽道：'我母子两人，悬诸卿手，卿须好办理，总教我母子得全，皇族无恙，我也不能顾及列祖列宗了。'隆裕后返入寝宫，放声大哭。一班宫娥侍女，都为惨然。又经窗外朔风，猎猎狂号，差不多为清室将亡，呈一惨状。自是隆裕太后忧郁成疾，食不甘，寝不安，整日里以泪洗面。"

这才是大清帝国寿终正寝前夕的真实写照。

隆裕当不成太后了，她欠下的金砖款也没人归还了，许多知道这事的人都觉得陆墓窑户做了冤大头，不过，窑户们却很想得开，他们说："钱是用得完的，只要北京的宫殿完好，我们捐些砖头也应该。宫殿里用了我们的金砖，我们心里才舒畅。"

（卢　群）

怪窑主王通和

清代宣统年间的苏州御窑窑主王通和自称为"怪",时人也说"怪",但细细一想,也可以说他"怪",也可以说他一点也不"怪"。

王通和是个读书人,他不求仕途,花钱在苏州陆墓北街筑了一座大窑,烧制金砖。他把窑工尊为"财神菩萨",尤其是对那个名叫庄晓的安徽人,不但把他提携为班主,而且后来连窑主的位子也让给了他。如此之"怪",一时成了苏州人茶余饭后的热门话题。

王通和常说的一句话是"成人之美,疾恶如仇"。所以,他在大窑筑成招收窑工之时,与众不同,不管是本地人,还是外地人,不管是亲朋挚友,还是陌不相识的生人,他都一视同仁。庄晓又矮又瘦,长得又丑陋。他去别的大窑报名打工,被拒之门外。然而,王家大窑筑成后,庄晓前去应试,王通和一听说他老家安徽发了大水,田地被淹,庄稼颗粒无收,逃荒至苏州谋生,二话没说,将他收了下来。

庄晓进了王家大窑之后,干活认真,又肯舍力,三个月之后,就能在选泥、练泥、制坯上独当一面。为此,王通和破格提携他为班主,他一年的工钱比一般窑工高出三成之多。

王通和十分果断,他做出的决定,九牛也拉不回。当看到庄晓与自己的外甥成为无所不谈的知己,他把庄晓与自己的外甥一做比较,断然辞退了外甥。

王通和怎么会炒自己外甥的鱿鱼呢?这得从庄晓被破格提携为班主说起了。不久,还引出了一宗绑架诈银奇案。

王通和的外甥叫蔡家万,原来也在王家大窑打工,当听说与自己一起打工的安徽窑工庄晓当了班主,升了"官",就对他说:"你应该请客喝酒啊。"蔡家万与窑主是亲戚,庄晓不敢怠慢,一口答应,说:"好,晚上请你到陆墓镇上的南天兴酒店喝上一口。"蔡家万听了,眉开眼笑。

歇工后,庄晓带了蔡家万来到了南天兴酒店。几杯米酒落肚,蔡家万言词多了,说："我与你是弟兄，现在你升为班主了，向你致贺。今后你有什么困难只管找我，做哥的一定替你做主。"庄晓十分感激，说："我在陆墓人生地不熟，日后仰仗你多多关照。"蔡家万频频点头，胸脯拍得"噗噗"作响。

庄晓、蔡家万两人喝酒喝到了半夜，蔡家万还意犹未尽。当庄晓支付酒菜钱之时，无意中掏出了一张十两银子的银票。蔡家万酒眼惺忪，说："你哪来这么多钱？"庄晓说："这是我省吃俭用省下来的，不瞒大哥说，在安徽老家，我娘给我相了门亲，今年过年回家把房子修缮一下，明年春节结婚。"蔡家万一听，呵呵大笑，说："到时候，我等着吃你和弟媳的喜酒了。"

庄晓把蔡家万送到蔡家门口，蔡家万说："庄晓啊，凭着你一个外来人，能当班主吗？八辈子也挨不着。我与窑主是亲戚，打碎骨头还连着筋哪，这次选拔你当班主，让你多拿几个钱，少不了日后我的关照。"庄晓一再表示感谢，蔡家万才走进了屋里，庄晓也回了窑工宿舍。

没过几天，蔡家万被窑主炒了鱿鱼。庄晓知道了，前去向窑主说情："看在您与家万哥是亲戚的份上，您就给他一个机会吧。"王通和说话斩钉截铁："越是我的亲戚，他越是应该帮我干好制砖、烧砖的活儿才是。可他最近两天打鱼三天晒网，到了班上，仗着是我外甥，不是睡大觉，就是开口骂这个窑工，张口训那个窑工。你当了班主，开口敲你竹杠，让你请客喝酒。窑工是我的财神菩萨，一个个都给他得罪了，我岂能留他？"言罢，气呼呼转身就走。

庄晓觉得蔡家万既然把自己当兄弟，应该好好劝劝他，让他向他娘舅讨个饶，认个错，再进大窑打工。可当他到了蔡家，说明来意，蔡家万说："你真是我的好弟兄，可这事你不用管。不瞒你说，我如今与一个商贾正在做一笔丝绸大买卖，正愁舅舅把我留住，让我脱不了身哩。这次，他把我大窑的活儿辞了，谢天谢地。"他眼珠骨碌一转，说："明天晚上，我与这个商贾在齐门环城酒店吃饭，你是我的兄弟，一起来。"

庄晓见蔡家万一片盛情，点了点头。

第二天庄晓在大窑歇了工，已是日落西山。陆墓距齐门有六七里路，凭着他的劲儿，半个时辰赶到齐门环城酒楼，不在话下。他拔腿噌噌噌往齐门方向而走。

庄晓走啊走，绕过一条小河，前面是一片葱青竹林，只要绕过竹林，齐门就仰首可望了。可当他刚至竹林，丛林中蹿出两个蒙面汉子，其中一个胖子大喝一声："呔，快快留下买路钱!"庄晓一惊,四下一望,无有他人,如果呼救,也是徒然,于是问:"你们是……"那胖子"哇哈哇哈"大笑,说:"这你还用问吗?"说罢,拿出挂在腰上的绳子,上前与高个子把庄晓捆得严严实实,而后,又取出一块黑布,把他双眼蒙住,推了就走。

庄晓也不知七弯八曲地走了多少路,最后被关进了一幢又小又矮又脏的茅屋。

进了小茅屋,两个绑匪对庄晓不问三七二十一,拔拳就揍。累了,胖子直言不讳地说:"我们是打家劫舍的江洋大盗,什么杀人放火的事都干,但有一点,可以清楚告诉你,今天是为财,只要你给了钱,我们就放人。"庄晓说:"你们是蚊虫叮泥菩萨,找错了对象。我是个在王家大窑打工的光棍,哪来的钱?"胖子说:"你别拿了金饭碗做乞丐,装穷。你身上有多少钱,我们瞎子吃汤团,心里有数。我给你两条路,一条是你拿出银子三十两,我们放人;第二条是你说没有钱,我们就在你身上绑上石头,推到河里种荷花。你要走第一条路呢,还是走第二条路?悉听尊便。"庄晓心想,这两个亡命之徒,看来不给点钱过不了关,便说:"我还年轻,当然要走第一条路。不过,你们一开口就要我三十两,你们以为我是财主啊?我只有十两,如果你们要,我带你们去取。你们再想多一两,就拿我种荷花吧。"胖子与高个子嘀嘀咕咕商量了半晌,才对庄晓说:"好,十两就十两。你还得托个熟人先把钱付给我们,否则,还是等你家人来收尸吧。"庄晓说:"我在陆墓举目无亲,去找谁替我付钱啊?"胖子一听火冒三丈,从口袋里取出绣花针,直刺庄晓的两腿,骂道:"你这小子,耗子咬秤砣,嘴巴倒是挺硬。我倒要看看,是你嘴巴厉害,还是我绣花针厉害。"胖子用针扎了庄晓一下,接着高个子拿出鞭子没头没脑地对庄晓一阵抽打。

庄晓心想,看来这两个绑匪不拿到银子,不会放了自己,如果给这两个绑匪折磨残了,日后怎么打工挣钱?可是,谁来替我填付十两银子赎身呢?庄晓脑子像风车似的在转。

胖子不耐烦了,对高个子说:"看来这小子真不要命了,不如把他绑上石头种荷花算了。"高个子唔唔应着,点头说:"那就这么做吧。"

"慢!"庄晓想到了蔡家万,说,"你们可以去向如今在做丝绸生意的蔡家万要钱,他是我的好兄长,他一定会筹钱出手救我。现在,他也许还在齐门环城酒店与人喝酒谈生意。"胖子顿时眉开眼笑,说:"识时务者为俊杰,这就对了。"接着从一旁的布袋里取出笔墨纸张,让庄晓按他的话写上:"只因欠人银子十两,请帮我筹了如数先给这位好汉。叩谢。"下面署上了庄晓的姓名和日期。在收起庄晓写的纸条的一瞬间，庄晓看到这胖子左手是六根指头。

胖子吩咐高个子看着庄晓，拿了纸条撒脚就走。大约过了一个时辰，胖子果然拿到了十两银子，兴冲冲而归，遂把庄晓抛在竹林里，与高个子扬长而去。

又过了半个时辰，蔡家万匆匆赶至，从竹林里找到了捆绑着的庄晓，给他松绑后，说："庄晓弟，我在环城酒店老不见你来，很晚才开桌，想不到你遇上了绑匪。十两银子我替你归还了，现在没事了。"庄晓感激涕零，说："要不是你蔡兄，今天也许我沉尸河底或暴尸荒野了。"蔡家万说："我们是哥儿们，你有困难，我能坐视不管吗？所以，当来人说你欠了银子被绑架了，我便对他们再三叮嘱，千万不能动你一根毫毛，欠下的钱我给。"庄晓说："谁欠他们钱啊，这是一起绑架勒索啊！"蔡家万道："世上真有这种黑心黑肺黑肚肠的歹徒，哎！"言罢，他挽扶着庄晓一步高一步低地往王家大窑而去。

回到窑工宿舍，庄晓遂从自己床上的绣花枕头里取出十两银票，给了蔡家万，说："你代我付掉的银子，现在我悉数还你。"蔡家万说："庄老弟，那不是你娶媳妇的钱吗？你留下派用场吧。"庄晓说："你替我出钱消灾，我感激不尽。亲兄弟明算账，这笔钱我无论如何要归还给你。"蔡家万推辞了一下，把银票收入囊中。

蔡家万拿了钱要告辞，庄晓说："大哥，你能再帮我一件事吗？"蔡家万顿现一副为朋友两肋插刀的表情，说："有什么事，只管开口。"庄晓说："你陪我去县衙报案，我不能让绑匪逍遥法外，日后再去坑害其他黎民百姓。"蔡家万连连摇手，说："兄弟啊，你又不知道两个绑匪姓甚名谁，长什么模样，家住哪里，怎么向官府报案？你在明处，绑匪在暗处，要是绑匪知道你报了案，会饶得了你吗？再说，你在这里除了我蔡家万，举目无亲，孤掌难鸣啊。俗话说花钱消灾，既然你银子也花了，就忍气吞声吧。古语云，祸兮福所倚，也许过了这个坎，你就会转运了。"庄晓想想，蔡家万说的话不无道理，也就不吱声了。

庄晓被绑架一事过了一个月，一天，窑主王通和吩咐他去镇上木匠店购买木板。他途经南天兴酒家，无意中看到蔡家万与两个人在推杯换盏喝酒聊天，正要上前招呼，却看到其中一个是个胖子，身影十分熟悉，好像在哪里见过，但一时想不起来。庄晓停下了脚步，正想进一步辨认，那胖子发出"哇哈哈"大笑声，使庄晓猛地想起这个胖子就是日前绑架自己的歹徒。他攀着窗户往里细看，发现那胖子的左手有六个指头，所以他没有上前去与蔡家万招呼，而是买了木板，回转大窑。

晚上歇了工，庄晓去了蔡家万家，对他说："大哥，今天与你喝酒的其中一人就是绑匪。"蔡家万吃了一惊，说："绑匪蒙着脸，你怎么认出他就是劫持你的歹徒呢？"庄晓说："我是从他说笑声中听出，当然不会是假。大哥，你怎么与他在一起喝酒的哩？"蔡家万说："你说的是那胖子吗？他是我朋友的一个朋友，今天路上邂逅，我朋友请我喝酒，所以他也一起来了，事情就这么简单。"

庄晓听蔡家万这么一说，心里有了底。第二天，独个儿直奔县衙报案："一月前我被人绑架，被勒索去了纹银十两，而其中一个绑匪是我义兄蔡家万朋友的朋友。"知县听了，立马令公差把蔡家万传了去，问他可有此事。蔡家万说："我的朋友是做丝绸生意的，家财万贯，而他的朋友，听说也是吃穿不愁的酒店老板，怎么可能是绑匪呢？也许是我的义弟庄晓一心想夺回被人勒索去的十两银子，看走眼了吧。"知县听了蔡家万的话，决定撤案。庄晓再要说什么，知县问："你可有证据？"庄晓一时语塞，知县便宣布退堂。庄晓欲上前再三恳求知县把那胖子抓来查问，知县不耐烦了，说："绑架他人，勒索钱财，可是重罪。我是朝廷命官，怎么可以凭你一句话就把他抓来定罪？"吩咐当差，把庄晓逐出了衙门。

后来的一些日子，庄晓在大窑打工，一有空就往陆墓镇上而去。这引起了窑主王通和的注意，遂问庄晓到底发生了什么事。庄晓考虑到蔡家万毕竟是窑主的外甥，起初不肯实说，但经不住王通和再三盘问，他头一拧，心一横，把一个月前被人绑架，以后在南天兴见到一个胖子酷似绑匪，且与蔡家万在一起喝酒的事如实说了出来。王通和说："按你所说，蔡家万可能与绑匪是一丘之貉。"庄晓摇了摇头，说："蔡家万是我义兄，怎么可能与绑匪串通一起来绑架小弟我呢？我只是认定这胖子是劫匪无疑，因为他的左手是六根手指。我想在他再次出现之时，亲自把他抓了，送去官府法办。"王通和说："你一个人力量有限，我来帮你找到绑匪。"庄晓说："窑主，这蔡家万可是你的亲外甥啊！"王通和说："古语有云，君子成人之美，不成人之恶。我是读书人，饱读四书五经，焉能漠然视之。"于是吩咐大窑里所有的窑工，暗中观察蔡家万与哪些人来往。

一天，有个窑工来报，蔡家万和六指头胖子、高个子在齐门环城酒楼喝花酒取乐。王通和立即与庄晓赶往县衙报案，知县遂派出捕快，把蔡家万及胖子、高个子押去了县衙。

经过审问，那胖子终于招供：他与高个子及蔡家万是赌台上相识的，因蔡家万输了钱，想起了王家大窑有个窑工叫庄晓，积攒了些银子想娶媳妇，不如在他身上弄几个小钱花花，故而导演了竹林劫案。

案子告破，这三个家伙都受到了严惩。

窑主为庄晓伸张正义，让大窑的所有窑工十分感动。王通和歉然一笑，说："激浊扬清，疾恶扬善，此乃为人之道，不足挂齿。"

王通和有两个儿子，一个在大窑做账，另一个开了家私塾，在镇上做教书先生。他年老体弱了，把大窑托付给了庄晓掌管。众人惊讶不已，议论纷纷，说："自古父业子承，他却拱手相让他人，'怪'得出格了。"王通和知道后，说："知人善任，自古有之，如果说怪，你们就唤我'怪通和'吧。"

以后，人们就干脆唤他"怪通和"了。

"怪通和"尽管不掌管大窑了，但年老的他不时支着拐杖前去大窑溜达，要是看到所制的金砖有一丁点儿瑕疵，他便会戳着拐杖大发雷霆；要是看到金砖块块黛青光滑，古朴坚实，他便会像孩子一样咧开嘴巴"哇哈哇哈"大笑。至今苏州御窑有村民仍保留着他在清宣统三年（1911）烧造的金砖。

（张瑞照）

"无锡菩萨苏州佛"

苏州陆墓御窑金砖在明清两代，风光得不得了，别的不说，单说运金砖进京的排场，就够令人称羡的。每到这个日子，苏州元和塘（今称市河）河面上，数十条运送金砖的官船首尾相衔，船头打着"苏州府"的灯笼，扯起皇帝的龙旗，浩浩荡荡驶入京杭大运河北上，所过州、县，地方官吏都要隆重迎送，派人护卫，直到京畿。这种场面，连国计民生密切相关的漕粮船队也自叹不如。

京杭大运河肇始于春秋晚期，完成于隋代，繁荣于唐宋，截弯取直于元代，拓浚于明清。大运河北起通州，南至杭州，全长1794千米，经过北京、天津、河北、山东、江苏、浙江六省、市，沟通了海河、黄河、淮河、长江、钱塘江五大水系，连成了统一的水运网，成为我国重要的一条南北水上干线。京杭大运河自长江南岸谏壁口经丹阳、常州、无锡、苏州、平望至杭州的这一段称为江南运河。运送金砖的船队从苏州出发，经过的第一站便是无锡。每当运送金砖的船队经过，无锡人都要拥到码头上看热闹，看得眼红心痒，老是盘算着什么时候无锡也能造出这样的金砖来，也能一船船往京城送，也能铺到紫禁城地面上去，也能与皇帝的御靴来个亲密接触，也能风光一把。

无锡人一直要跟苏州人争高下，在这件事上也是如此，一心想烧制出响当当的金砖来，与陆墓御窑竞争。

清宣统年间，无锡一帮商贾凑在一起，各人拿出一份钱，作为试制经费，用这笔钱雇了工匠，砌了砖窑，备了材料，选一个黄道吉日，燃放鞭炮，郑重其事开了张。

在无锡人想来，烧制金砖并非难事，选土练泥、踏熟泥团、制坯晾干、装窑点火、文火熏烧、熄火窨水、出窑磨光等工序有何要求，典籍上均能查到。如选土练泥，《天工开物》上写得清清楚楚，"粘而不散、粉而不沙者为上"，"汲水滋土，人逐数牛错趾，踏成稠泥"；再如烧制，《造砖图说》说得明明白白，"其入窑也，防骤火激烈，先以糠草熏一月。乃以片柴烧一月，又以棵柴烧一月，又以松枝柴烧四十日，凡百三十日而后窖水出窑"。无锡人觉得，只消依样画葫芦，多试验几次，不怕不成功。可是，一连几年，都是信心满满开工，垂头丧气告终，烧出来一窑又一窑的砖，不用行家评说，自己一看便知，与御窑金砖相去甚远。

一帮无锡商贾又凑在一起，商量怎么办。有的说："算了吧，我们有钱也不能白白烧掉，还是做别的生意吧。"马上有人反驳："假如一开始就没这事，倒也罢了，现在风声已经传开，金砖烧不出来，我们无锡人这个台坍不起！"第三个人说："照我看来，我们的工匠并不比苏州的差，定是陆墓御窑有烧砖秘籍我们未掌握的缘故。"第四个人说："如果真是这缘故，我们出高价，请几位陆墓窑户来，从他们嘴里挖秘诀。"这时，有人连连摇头道："你出的什么馊主意！自古以来，三百六十行，哪一行不把祖传技艺当作身家性命？你想花几个钱就买来人家的秘籍，捏鼻头做梦！"大家一听这话在理，一个个都泄了气。

其中有个商人，第二天到茶馆喝茶，谈起了昨天商议的情况。茶客们七嘴八舌，纷纷发表意见。茶馆本是消遣场所，在这里说话当不得真，围绕金砖秘籍这个话题，各种各样荒诞不经的建议都冒了出来，有人说："英雄难过美人关，陆墓窑户不见得比英雄还英雄吧？我们无锡也是不缺美人的，那就选几个美人，招陆墓窑户来做女婿，让美人在枕头边把他们的秘诀掏出来。"有人说："不行不行，无锡美人和苏州美人比，说话没有那么嗲，哄不出秘诀来的。干脆，我们扮强盗，到陆墓去把窑户统统抢过来算了。"有个江阴人，这一天在这茶馆里与人谈生意，也插嘴说："陆墓御窑皇帝封，你们明火执仗去抢，简直是太岁头上动土。如果让我们江阴人来做，我们肯定会做得悄悄的，请《水浒》里的鼓上蚤时迁出山，把秘籍偷来，不就行了吗？"众茶客嘻嘻哈哈，说说笑笑，直到落市。

这些玩笑话七传八传，最后传到了苏州人耳中，苏州人也当笑话讲，一般人听了哈哈一笑，转头就忘了，陆墓窑户听了却记住了，觉得无锡人也想烧制金砖，是件好事，不如主动帮帮他们。陆墓窑户于是托人捎信到无锡，让他们选派一批窑工，前来苏州学艺。后来，无锡真的来了十多个人，在陆墓学了三年，回去后再开窑烧砖，烧出来的金砖也是黛青光滑，古朴坚实，面平如砥，像一方黛玉；光滑似镜，宛若一块乌金，和陆墓产的可称一对姐妹花。

无锡有位毕举人，笃信佛禅，决心弃仕修行。他将自己的大宅院捐出来，建了一座居士林，从此以居士身份出现。居士林建成之日，毕居士当夜做了个梦，梦见佛陀释迦牟尼在菩提树下讲经,观音、普贤、文殊、地藏四大菩萨围坐听经。毕居士醒来,发愿要雕一幅《菩萨听佛陀说经图》。他有个朋友是著名画家,还有个朋友是砖雕名家,知道了他的心愿后,一个表示愿意为他把梦境画成图样,一个表示愿把雕像任务统统包下来。砖雕名家告诉毕居士,金砖是最好的砖雕材料,无锡现在也能生产质量上好的金砖了,你就在无锡本地采购吧。

毕居士与本地砖窑联系,窑户听说了毕居士买砖的用途,纷纷表示这是件功德之事,你要的金砖不收钱,无偿奉送。窑户挑选了一批质量最好的金砖,送给了毕居士,在居士林院子里砌成十丈高、五丈宽一座大照壁。半年后,《菩萨听佛陀说经图》在这座大照壁上完成,吸引了无数男女老少前来瞻仰。

毕居士很感谢送金砖给他的本地窑户,向他们再三致谢。本地窑户说,毕先生,你谢错人了,你要谢的是苏州陆墓窑户,假如没有他们帮助,我们烧出来的金砖不会这么好,不好的砖送给你,你也不会要,在不好的砖上雕佛像,不是对佛的亵渎吗?毕居士连连点头说,有道理,有道理,不过,苏州窑户怎么帮助你们的,可否道来一听?本地窑户便将无锡生产金砖的前后过程、整个故事,详详细细给毕居士说了一遍。

毕居士被这故事打动,顿时文思泉涌,当即赋诗一首。诗曰:"无锡匠人菩萨行,苏州窑户佛陀心。两地结缘在金砖,菩提图形居士林。"此诗传开,有人从中提炼出了一句话,叫作"无锡菩萨苏州佛",并在民间一直流传至今。

(诸家瑜)

掼砖坯招亲

苏州御窑金砖烧制十分讲究，要经过选泥、练泥、制坯、装窑、烘干、焙烧、窨水、出窑等八大工序。其中制坯是把练好的泥用手搓揉，装入木制的模具，两人合作，一起用石轮碾轧，用木掌捶击，使坯面平整，再用平板盖在上面，两人站立在木板上，以脚不停踩踏，令泥坯坚固，然后用铁线弓戈钩平表面。普通砖只消按照需要的尺寸和厚度把泥土制成坯块即可，比较复杂的是那些有特殊工艺要求的花砖，比如有的砖上需要绘制图案，为了让烧制出来的图案生动逼真，就要求在制坯时对图案的刻画把握得恰到好处。而各种形状的弯瓦和花边瓦、滴水瓦，更须倚靠手工精心制作。窑户将这道工序称为"掼砖坯"，掼砖坯既是体力活又是手艺活，一般人是胜任不了的。

当地流传着一个掼砖坯促成一对有情人终成眷属的故事。

清代长洲县御窑有户陈姓人家，世代烧砖。陈家老夫妻俩有个独生女儿叫陈秀妹，人如其名，长得十分秀丽，人见人爱，她到了十八岁，前来提亲的踏破门槛。陈家老夫妻视女儿为掌上明珠，女儿的终身大事，由她自己做主，媒人上门，先听秀妹自己的意见，可是秀妹一听媒人报出男方姓名，就连连摇头，一口一个"不要，不要"。

她这个样子，一回二回不打紧，三回四回也无妨，回回如此，老夫妻俩着了急，担心女儿延误了婚嫁的最佳年龄段，变成老姑娘。老夫妻俩问女儿："乖囡呀，这么多后生，怎么没一个能让你看得上的？"秀妹说："我看得上的，还没请媒人来提亲呢。"老夫妻俩赶紧追问："你看上了哪个呀？"秀妹说："赵唯书。"老夫妻俩听到这个名字，面面相觑，作声不得。

赵唯书这名字，寄托了他父亲的最大愿望。赵父是个老童生，赶考几十年，连个秀才也没考上，只能在乡里教教私塾，赖以糊口。赵塾师不死心，想让儿子替他争口气，有朝一日金榜题名，光宗耀祖。因此，赵唯书刚一懂事，就天天听父亲唠唠叨叨说"万般皆下品，唯有读书高"，"书中自有千钟粟，书中自有黄金屋，书中自有颜如玉"，其他事统统不要他做，只要他从早到晚捧着四书五经苦读。因此，赵唯书给乡亲留下了个书呆子的印象。陈家老夫妻俩也是这么看赵唯书的，听女儿说想嫁的人是他，一齐反对，劝道："乖囡呀，赵家这个宝贝儿子，读书读出头倒也罢了，只怕他像赵老先生一样，到头来仍旧没个功名。赵老先生好歹还能教几个小猢狲，弄口粥喝喝，唯书当不当得了教书匠，难说！万一他落到那种地步，他一个手不能提、肩不能挑的人，靠什么养家糊口？你要跟他，我们做爹娘的怎么舍得？"

陈秀妹说："我不和你们争，唯书有没有福气做你们的女婿，看他的造化。我知道你们一心要替我找个烧砖匠，一来可以继承爹爹的家业，二来就像俗话所说'荒年饿不死手艺人'，我靠着这样的丈夫不愁活不下去。既然你们想要这样一个女婿，也好，我给你们出个主意，爹爹你放个风出去，某月某日陈家招亲，你选掼砖坯这道工序做考题，让想娶我的后生都来比比，看谁的手艺强，我就嫁给谁。"

赵家老夫妻俩觉得这个主意不错，到时书呆子落选，女儿也怨不得爹娘。其实老两口有所不知，赵唯书并不喜欢父亲替他设计的人生道路，偏偏对家乡的御窑金砖情有独钟，常常瞒着父亲溜出家门，跟一些烧砖匠学艺。因为聪明，赵唯书读书一目十行，过目不忘，别人花一天也背不熟的文章，他不消一个时辰就倒背如流，父亲晚上考他，他都能滚瓜烂熟背诵，所以赵老先生一直没发现儿子的秘密。赵唯书读书多，脑子活，善绘画，在砖坯上画图是他的强项，他画的图案题材多，富创意，别人都不如他。陈秀妹正是欣赏他这一点，和他接近，日久生情，两人私订了终身。

陈秀妹对赵唯书是充满信心的，赵唯书当然也不会让她失望，到了陈家大门前场地上摆开掼砖坯招亲擂台的这一天，赵唯书一举夺魁，技压几十名年轻后生，无惊无险就捧得陈秀妹的绣球。赵唯书娶了陈秀妹后，老丈人将砖窑交给了他，他经过刻苦钻研，烧制的金砖不断提升档次，成了御窑烧砖第一人。

（卢　群）

金砖手足情

明清两代，为了保证御窑金砖的质量，方便查验，窑户须在砖上镌刻工匠姓名。现代有些收藏家开始青睐金砖，将金砖作为工艺品高价收购进来。一位藏家手中有块金砖，砖上刻有"窑户金汉晋、金汉明"字样。这一行字背后，有个故事。

金汉晋、金汉明是同胞兄弟，金汉晋为兄，金汉明为弟，兄弟俩相差四岁。金家老夫妻偏心，重活、累活、苦活都让汉晋做，却把汉明当宠物养，养得这个小儿子饭来张口，衣来伸手，一身懒骨头。兄弟两人先后长大成人，一前一后娶了老婆，老夫妻俩为他们分了家。分家也是明显不公平，两楼两底五开间正屋给了汉明，村头两间小瓦屋给了汉晋，而且，汉明分到的是大窑，汉晋分到的是小窑。烧金砖必须用大窑，小窑只能烧蟋蟀盆之类小件，大窑赚钱多，小窑进账少。左邻右舍看了都为汉晋鸣不平，说："自古都是长子传承家业，这个金老头真是活糊涂了，怎么能这样做？"不过，汉晋一句话也没说，心平气和带着妻子搬进了小瓦屋。

说是分了家，但大窑仍是金老头替小儿子管着，金汉明依旧当他的甩手掌柜，一点事情也不做，只知道伸手向父亲要钱，呼朋唤友，吃喝玩乐，大把大把花钱，毫不心疼。金家老夫妻在世的时候，也就罢了，等到老夫妻俩相继离世，就见了颜色。不到三年，金汉明就将家产统统败光，楼房也卖了，砖窑也卖了。他的老婆一气之下，哭哭啼啼回了娘家，放出话来，这辈子再也不会跟这个浪荡子过了。

金汉明走投无路，去找兄长借钱。这时的金汉晋，经过几年奋斗，从一座小窑起家，逐步建起了两座大窑，还盖了一幢楼房，比老爸传给弟弟的那一幢老屋气派得多。金汉明厚着脸皮登上兄长家门，未待他开口，金汉晋便发了话："要钱一分也不给，你若不想饿死，到我的砖窑去做工，一天管你三餐。"金汉明见兄长如此薄情，心想，既然你只让我做苦力，我还指望什么，要打工也到别处去打，不在你手里讨饭吃。金汉明扭头就走，金汉晋也不唤住他，任由他去。

金汉明打算远离家乡，外出谋生，临走，想起父母传给自己的产业全姓了别人的姓，不免伤感，特地到被他卖掉的那座大窑去看看，算是告别。到了窑上，碰到个老窑工，随口问起这座窑转手后，经营得怎样。老窑工说："原来你不清楚呀，这座窑是你哥哥委托中间人，用化名买去的。"金汉明大吃一惊，突然想到什么，又问："老伯，你还知道些什么？"老窑工说："你家两楼两底老屋，也是你哥哥用这个办法买到手的。"金汉明听了，恨得咬牙切齿，暗暗发誓，从此与兄长一刀两断，老死不相往来。

金汉明深受刺激，决心改弦更张，自食其力，赚钱存够积蓄，重振门庭。他到了外地，到处打工，因没有手艺，只能做些粗笨工作，饭是有得吃了，但想要积钱，谈也莫谈。一晃三年过去，金汉明磨炼出了一副强壮的体魄，能够吃苦耐劳了。这一天，工地上来了一个女人，金汉明一看，是他那回了娘家的老婆。老婆对他说："你在外做苦工这些日子，差不多了，跟我回去吧。"金汉明说："回去？回哪里去？我在长洲地无一垅，瓦无一片，回去做什么？"老婆说："你回去看看，再计较。"

金汉明跟着老婆回到长洲县，老婆将他领进了两楼两底五开间门面的老屋，告诉他，兄长金汉晋买下这幢老屋，是替他这个做弟弟的留着的。当初兄长一分钱也不接济他，是逼他磨掉一身懒骨头，做个有用的人。他离开长洲后，兄长就把弟媳从娘家接了过来，让她守着老屋，等丈夫回来，好好过日子。他在外打工的这三年里，兄长一直在打听他的消息，现在见他真的脱胎换骨了，就让弟媳去把他唤回来了。老爸传给他的那座大窑，兄长也早已替他买下来了，一直替他经营着，年年利润都帮他存着，等他回来用以扩大事业。

金汉明听罢，泪哗啦哗啦淌了下来。他明白了兄长的一片苦心，立志要像兄长一样做人做事。从此，金汉明一心一意跟着金汉晋学技艺，学经营，两兄弟协力同心，把两家的砖窑操持得风生水起，红红火火。金氏兄弟生产的金砖，一律烙上金汉晋、金汉明两个名字，表示两兄弟密不可分。老话说得好"兄弟如手足，手足断，安可续"，"打虎亲兄弟，上阵父子兵"。金氏兄弟留有姓名的一块金砖，生动地见证了这些道理。

（卢　群）

"窑烟"变"谣言"

　　从前，娄门大街上有爿茶馆，到这里来喝茶的大多是菜农、船民。每天蒙蒙亮，附近菜农都会在自家菜田里起一担新鲜蔬菜，挑到街上售卖，菜卖掉了，就到茶馆里坐坐，泡一壶茶，休息休息，说说聊聊，听听"山海经"。船民呢，把船歇在茶馆前河埠头，拣临河的座位歇息，边喝茶边等声音。如果有人要雇船，喊一声："啥人的船，走不走？"船民就大声答应道："我的，我的，马上走，马上走。"一边急急忙忙往茶馆外跑，一边不忘关照一下茶馆伙计："我这壶茶不要倒掉，等会我还要来喝。"一年三百六十五天，除了年初一到年初七，天天如此，茶馆总是这样热闹又平淡。

　　平淡日子过得太久了，就想有点刺激的事情发生，或可调剂调剂生活。这一天，真的有事情发生了，有个茶客一抬头，看见娄门外一股股浓烟冒上来，大声说："烟！烟烟烟！"众人随着他手指的方向望去，果然看到一股烟，而且越来越浓。有人说："不对呀，怎么凭空这么多的烟？"又有人说："看这烟的势头，十有八九是失火了！"第三个人附和道："没错没错，一定是火灾，火灾！"第四个人说："那还等啥呀，我们赶快去救火啊！"大家七嘴八舌响应，拿桶的拿桶，端盆的端盆，呼啦啦拥出茶馆，朝城门外奔去。

　　众人出了城门，发现冒烟的地方还在前面，便相互鼓励着继续往前奔，一口气奔到陆墓镇，才知道不是什么火灾，而是几十座砖窑凑巧今天一早一齐点火，所以烟特别旺，隔老远都能看见。窑户见突然来了一大帮人，不知何故，以为是来抢金砖的，顿时戒备起来，操杠棒的操杠棒，持扁担的持扁担，随时准备抵御来人。有个菜农气喘吁吁地说："莫紧张，莫紧张，我们是来救火的。"窑工说："哪里有什么火？"菜农指指砖窑，说："火是有的，不过你们这里的火不是我们要救的火。"窑工说："莫名其妙！什么你们的火我们的火？到底是怎么回事？"双方拌了半天嘴，总算弄明白是一场误会，都觉得有趣，忍不住都大笑起来。

　　窑户对热心的救火者表示感谢，菜农和船民连说"没事没事"，返身回到茶馆重新喝茶。事情到此为止，但话题并未结束，后来好几天，茶客们还在谈这一桩有趣的误会。娄门大街上这爿茶馆，偶尔也有别的地方的茶客来坐坐，听到这件事，感觉确实很好玩，所以，到其他茶馆去喝茶时就讲给了别人听。听到的人又讲给人听，听讲的人随后也给人讲，就这样，讲的人越来越多，听的人也越来越多，多得数也数不过来了。

这个有趣的误会在不断传播的过程中，传一次就有人做点加工，每加工一次就走了点样，传了一大圈，最后又传回到娄门大街的茶馆。这天，从城里景德路来了一个茶客，坐下喝了没几口茶，就卖弄道："离这条街不远的陆墓发生过一件大事，你们听没听说？"众茶客问："啥样大事？你说来听听。"那茶客说："陆墓有个小孩，在家里玩火，一不小心点燃了灶前的柴草，柴草烧了起来，把小孩烧死了。火烧掉了小孩家的草屋，连带烧到了邻舍，火焰蔓延开来，烧着了一座村庄，再蔓延开来，烧着了砖窑。火光冲天，看见的人都去救火，可是火太猛，几十座砖窑统统烧塌还不算，救火的人也烧死了七八个。你们说，这场火灾惨不惨？"众茶客听罢，一齐摇头，说："真是乱话三千！那天的事是我们亲身经历的，明明是一场误会，怎么变成这么大的火灾了？人的舌头啊，有时候真要管住它。"

从此，娄门一带的人听到有人传虚构事实、不着边际的话，就会讥笑道："又起窑烟了！"久而久之，"窑烟"讹成了"谣言"，专指没有事实依据的消息。以后，民间就有了"陆墓火着——窑烟"一说。

（卢　群）

一箱金砖

苏州城里有条养育巷,养育巷这个街名,是明朝才有的,之所以有这个街名,与陆墓御窑金砖有关。

明朝时候,养育巷有一户人家姓周,周老倌壮年时死了老婆,没再续弦,全部心思放在幼小的儿子身上。周老倌想,人家儿子有娘疼,自己的儿子少了这份母爱,比人家儿子可怜,所以自己应该多疼疼儿子。有了这个想法,周老倌对儿子周小倌疼爱有加,管束不忍。

周老倌又当爹又当娘,含辛茹苦,把三岁小儿拉扯成人,张罗着替儿子周小倌娶了妻,想着过两年添个孙子,自己可以享受天伦之乐了。谁知周小倌不是周老倌希望的那种人,说起来,周小倌也读过几年私塾,应该知书达理,对父亲尽一份孝心,可惜他墨水当马尿喝了,待父亲一点不好,拿老倌萝卜不当青菜,好菜好饭夫妻俩自己享用,馊粥馊饭给老倌吃,简直把父亲当成了泔脚钵头。

这一年,清明将至,周老倌对儿子说:"小倌呀,你们夫妻两个烧几样菜,准备点锡箔,和我一道去你娘的坟上祭扫祭扫,添一铲土。"周小倌回答:"没空。"周老倌说:"你再忙,也得抽出一日半天来,去给你娘上坟,你是你娘十月怀胎生下来的呀!"周小倌说:"你讲这些没用,我又没有要你们生我。"一句话噎得周老倌差点回不过气来,摇摇头,神色黯然地出了门。

周老倌独自一人来到妻子坟地,喃喃道:"小倌娘呀,儿子不肯来看你,我也没办法。幸亏你走在我前头,还有我替你办后事,只怕我断了气,棺材也没人买呢!"周老倌坐在坟前落了一会儿泪,凄凄凉凉地回了家。

周老倌回到家里,听见儿子在问媳妇:"我早上买的一笼青团子,怎么不见了?"媳妇说:"你问我,我问哪个?我方才觉得有点饿,想拿两只青团子蒸蒸热,填填饥,到灶间找了一圈没找着,却看到家里养的大黄狗慌慌张张溜走了,会不会是这个畜生偷吃了?"周小倌说:"狗会看门,狗吃了倒也罢了,只怕给只会吃不会做的人吃了，那才真正是浪费。"周老倌听得出，这话分明是说给他听的，顿时气得瑟瑟发抖。他明白了：原来儿子嫌他年迈老衰，做不来事，把他当作了累赘。周老倌一时想不开，掉头出了家门，准备投河自尽。

周老倌来到河边，见四周无人，正是跳河的好时候，眼一闭，就要往河里跳，但眼前浮起了儿子的影子，不免犹豫起来，心想，自己死了，儿子会不会伤心呢？就算他不伤心，他以后怎么做人呀？左邻右舍都会骂他是个丧良心的东西，他还抬得起头来吗？周老倌为了不让儿子落下这个骂名，打算放弃轻生念头了。他转身欲往回走，又一想，自己这么顾怜儿子，儿子却那么嫌自己，这个家还回得去吗？周老倌进退两难，站在河边发起了呆。

真所谓"天无绝人之路"，这时候路过一个人，发现了周老倌，上前来与他打招呼。周老倌一看，是个老熟人，陆墓镇上烧窑做砖头的许窑主。许窑主年轻时，曾向周老倌的爹借过本钱，靠这点本钱经营砖窑发了家，一直心存感激，每年中秋春节都要到周家来送点礼。今天许窑主进城收账，想到好久未跟老朋友见面了，所以正打算往周家去，不想在这河边遇到了周老倌。

许窑主见周老倌脸色不对，忙问他碰到了什么烦心事。周老倌对老朋友也没什么可瞒的，一五一十，把儿子如何不孝倾诉了一番。许窑主平时也到周家走动，周小倌的表现他也看到一些，也曾想劝说劝说，但考虑到这是人家的家事，外人不便干涉，故而一直忍着没多嘴。现在老朋友给逼得自寻短见，人命关天，他不能不管了。许窑主想管，但怎么个管法？不把周家那个儿子的孝心找回来，解决不了问题。许窑主沉吟半晌，说："老周，你先到我家去住一阵，以后再从长计议吧。"

许窑主将周老倌带回陆墓，在自家屋内辟出一间，让老朋友栖身。周小倌对父亲离家出走毫不着急，反倒觉得甩掉了一个包袱，心里暗暗高兴。周老倌在许家住下之后，心里却仍撇不下父子亲情，每当思念儿子，免不了长吁短叹，落落寡合。许窑主看在眼里，知道若是不能让老朋友回到儿子身边安度晚年，终究不是长久之计。于是，许窑主想出了一个法子，给周老倌一说，周老倌答应试试。许窑主便进城来到周家，要周小倌赶紧去接父亲回家，否则一笔财富恐怕就要失落了。周小倌问什么财富，许窑主告诉周小倌，当年你爷爷借给我的钱，其实是入股的资金，这么多年来，砖窑分成的红利都换成金砖替你们周家存着，已有一箱子了，你爹以前不露口风，是在看你孝不孝，如果你不孝，你爹决定死后把一箱金砖捐给慈善局。周小倌听罢，二话不说，跟着许窑主直奔陆墓，见了周老倌，一口一个"父亲"，声泪俱下，保证今后一定做个大孝子。周老倌也是老泪纵横，同意随儿子回去。许窑主雇了一条船，把一只沉甸甸的木箱抬上了船，父子两人押船回到了城里家中。

木箱放在周老倌床下，用一把大铁锁锁着，周老倌说，必须等他断气之后才能开锁，如有不遵，他就唤地保来把一箱金砖送往慈善局。周小倌不敢造次，只能耐心地等着。周老倌靠着这个箱子，一日三餐热饭热菜，冬添棉被夏乘凉，过了几年舒心日子。

终于到了这一天，周老倌咽了气，周小倌将父亲与母亲合墓而葬。办完丧事，周小倌急忙打开箱子，呈现在他眼前的，果然是满满一箱金砖，不过，并非金子铸的砖块，而是陆墓产的金砖。码得齐齐整整的砖上，有一张纸条，纸上写着这么四句话："莫怪阿爸骗儿子，儿子也会有儿子；若是孙子也不孝，阿爸泉下担心思。"周小倌读罢，良心触动，想想父亲担忧他的儿子将来也像他一样，他的日子也会像父亲一样不好过，真是可怜天下父母心。周小倌悔恨交加，拿出一块金砖，用刻刀在砖上刻了"养育"二字，砌到大门上方，意在告诫世人，切莫像他一样忘了父母的养育之恩。

从此，周家所在的这条街，有了"养育巷"这个街名。

（卢　群）

沈老老传宝

清代的时候有个沈老老，生有三个儿子，大儿子叫沈富，二儿子叫沈裕，小儿子叫沈悦。从这三个儿子的名字上，可以看到沈家老夫妻俩对于家庭生活的期望。事实上，他们的日子过得不错，老夫妻俩辛勤劳动，勤俭持家，除了保证大小五口衣食无忧，还积蓄了一些钱财，一家人生活得舒舒畅畅，和和美美。在邻居们眼里，这是幸福的一大家子。

沈老老的三个儿子，大儿子乖巧，二儿子玲珑，小儿子憨厚。在外人看来，老夫妻俩对三个儿子没啥两样，桌上有肉，给一人碗里夹一块，从来没有这个碗里肉大，那个碗里肉小的情况。老夫妻俩对人谈起三个儿子，口口声声："手心手背都是肉，一个娘肚子里生出来的，自然一样欢喜。"当然，也有不一样的地方，比如穿衣，大儿子穿了二儿子穿，二儿子穿了小儿子穿，所以，大儿子总是穿新衣，二儿子身上的衣裳半新不旧，小儿子的衣裳往往要打补丁了。不过，这不能说明什么问题，寻常百姓过日子，都是这么过的，老古话不就是这么说的嘛："新三年，旧三年，缝缝补补又三年。"总之，沈家老夫妻俩认为，自己对三个儿子，一碗水端得很平。

其实，老夫妻俩私下承认，自己对三个儿子有点不一样，在心里喜欢程度不尽相同。他们最喜欢大儿子，其次是二儿子，最后才是三儿子。这也难怪，三个儿子性格不同，表现不同，讨大人喜欢的程度当然也就不同了。老夫妻俩劳作一天，回到家里，大儿子会给二老端一张长凳，小嘴巴甜甜地说："快歇歇，快歇歇。"听得老夫妻俩心里像灌了蜜。二儿子会打盆水，小嘴巴也甜甜地说："快洗洗，快洗洗。"听得老夫妻俩心里像滴了糖水。小儿子嘴巴不甜，也不抢着做面上看得见的事，而是默默坐在灶前，准备帮娘烧火，免得娘灶上灶下一人，忙不过来。老夫妻俩也知道小儿子实在，但不知为什么，想起三个儿子的表现来，仍觉得大儿子、二儿子让自己心里像有一只小手在轻轻地挠，痒痒的说不出的舒服。

三个儿子都长大了，老夫妻俩希望他们接接力，问他们谁肯跟自己去砖窑干活。大儿子、二儿子的甜嘴巴都像是给粘住了，不说话，只有小儿子说："我去。"晚上老夫妻俩关起房门谈论这件事，谈了半宿，得出一个结论：富儿、裕儿都不像是能吃苦的人，将来要多给他们留点钱，方能保障他们的生活；悦儿靠一双手能过，可以放心。

这一年，沈老太得了急病，上午还好好的，吃过中饭，收拾起碗筷正要进灶间去洗，突然软软的瘫倒在地。沈老老赶紧遣大儿子请来郎中，郎中到来一看，摇摇头，说声"没救了"。沈老太患的是脑出血，未挨到傍晚就去世了。

沈家二老是出名的恩爱夫妻，平日里常这样说笑："我们像一对鸳鸯，鸳鸯成对，一世不离，一旦离开，就活不成了。"谁知一语成谶，鸳鸯若是先死一只，另一只也会忧郁而亡，沈老老思念亡妻过度，不到三个月，身体便垮了，茶饭不进，服药无效。眼看不久人世，沈老老将三个儿子唤到病榻前，老泪挂在眼角，气息虚浮地说道："我要跟你们的娘去了，其他事情没有什么放不下的，只是你们都还不曾成亲，我到了九泉底下，老太婆问起来，我无法回答。"

三个儿子闻言，号啕大哭。

沈老老摆摆手，说："莫哭莫哭，趁我还有点力气，有几句话对你们讲。让我把后事交代了，我方能安心去陪你们娘。"

三个儿子止住泪，等老老往下讲。

沈老老喘口气，说："我辛辛苦苦一世人生，年轻时替人打工，省吃俭用十几年，总算积了一点资金，自己办了个砖窑，慢慢有了些家财，本来想用这些钱替你们一个一个娶娘子，看着你们成家立业，可惜我只有这点寿命，看不到了。现在，我把家产分给你们，以后就靠你们自己了。床后有一罐金子，怎么分？"

沈富抢着说："长子继承家业，自古这个道理，金子理应给我。"

沈老老点了点头。

沈裕忍不住开了口："大哥得了大头，家里这三间瓦房，应该归我了吧？"

沈老老也点了点头。

沈悦一直未吭声。

沈老老问道："三儿，阿爸没有值钱的东西留给你了，只有一座砖窑，你要不要？"

沈悦说："两位哥哥如果不要，我就搬到窑上去住，把沈家的烧砖技艺传下去。

沈富嫌烧砖苦，沈裕嫌烧砖累，两人一齐摇头，愿意把一座砖窑划归老三所有。

沈老老看着小儿子，点头道："你们兄弟三个，从小就只有你经常跟我到窑上去，我跟你娘私下说过，将来保住沈家技艺的恐怕就是你这个小儿子，我果然没有看走眼。趁我未断气，你们三兄弟立字据、按手印吧，以后不许反悔。"

沈老老看着三兄弟立好字据，头一歪，奔了黄泉路。

葬了老老，大儿子沈富捧着一罐金子扬长而去，另建新屋享受。二儿子沈裕独得三间大瓦房，也很称心满意。三儿子沈悦不声不响，把铺盖卷搬进了砖窑旁小草棚，从这天起，开始了烧窑制砖生涯。

沈悦继承了沈老老的长处，克勤克俭，起早磨夜，认认真真烧砖，认认真真做人。几年光阴容易过，他靠着砖窑里出产的一批批金砖，娶了妻子，生了一个大胖儿子，小日子过得挺滋润。

一天，沈悦一家三口在砖窑前空场地上吃午饭，边吃边逗儿子，大胖儿子被逗得咯咯笑，小人笑大人也笑，笑声围绕小方桌，其乐融融。正在高兴的时候，走来了两个衣衫褴褛的叫花子，沈悦一眼认出，这是他的两位兄长。原来，沈富和沈裕不花力气就得到了不少家产，助长了他们好吃懒做的习性，连头带尾不足三年，便把家产败光，沦落到了要饭的地步。两兄弟在要饭路上遇到了，索性结伴一起要饭，万一给狗追咬，也能合力抵挡，比较安全。晚上，两人找个桥洞栖身，天冷时可以相搂取暖，不至冻死。他俩知道沈悦日子过得挺好的，也曾动过上门求助的念头，但是，想想自己当年争家产完全不念手足情分，觉得没脸见老三，所以要饭总是绕开这座砖窑走。今天是实在没办法了，此前一连三天未要到一口食，再这么熬下去只怕饿死，只好硬着头皮摸上门来了。

沈富、沈裕以为老三会对往事耿耿于怀，少不得奚落、挖苦他俩一番，然而，这两人全想错了，沈悦见到两位兄长这般模样，难过得流下泪来，忙招呼他俩坐下吃饭。待沈富、沈裕狼吞虎咽填饱肚子，弟媳已烧好一大锅热水，请他俩洗澡。洗过热水澡，换上老三的干净衣裳，脱下来的破衣连同衣褶里的虱子一把火烧了。沈悦问二位兄长有何打算，两人说再无奢求，有个地方收留，有口饭吃，便是上上大吉。沈悦诚心诚意地说道："如若两位哥哥不嫌弃，就留在窑上吧，只要我们弟兄三人都肯出力，发财不指望，一日三餐倒是不用愁的。"沈富、沈裕求之不得，忙不迭地说："留下，留下，我们哪儿都不去了，留在你这里，留在你这里。"

沈家三兄弟于是又成了一大家子。乡亲们听说了这事，评论道："万贯家财经不住坐吃山空，勤劳烧砖方保得衣食不愁。"直到现在，这句话还常常挂在相城老人的嘴上。

（卢　群）

马财主择婿

　　清代有个财主姓马，家住梅巷村。马财主本来不是财主，而是一个菜农，靠着祖上传下来的一亩三分菜地，种菜卖菜，苦度光阴。这个马菜农，每天清早挑一担菜到陆墓镇上去卖，要经过一条小河，河上有一座小桥。说是桥，其实是三根粗竹横在河上，竹上铺几块竹箔而已。平时倒还不要紧，刮风下雨就麻烦了，走在这座竹桥上，心惊胆战，唯恐一不小心脚下一滑，连人带菜栽到河里去。夏天栽下河也不要紧，马菜农会游水，小河不宽，三划两划就划上了岸，至多损失一担菜。可是冬天万一落水，棉衣经水一泡，变的死沉死沉，人不冻死也得给沉死。马菜农最怕寒冬腊月进镇卖菜，却又不能不去，一来是做做吃吃的人家，卖一天菜买一天口粮，一天不卖菜，一天就断炊，肚皮催他只能硬着头皮跨上小竹桥；二来是爹娘临终叮嘱，马家几代种菜卖菜，天天进镇卖菜从未间断，镇上人也习惯了天天等马家的新鲜菜吃，这个规矩不能破。马菜农想，自己没有孝敬过爹娘，爹娘临终遗言就听听吧，也算自己有份孝心。所以，马菜农虽然厌倦了种菜卖菜生涯，但仍旧天天坚持从地里起一担新鲜菜，走过"咯吱咯吱"小竹桥，到镇上挨家挨户去兜售。

　　这一天，马菜农像往常一样，挑了一担菜朝陆墓镇上走，过桥时给桥面竹箔绊了一下，一个倒栽葱落进了小河浜。幸而是仲春，河水有点凉，也还受得了，他并不急于上岸，而是赶紧打捞浮在水上的菜。春天水枯，河水较浅，水只到马菜农半腰，他站在河中，双脚踩到河底，碰到了一样东西，弯腰用双手把这东西从淤泥里挖出来一看，是一只小坛子，分量不轻。马菜农揭开坛盖，顿时欣喜若狂，只见满满一坛金子，黄灿灿，闪闪亮，耀得他眼睛也睁不开。马菜农忙将盖子盖好，四处看看，没有一人，这才舒了一口气。他菜也不捞了，镇也不进了，抱着坛子回了家。

　　晚上躺在床上，怀里搂着一坛金子，马菜农疑是做梦，使劲打了自己几个嘴巴，火辣辣疼，才相信真是发横财了。马菜农只道祖上积德，自己才能撞上这般大运，不由得哈哈大笑。笑过之后，开始盘算怎么花这些金子，怎么享福。

马菜农用这意外之财，建了楼房，买了良田，做起了财主。大家对他的称呼也变了，不再唤他"马菜农"，都叫他"马财主"，他听见别人这么叫他，浑身舒服。

马财主娶了一妻两妾，一妻两妾各生了一个女儿。妻为正室，也就是通常说的大老婆，生的女儿名叫宝珠；先进门的小妾是马财主从青楼花钱买来的，很受宠，生的女儿名叫珍珠；还有一个小妾是佃农遇旱灾，减产缴不出租，将自己的闺女抵了债，马财主把她萝卜不当青菜的，所以她生的女儿也不当宝，马财主连个正式名字也未给这个小女儿起，随口唤作"三丫头"，一直唤到成了大姑娘也未改口。

女儿大了，到了谈婚论嫁的年龄，做爹娘的要为她们的终身大事操心。首先轮到的是宝珠，马财主问大女儿："宝珠呀，你想嫁个怎样的郎君？"宝珠说："嫁个当官的。"马财主呵呵笑道："好好好，我给你准备丰厚的嫁妆。"

马宝珠凭着丰厚嫁妆，果然被一个新任知县看中，娶去做了官太太。

轮到二女儿了，马财主问："珍珠呀，你想嫁个怎样的夫君？"珍珠说："我要嫁个经商的。"马财主笑呵呵说："行行行，我给你的嫁妆也不会少。"

马珍珠给一个绸缎商娶了去，做了阔太太。

马财主很得意，大女婿有权，二女婿有钱，都为他脸上添光彩，他无论走到哪儿，都觉得比以前腰板硬了许多，底气足了几分。马财主想，大女儿、二女儿都有了好归宿，自己就没有心事了。至于小女儿，他根本没替她考虑。

马财主不考虑，三丫头的娘不能不考虑，她壮着胆向马财主提起这事，小心翼翼地说："老爷，三丫头也不小了，是不是也该为她找个人家了？"

马财主不屑地说："母贱女轻，你难道也想让她得到两个姐姐一样的嫁妆？"

三丫头的妈妈慌忙说："不不不，我和女儿都不敢有这样的奢望，我只想让女儿嫁个本分人，以后不至于挨饿受冻。"

马财主冷笑道："也算你们母女两个有自知之明，知道得不到嫁妆，不会有高门大户要她做媳妇。三丫头的事我懒得过问，你们随便找个靠双手养家糊口的人就行了。"

三丫头的娘试探地问："老爷，你的意思是让三丫头自己去找？"

马财主不耐烦地说："她愿找哪个找哪个，找到了，带几件替换衣裳走就是了，不用来禀告我。"

三丫头的娘就等这句话，因为女儿暗地里和一个烧砖的窑工好上了，担心父亲阻止，所以让母亲来探探口风。母亲将马财主的意思转告给了三丫头，三丫头迅速捎话给了烧砖窑工，过了几天，后生就雇了一头驴，将三丫头接走了。

马财主有一阵子没见到小女儿，一问，才知道她已经是烧砖窑工的新媳妇了。马财主心想，这个三丫头走了好，我少了个赔钱货，少花一份嫁妆，等于赚了一笔。从此，他不再问起三丫头的事情。

又过了两年，变故接二连三落到马财主头上，先是大女婿贪赃枉法，被朝廷判了死罪，绑赴市曹斩首，按当时的王法，罪官之妻发卖为奴，马宝珠给卖到了边疆的军营，充当洗衣妇。接着，二女婿贩一船绸缎到外地，路经太湖，遭遇大风浪，船沉人亡，家当全部蚀光，马珍珠受不了这个刺激，寻了短见，上吊自杀。由于受到这两个女婿牵连，马财主既要替大女婿退赃，又要替二女婿还债，也弄得倾家荡产。大老婆思念女儿，成天哭哭啼啼，不久就郁郁而终。二老婆则把最后一点细软卷了包，跑到不知什么地方找旧相好去了。唯有三丫头的母亲，心地善良，并未弃他而去，而是看他可怜，留下照顾他。

三丫头夫妻得到消息，双双前来，将两位老人接到了他们家中。因为马财主嫌贫爱富，不欢迎三女婿上门，所以三丫头离家后，这对小夫妻从未踏上过马家的门槛。现在马家一败涂地了，这对小夫妻却愿意为他养老送终。马财主被接到三女婿家，方知小夫妻俩靠勤劳靠好学，已经筑起了一座砖窑，烧制的金砖卖得出好价钱，日子过得很踏实。马财主回想当初自己择婿的情形，不禁百感交集，真恨不得抽自己几个耳光。

（卢　群）

御窑村大义伏群氓

清末民初，时势动荡，民不聊生。姑苏城东北角仓街大柳枝巷的陈步义，竟乘乱发了一笔不小的横财。

陈步义本是个胸无点墨的平庸之徒，仗着暴富，却突然多愁善感起来，欲效迁客骚人，舞文弄墨，胡诌几句诗，乱涂几笔画，也不管别人能否听得清楚，看得明白，说道："此乃传世之作，足可流芳千古也。"

附庸风雅之余，陈步义最大的心思是准备大兴土木造一处别院，遥学北宋苏子美四万贯钱买沧浪亭的轶事，竭尽所有，也要过足风流倜傥之瘾。

过了一年多，陈步义使尽了所有的坑蒙拐骗伎俩，在齐门城郊觅得一处废园，连唬带诈弄到手后，再把从僧寺中拿来的砖瓦、道观中取出的木材堆堆叠叠，"步义别院"居然好歹也算是初成规模。虽然有点不伦不类，却也使他越发踌躇满志，更加无法无天。竟将贼眼瞄准上了齐门外陆墓的金家和余家。

陆墓镇金家与余家乃长洲县众窑户之首，世代为皇家烧制铺地之砖，在大明永乐帝赐名烧砖之窑为"御窑"后，更是盛极一时。清咸丰以后，已渐衰落，到了如今世道，一会儿穿马褂，一会儿着洋装，犹如走马灯一般，故更难支撑，这种年头，能有几家会盖屋造房呢？故而金、余两家是生意萧条，有点入不敷出之窘。

如今听说姓陈的要砖，金、余两家本该喜出望外，但陆墓就在姑苏城郊，那姓陈的臭名声岂能不闻，他那伤天害理的德行焉能不知，金、余两家心中早有戒备。邻近望郎泾桥四周村庄的窑户亦如临大敌一般，大家知道，既然不幸被恶贼惦记，那也只能等着看这贼胚玩出什么花样来了。

再说陈步义，他也知道长洲数十家窑户结成了帮，不是好惹的，但要他拿"袁大头"去换大砖头，他没有这个习惯。那么，陈步义有什么习惯呢？用一句话便可概括，叫作"我的就是我的，你的也是我的"，凡是被他盯上的东西，他软硬兼施，死缠蛮搅，用尽一切烂招也要搞到手，难得一二回花极低的价钱购买，也像剜他一块肉一样心疼。这回，他打定主意要不花分文把金砖弄到自己家里。

可是想来想去，那么大、那么重、那么多的金砖，若靠小偷小摸，等到猴年马月也弄不齐全，靠骗恐怕也行不通，金家、余家连水都泼不进，他有再多的口水也枉然。看来，只能指望一个字——抢，乘两家不备，速战速决，一举把事情搞定。

那天夜半，月黑风高，陈步义及拜把子兄弟"进山狼"殷吉、"暗背星"董眺、"杀千刀"章山、"短棺材"吕斯，带领百余名狐朋狗党、油头光棍、地痞流氓，驾着车马、操着家伙，浩浩荡荡出齐门，奔陆墓，开始了谋划已久的"速战速决"行动。

时值隆冬，也许是姑苏齐门距陆墓的路不长，只有六里许，再加上暴寒的缘故，况且又是深更半夜，一路上没有碰上路人，便顺顺当当抵达了御窑。行至一大片平整田地处，陈步义只见不远处有一大屋，窗内灯盏尚亮，还有人影在走动，依稀看到墙上有"砖库"字样，屋中深处隐约有大叠堆放整齐的砖块。他一见到这朝思暮想的东西，不禁喜从天降，大叫一声："赶快抄家伙，装砖！"

一百来个亡命之徒听到陈步义令下，立即狂奔，嚎叫连连，犹如深山老林里冲出的豺狼虎豹，阴风惨雨中蹿出的牛鬼蛇神，在这月黑风高之夜，煞是令人不寒而栗。

就在这紧要关头，突然响起数声惊叫，紧接着迸发出阵阵哭爹叫娘声、讨饶求救声。只见方才伸手难辨五指的黑夜，被无数的灯光火把照亮了半边天，连绵数里，光照之下，成千上万的人们涌向御窑而来。尤为奇怪的是，原本那一大片平整田地不知怎的忽然变成了一个大窟窿，既如通天大河，又如汪洋泽国，那百来个恶人连同车马一应诸物都掉进了窟窿，他们纷纷乞求饶恕、哭喊救命。

此时，金、余两窑主与长洲众乡绅一行人等亦已来到此处，大窟窿旁的人群忙闪让开来，金窑主一见，赶紧唤众人捎来长梯，搬来早已准备好的干净衣裤，抬出热腾腾的姜汤。

众氓安顿完毕，此时已天色大亮。陈步义、董眺、殷吉、章山、吕斯等共一百零九人一个也不少，都纷纷低着头行至窑主面前跪下，金、余二窑主忙说："不敢当、不敢当，诸位请起。"一长须老者接着道："早就知道尔等会来拜访的，只是没有想到来了这么多客人，干衣衫不够，多有得罪了。"百余人听得个个惭愧，你看看我，我看看你，哭笑不得，似一只只斗败的公鸡，只有干瞪眼的份。

那长须老者又道："这大窟窿倒并非特地为你们准备的，由于这块田的泥土泥性好，宜制砖，挖了几年泥，才挖成了这么一个窟窿，此处本想和蠡塘河相连，成为一段新河道，以利浇灌防旱患。听说尔等要来，这现成窟窿正好派了用场。尔等还得好好谢谢两个古道热肠的窑主，不是他们关照抽掉一大半水，尔等都得被淹死，不是他们买来这么些衣衫，尔等都得被冻死，不是他们相劝火冒三丈、不愿受欺负的众乡亲，尔等都得被揍成肉酱。"

长须老者喝了一口水，望着这群人又好气又好笑地说道："尔等也太无法无天了，连菩萨的东西也要去拿，就不怕天打雷劈吗？尔等在苏州城里做的坏事太多了，已经惹起民愤，再不学好，死后也会去十八层地狱受罚。"

众氓听了老者一番教训，无言以对。金窑主看看事已至此，便说："老伯的话，你们可要牢记在心啊。"

陈步义打躬作揖："记住记住。"

董眺、殷吉、章山、吕斯等跟着连连说："记住记住……"

此时县衙几十个当差听了金、余两位窑主的报案，拿了枪飞驰奔至，上前把陈步义、董眺、殷吉、章山、吕斯一百零九人一一用绳索捆绑后押走。

金、余两位窑主几乎是异口同声："苦海无涯，回头是岸，你们去改恶从善吧……"

待这群恶徒被押走后，御窑可沸腾起来了，过年过节也没有这么热闹，这可是靠草头百姓众志成城谱写的一场以正克邪、扬善贬恶的好戏啊。

（孙明森）